COSACNAIFY

TRÊS
MULH
FORT
M
N

TRADUÇÃO

Paulo Neves

ERES
ES
ARIE
DIAYE

Para Laurène, Silvère, Romaric

E AQUELE QUE a recebeu ou que apareceu como que fortuitamente à entrada de sua grande casa de concreto, sob uma luz subitamente tão intensa que parecia emanar de seu próprio corpo vestido com roupas claras, aquele homem postado ali, baixo, pesado, emitindo um clarão branco como uma lâmpada de neon, aquele homem surgido à entrada de sua casa imensa não tinha mais nada, pensou Norah em seguida, de sua soberba, de sua estatura, de sua juventude antes tão misteriosamente constante que parecia imperecível.

Ele mantinha as mãos cruzadas sobre a barriga e a cabeça inclinada para o lado, e aquela cabeça era grisalha e aquela barriga era protuberante e flácida por baixo da camisa branca, acima do cinto da calça creme.

Estava ali, num halo de luminosidade fria, à entrada de sua casa arrogante, sem dúvida caído do galho de um dos flamboaiãs espalhados pelo jardim, pois, refletiu Norah, ela se aproximara da casa fitando a porta de entrada através da grade e não a vira abrir-se para dar passagem ao pai – e eis que ele surgira diante dela no dia que declinava, aquele homem resplandecente e decaído que uma cacetada monstruosa no crânio parecia ter privado das proporções harmoniosas de que Norah se lembrava para transformá-las nas de um gordo sem pescoço, de pernas curtas e grossas.

Imóvel, ele a olhava aproximar-se, e nada em seu olhar hesitante, um pouco perdido, revelava que esperasse sua chegada ou que tivesse lhe pedido, rogado com insistência (na medida em que um homem assim, ela pensou, fosse capaz de implorar alguma ajuda) que fosse visitá-lo.

Estava simplesmente ali, talvez depois de deixar com um bater de asas o ramo grosso do flamboaiã que sombreava a casa de amarelo para aterrissar pesadamente sobre o umbral de concreto raiado, e era como se um mero acaso dirigisse naquele instante os passos de Norah na direção da grade.

E aquele homem capaz de transformar toda súplica que ela pudesse lhe fazer em mera solicitação olhou-a empurrar o portão e entrar no jardim com o ar de um anfitrião que, ligeiramente contrafeito, procura disfarçar e põe a mão em viseira sobre os olhos embora o crepúsculo já tivesse recoberto de sombras a entrada que, contudo, aquela estranha pessoa radiante, elétrica, iluminava.

– Ah!, é você – ele disse com voz surda, fraca, pouco segura em francês apesar de seu excelente domínio da língua, como se a orgulhosa apreensão que sempre tivera em relação a alguns erros difíceis de evitar tivesse acabado por fazer sua própria voz ficar trêmula.

Norah não respondeu.

Abraçou-o brevemente, sem pressioná-lo contra si, lembrando que ele detestava o contato físico pela maneira quase imperceptível como a carne flácida dos braços do pai se retraía sob seus dedos.

Pareceu-lhe sentir um leve odor de mofo.

Cheiro proveniente da floração abundante, agora encerrada, do vasto flamboaiã amarelo que estendia seus ramos por cima do telhado plano da casa e entre cujas folhas se aninhava talvez aquele homem reservado e presunçoso, atento, pensou Norah, constrangida, ao menor ruído de passos a aproximar-se do portão para tomar impulso e pousar desajeitado à entrada de sua imensa vivenda de paredes de concreto aparente ou proveniente, aquele cheiro, do corpo mesmo ou das roupas do pai, da sua pele de velho, plissada, cinzenta? Ela não sabia, não saberia dizer.

No máximo podia afirmar que ele usava naquele dia, decerto agora usava sempre, achava, uma camisa amarrotada e com manchas de suor, e que sua calça estava esverdeada e lustrosa nos joelhos, onde formava bolsas de aspecto desagradável, talvez porque, ave muito pesada, toda vez que entrasse em contato com o chão ele caísse, ou então porque, pensava Norah com uma piedade um pouco cansada, tivesse afinal se tornado, também ele, um velho maltratado, indiferente ou cego ao asseio, mesmo conservando os hábitos de uma elegância convencional, vestindo-se, como sempre fizera, de branco e de creme e nunca se mostrando, mesmo no umbral daquela casa inacabada, sem primeiro ajeitar o nó da gravata, mesmo ao sair de alguma sala empoeirada, mesmo tendo levantado voo de algum flamboaiã exausto de tanto florir.

Norah, que chegava do aeroporto, tomara um táxi e depois caminhara por muito tempo no calor, já que esquecera o endereço exato do pai e só conseguira se localizar ao reconhecer a casa, sentia-se pegajosa e suja, diminuída.

Estava com um vestido verde-jade, sem mangas, salpicado de florzinhas amarelas semelhantes às que juncavam a entrada, caídas do flamboaiã, e sandálias rasteiras do mesmo verde-pálido.

E notou, perturbada, que os pés do pai calçavam chinelos de plástico, ele, para quem sempre fora ponto de honra, achava, só se mostrar com sapatos engraxados, bege ou branco-sujos.

Fosse porque aquele homem desleixado perdera toda legitimidade para dirigir-lhe um olhar crítico, decepcionado ou severo, fosse porque, segura em seus trinta e oito anos, ela já não se preocupava acima de tudo com julgamentos provocados por sua aparência, Norah pensou, mesmo assim, que teria se sentido embaraçada, mortificada caso se apresentasse, quinze anos antes, suando e cansada diante do pai, cujo físico e postura na época jamais exibiam o menor sinal de fraqueza ou sensibilidade ao calor, ao passo que hoje isso lhe era indiferente e que, inclusive, ela oferecia à atenção do pai, sem deixar de encará-lo, um rosto nu, brilhante, que não tivera o cuidado de empoar no táxi, pensando, surpresa: Como pude dar importância a tudo isso, pensando ainda, com uma alegria um pouco ácida, um pouco rancorosa: Ele que pense de mim o que quiser, pois não esquecera observações cruéis, ofensivas, proferidas com desenvoltura por aquele homem superior quando ela e a irmã, adolescentes, vinham visitá-lo, observações que se referiam sempre à falta de elegância ou à ausência de batom nos lábios das duas.

Agora ela teria gostado de dizer a ele: Você percebe? Você falava com a gente como se fôssemos mulheres e como se tivéssemos o dever de seduzir, mas éramos meninas, éramos suas filhas.

Teria gostado de dizer isso a ele com uma leveza ligeiramente queixosa, como se a coisa não passasse de uma manifestação do humor um pouco rude do pai, algo de que os dois sorririam juntos, ele com uma ponta de contrição.

Mas ao vê-lo ali de pé em seus chinelos de plástico, no piso de concreto salpicado de flores em decomposição cuja queda ele talvez provocasse quando, num voo pesado e frouxo, deixava o flamboaiã, ela percebeu que ele estava tão pouco preocupado em examiná-la e em formular um julgamento sobre sua aparência quanto estaria em ouvir, entender uma alusão, por mais insistente que fosse, aos comentários cruéis que proferia no passado.

Seus olhos eram cavos, o olhar distante, um pouco fixo.

Ela se perguntou então se de fato ele se lembrava de ter-lhe escrito pedindo que viesse.

– Que tal entrarmos? – disse, passando a bolsa de viagem para o outro ombro.

– Masseck!

Ele bateu palmas.

O clarão glacial, quase azulado, emitido por seu corpo informe pareceu ganhar intensidade.

Um velho de bermuda e camisa polo rasgada, descalço, saiu da casa com passos rápidos.

– Pegue a bolsa – ordenou o pai de Norah.

Depois, dirigindo-se a ela:

– É o Masseck, lembra?

– Posso levar a bolsa – ela disse, mas logo se arrependeu dessas palavras que só podiam ofender o serviçal habituado, apesar da idade, a erguer e transportar as cargas mais incômodas, entregando-lhe em seguida a bolsa com tanto ímpeto que, desprevenido, ele titubeou até recompor-se, jogá-la nas costas e, curvado, entrar na casa. – Da última vez que vim, era o Mansour. Eu não conhecia o Masseck – ela disse.

– Que Mansour? – disse o pai com um ar subitamente desorientado, quase consternado, que ela nunca vira nele antes.

– Não sei o sobrenome, mas esse Mansour viveu aqui anos e anos – disse Norah, sentindo-se tomada aos poucos por um constrangimento viscoso, sufocante.

– Vai ver que era o pai do Masseck.

– Não, não – ela murmurou –, Masseck é muito velho para ser filho do Mansour.

E, como o pai parecia cada vez mais desorientado, a ponto mesmo de se perguntar se ela não estava brincando com ele, Norah acrescentou depressa:

– Mas na verdade isso não tem importância.

– Nunca tive um Mansour trabalhando para mim, você está enganada – ele disse com um sorriso ladino e arrogante, condescendente, e essa primeira manifestação da antiga personalidade do pai, por mais irritante que sempre tivesse sido seu sorrisinho desdenhoso, confortou o coração de Norah, como se fosse mais importante aquele homem autoritário continuar teimando em ter a última palavra do que ele ter razão.

Porque ela estava segura da presença de um Mansour, diligente, tranquilo, eficaz, ao lado do pai por anos a fio, e embora depois da infância ela e a irmã afinal de contas só tivessem entrado naquela casa no máximo três ou quatro vezes, era Mansour que elas encontravam, e não aquele Masseck de rosto desconhecido.

Logo que entrou, Norah percebeu a que ponto a casa estava vazia.

A essa altura, anoitecera.

A ampla sala estava escura, silenciosa.

O pai acendeu uma luminária, e uma pobre luz, dessas produzidas por lâmpadas de quarenta watts, revelou o centro do aposento com sua comprida mesa de tampo de vidro.

Nas paredes de reboco rugoso, Norah reconheceu as fotos emolduradas do condomínio de férias que o pai possuíra e dirigira, e que fizera sua fortuna.

Um grande número de pessoas sempre vivera na casa daquele homem orgulhoso de seu sucesso, não tão generoso, sempre acreditara Norah, quanto orgulhoso de mostrar-se capaz de alojar e manter irmãos e irmãs, sobrinhos e sobrinhas, parentes diversos, de modo que Norah nunca vira a grande sala despovoada, fosse qual fosse o momento do dia em que ali se encontrasse.

Sempre havia crianças refesteladas nos sofás, de barriga para cima como gatos bem nutridos, homens bebendo chá e vendo televisão, mulheres indo e vindo da cozinha ou dos quartos.

Nessa noite, deserta, a peça revelava cruamente a dureza dos seus materiais, o piso de lajotas brilhantes, as paredes de cimento, a moldura estreita das janelas.

– Sua mulher não está? – perguntou Norah.

Ele afastou duas cadeiras da grande mesa, aproximou-as uma da outra, depois mudou de ideia, recolocou-as no lugar.

Ligou a televisão e a desligou antes mesmo que alguma imagem tivesse tido tempo de aparecer.

Deslocava-se raspando os chinelos nas lajotas, sem erguer os pés.

Seus lábios tremiam um pouco.

– Ela foi viajar – falou por fim.

Ah, pensou Norah, preocupada, ele não ousa confessar que ela provavelmente o deixou.

– E Sony? Onde está Sony?

– Também – ele falou num sopro.

E o fato de que o pai, que tivera tantas mulheres e tantos filhos, de que aquele homem sem beleza especial, mas brilhante, astuto, implacável e rápido, o qual, ao sair da miséria, uma vez construída sua fortuna, sempre vivera cercado de um pequeno séquito agradecido e submisso, o fato de que aquele homem mimado estivesse sozinho e talvez abandonado satisfazia em Norah, contra sua vontade, um antigo e vago rancor.

Era como se o pai estivesse afinal recebendo a lição que a vida deveria ter incutido bem antes em seu coração.

Mas que espécie de lição era essa?

Ela se sentia, pensando assim, baixa e mesquinha.

Pois se o pai abrigara pessoas interesseiras, se o pai nunca tivera verdadeiros amigos nem mulheres sinceras (com exceção, pensou Norah, da mãe dela) e nem sequer filhos amorosos, e se, envelhecido, diminuído, sem dúvida menos próspero, ele perambulava solitário em sua casa lúgubre, de que modo uma moral respeitável, absoluta, estaria sendo restaurada, e por que Norah se felicitaria, do alto de sua virtude de filha ciumenta finalmente vingada do fato de nunca ter pertencido ao círculo dos íntimos do pai?

E, sentindo-se baixa e mesquinha, ela agora se envergonhava de sua pele afogueada, úmida, de seu vestido amarrotado.

Como para reparar os maus pensamentos, como para assegurar-se de que o pai não ficaria sozinho por muito tempo, ela perguntou:

– Sony volta logo?

– Ele mesmo lhe dirá – murmurou o pai.

– Como assim, se ele não está?

– Masseck! – ele gritou, batendo palmas de novo.

Florzinhas amarelas de flamboaiã saltaram de seus ombros ou de sua nuca para o piso de lajotas e com a ponta de um dos chinelos, num movimento rápido, ele as esmagou.

Nesse momento Norah teve a impressão de que ele estava pisoteando seu vestido salpicado de florzinhas semelhantes àquelas.

Masseck chegou empurrando um carrinho carregado de travessas, de pratos e de talheres e tratou de dispô-los sobre a mesa de tampo de vidro.

- Sente-se - disse o pai -, vamos comer.

- Primeiro vou lavar as mãos.

Ela reconheceu em seu próprio tom aquela volubilidade categórica que nunca empregava com mais ninguém a não ser com o pai e cuja intenção era prevenir toda tentativa da parte dele de fazer executar por Masseck, por Mansour em outros tempos, o que ela se preparava para realizar, sabendo que ele detestava a tal ponto ver seus convidados encarregar-se da menor tarefa em sua casa e assim dar a impressão de duvidar da competência de seus serviçais que seria capaz de dizer-lhe: Masseck lavará as mãos por você, e de não imaginar que ela não obedeceria, como todos os jovens ou velhos a seu redor sempre obedeciam.

Mas o pai mal chegou a ouvi-la.

Ele se sentara, acompanhava com olhar ausente os gestos de Masseck.

Ela achou a pele dele um tanto escura, menos bronzeada que antes, sem brilho.

Ele bocejou como um cachorro, em silêncio, de boca bem aberta.

Ela teve certeza então de que o leve odor fétido que sentira na entrada vinha ao mesmo tempo do flamboaiã e do corpo do pai, pois o homem inteiro estava impregnado da lenta corrupção das flores amarelo-alaranjadas - aquele homem, ela pensou, antes tão meticuloso com a pureza da sua aparência que só se perfumava com as essências mais refinadas, aquele homem altivo e inquieto que nunca quisera exalar seu verdadeiro odor!

Pobre homem, quem teria imaginado que um dia ele seria um velho pássaro pesado, de voo inábil e emanações intensas?

Ela tomou o rumo da cozinha, seguiu por um longo corredor de concreto que uma lâmpada toda empanada por excrementos de moscas mal iluminava.

A cozinha era a peça menor e mais incômoda daquela casa desproporcional, e também isso Norah registrara na infindável lista de queixas contra o pai, sabendo bem que não lhe falaria nem das graves nem das menos graves, sabendo bem que no confronto real com aquele homem insondável nunca teria a audácia que não lhe faltava à distância para cobri-lo de reprimendas, o que a deixava descontente, decepcionada consigo mesma e ainda mais irritada com ele por curvar-se, por não ousar dizer-lhe coisa alguma.

O pai pouco se importava de fazer seus serviçais trabalharem num lugar desconfortável e extenuante, já que ele mesmo e seus convidados nunca punham os pés ali.

E não poderia compreender uma reflexão como aquela, refletia Norah com um rancor extenuado, na certa a atribuiria a um sentimentalismo típico do seu sexo e do mundo no qual ela vivia e cuja cultura não era a dele.

Nosso país não é o mesmo, as sociedades são diferentes, é mais ou menos o que ele diria, douto, condescendente, talvez convocando Masseck para perguntar-lhe diante dela se estava satisfeito com a cozinha, ao que Masseck responderia que sim e o pai, sem nem mesmo dirigir a Norah um olhar triunfante pois isso daria importância a uma questão sem importância, simplesmente daria o assunto por encerrado.

Não há sentido nem interesse em ter como pai um homem com quem é literalmente impossível entender-se e cujo afeto sempre foi improvável, refletia ela uma vez mais, agora com calma, sem trepidar com o sentimento de impotência, fúria e desânimo que a devastava outrora, quando as circunstâncias a faziam bater de cabeça contra as irremediáveis diferenças de educação, de ponto de vista e de percepção do mundo entre aquele homem de paixões frias, que não passara mais que alguns anos na França, e ela mesma, que vivia desde sempre no país e que possuía um coração ardente e vulnerável.

No entanto ela estava ali, na casa do pai, no entanto ela viera assim que ele a chamara.

E a tal emotividade que ele desprezava abertamente, desprezando com ela a própria filha e todo o Ocidente amolecido e feminilizado, se a sua fosse um pouco mais escassa ela teria encontrado um pretexto qualquer para evitar tamanha viagem – *... e seria uma honra e um elevado prazer se você aceitasse, caso tenha forças para tanto, separar-se por um período mais ou menos longo da sua família para vir até minha casa, à casa do seu pai, pois preciso lhe falar de coisas importantes e graves...*

Ah, como ela já se arrependia de ter cedido, como gostaria de voltar para casa, de cuidar da própria vida!

Uma garota esguia vestindo regata e tanga puída lavava panelas na pequena pia da cozinha.

A mesa estava coberta de pratos à espera, entendeu Norah, de ser servidos a ela e ao pai.

Atordoada, viu frango assado, cuscuz, arroz com açafrão, uma carne escura imersa em molho de amendoim e mais outros pratos que adivinhava sob as tampas transparentes e embaçadas, superabundância que paralisou suas pernas e já lhe pesava no estômago.

Esgueirou-se entre a mesa e a pia e esperou que a garota terminasse, com dificuldade, de lavar uma grande caçarola.

A pia era tão estreita que as laterais do recipiente batiam o tempo todo nas bordas ou na torneira, e como não havia espaço ao lado da cuba a garota era obrigada a se agachar para pôr no chão, sobre um pano estendido, as peças a escorrer.

Mais uma vez, a prova da pouca preocupação do pai com o conforto dos empregados exasperou Norah.

Ela lavou as mãos rapidamente, dirigindo sorrisos e pequenos sinais de cabeça para a garota.

E quando perguntou como ela se chamava e a garota, depois de um momento de silêncio (como querendo enquadrar sua resposta numa moldura de importância, pensou Norah), declarou: Khady Demba, a tranquila altivez de sua voz firme, de seu olhar direto surpreendeu Norah, apaziguou-a, expulsou de seu coração parte da irritação, do cansaço inquieto e do ressentimento.

A voz do pai ressoou, vinda do fundo do corredor.

Ele a chamava com impaciência.

Ela foi ligeiro para perto dele e o encontrou contrariado, com pressa de atacar o tabule com camarões e frutas que Masseck servira nos dois pratos postos um diante do outro.

Assim que ela se sentou, ele começou a comer gulosamente, o rosto quase encostado na comida, e essa voracidade inteiramente desprovida de discursos e simulacros combinava tão mal com as antigas maneiras daquele homem facilmente afetado que Norah por pouco não lhe perguntou se havia jejuado, pensando que ele seria bem capaz, mesmo que suas dificuldades financeiras não fossem tão grandes quanto ela supunha, de ter concentrado naquele jantar, para impressioná-la, as provisões dos três dias precedentes.

Masseck trazia um prato atrás do outro num ritmo que Norah não conseguia acompanhar.

Ela ficou aliviada ao ver que o pai não prestava a menor atenção no que ela comia.

Ele só levantava a cabeça para conferir, com um olhar ao mesmo tempo desconfiado e ávido, o que Masseck acabara de pôr na mesa, e quando por uma vez olhou furtivamente para o prato de Norah, foi com um ar de apreensão tão infantil que ela entendeu que ele estava simplesmente se certificando de que Masseck não a servira mais copiosamente que a ele.

Aquilo a perturbou.

O pai, aquele homem loquaz, de frases pomposas, permanecia em silêncio.

Na casa desolada só se ouviam o ruído dos talheres, o arrastar dos pés de Masseck nas lajotas, quem sabe também o roçar, nas chapas metálicas do telhado, dos ramos mais altos do flamboaiã - será que a árvore solitária chamava seu pai, pensou Norah vagamente, será que o chamava para a noite?

Ele continuava a comer, passando do cordeiro grelhado ao frango com molho, mal respirando entre duas bocadas, empanturrando-se sem alegria.

Para terminar, Masseck trouxe uma manga cortada em pedaços.

Ele enfiou um pedaço na boca, depois outro, e Norah o viu mastigar com dificuldade e tentar engolir, só que em vão.

O pai cuspiu a manga mastigada no prato.

Tinha o rosto banhado em lágrimas.

Um calor intenso invadiu o rosto da própria Norah.

Levantou-se, ouvindo-se balbuciar alguma coisa, foi colocar-se atrás dele e depois não soube o que fazer com as mãos, ela que nunca estivera na posição de confortar o pai nem de manifestar para com ele mais que atenções formais, de ofício, impregnadas de rancor.

Procurou Masseck com os olhos, mas ele se retirara do aposento com as últimas travessas.

O pai continuava chorando, em silêncio, o rosto vazio de expressão.

Ela se sentou perto dele, chegou a testa o mais perto que pôde de seu rosto molhado, gretado.

Sentia, por trás do cheiro da comida, dos sumos condimentados, o outro, adocicado, das flores decompostas da grande árvore; podia ver o colarinho sujo da camisa pois o pai mantinha a cabeça um pouco inclinada.

Voltou-lhe então à memória uma notícia que seu irmão Sony lhe dera dois ou três anos antes e que o pai, este, nunca achara conveniente comunicar nem a ela nem à irmã, fato que Norah não perdoara enquanto não esquecera tanto a informação quanto a amargura suscitada por aquele silêncio, amargura que os dois agora voltavam a atravessar juntos, o que tornou a voz dela um tanto áspera quando só queria ser consoladora.

– Diga, onde estão seus filhos?

Lembrava-se de que eram gêmeos, mas não de que sexo.

Ele a olhou com ar desamparado.

– Meus filhos?

– Os últimos que você teve, que eu saiba. Sua mulher levou com ela?

– As meninas? Estão aqui, sim – ele murmurou, esquivando-se, e era como se, decepcionado, tivesse esperado que ela lhe falasse de algo que ignorava, ou de algo cujas implicações não percebera por inteiro e que, de alguma forma estranha e maravilhosa, o salvaria.

Ela não conseguiu evitar um leve arrepio de triunfo maldoso, vingativo.

Sony era, portanto, o único filho varão daquele homem que não amava nem estimava as mulheres.

Arrasado, afogado entre mulheres inúteis e mortificantes que nem sequer eram bonitas, refletia Norah tranquilamente pensando em si mesma e na irmã, que, segundo o pai, sempre haviam tido o defeito redibitório de terem um tipo muito marcado, ou seja, de parecer-se mais com ele que com a mãe, provando, dessa maneira, desagradavelmente, a vacuidade de seu casamento com uma francesa – pois o que aquele assunto poderia ter produzido de bom senão uma prole quase branca e filhos de constituição sólida?

Mas não dera certo.

Ela pousou a mão no ombro dele com doçura.

Mesmo confusa, ela se sentia tomada de uma compaixão irônica.

– Eu gostaria de vê-las – disse, acrescentando em seguida, para não ouvi-lo perguntar de quem se tratava: – Suas duas filhas, as pequenas.

O ombro gordo do pai desembaraçou-se da sua mão, movimento involuntário para indicar que nenhuma circunstância autorizava tamanha familiaridade.

Ele se levantou pesadamente, enxugou o rosto na manga da camisa.

No fundo do aposento, empurrou uma feia porta envidraçada, acendeu a única lâmpada que iluminava um novo corredor estreito e comprido, todo de concreto cinza, para o qual, lembrava-se Norah, abriam-se quartinhos quadrados que pareciam celas, habitados em outros tempos pela numerosa parentela do pai.

Ela tinha certeza, pela maneira como os passos dos dois, como a respiração ruidosa, irregular do pai ressoavam no silêncio, de que aqueles quartos hoje estavam vazios.

Parecia-lhe já ter andado por longos minutos quando o corredor virou na diagonal, depois outra vez na direção oposta, ficando então quase escuro e tão sufocante que Norah esteve a ponto de retroceder.

O pai se deteve diante de uma porta fechada.

Agarrou a maçaneta e ficou um instante imóvel, o ouvido contra o batente, e Norah não entendeu se ele procurava ouvir algum ruído do interior ou se reunia todas as suas forças mentais antes de tomar a decisão de abrir a porta, mas a atitude daquele homem ao mesmo tempo irreconhecível e sempiternamente enganoso (ah, a incorrigível crença, depois de muitos anos sem vê-lo, de que o tempo o teria emendado e aproximado dela!) a incomodava e preocupava ainda mais que antes, quando nunca se tinha certeza de que ele não ia, com sua impudência desenfreada, sua alegria arrogante, desprovida de humor, fazer algum comentário de inesquecível crueldade.

Com um movimento brusco, como para surpreender e comprometer, ele abriu a porta.

Em seguida se afastou, com temor e repugnância, para deixar Norah entrar.

O quartinho estava iluminado pela luz de um abajur rosa posicionado sobre uma mesa de cabeceira entre duas camas, a mais estreita das quais ocupada pela garota que Norah vira na cozinha e que lhe dissera chamar-se Khady Demba, e que tinha o lobo da orelha direita cortado ao meio, observou Norah.

Sentada com as pernas cruzadas sobre o colchão, ela costurava um vestidinho verde.

A moça olhou para Norah e sorriu por um instante.

Duas garotinhas dormiam na outra cama, viradas uma para a outra, sob um lençol branco.

Com um leve aperto no coração, Norah pensou que aqueles dois rostos de criança eram os mais belos que já vira.

Talvez despertadas pelo bafo quente que entrava do corredor no quarto climatizado ou por uma imperceptível modificação da quietude ambiente, as garotinhas abriram os olhos ao mesmo tempo.

Pousaram-nos no pai, graves, impiedosos, sem nenhum calor, sem prazer em vê-lo, mas também sem temor, enquanto ele dava a impressão, Norah observou estupefata, de liquefazer-se sob o olhar das filhas, a cabeça de cabelos cortados rente, o rosto e o pescoço que saíam da gola aberta da camisa pingando subitamente de suor, um suor com o cheiro acre e intenso de flores pisoteadas.

E aquele homem que soubera espalhar a seu redor uma atmosfera de medo surdo e que ninguém jamais intimidara parecia aterrorizado.

O que ele podia temer da parte de meninas tão pequenas, perguntou-se Norah, e tão maravilhosamente lindas, rebentos milagrosos da sua velhice que deveriam ser capazes de fazer esquecer o sexo irrelevante e a pouca beleza das duas primeiras filhas, Norah e a irmã – como é que crianças tão invejáveis conseguiam apavorá-lo?

Ela se aproximou da cama e ajoelhou-se, sorridente, à altura dos dois rostinhos idênticos, redondos, escuros, delicados como cabeças de foca pousadas na areia.

Nesse instante os primeiros compassos de *Mrs. Robinson* ressoaram no aposento.

Todo mundo se sobressaltou, inclusive Norah, mesmo reconhecendo o toque de seu celular; ela enfiou a mão no bolso do vestido decidida a desligar o aparelho e depois, ao ver que a ligação vinha de sua casa, aproximou-o do ouvido, constrangida no silêncio do quarto que parecia ter mudado de natureza e, de calmo, pesado, letárgico, ter passado a atento, vagamente hostil.

Como à espera de palavras definitivas e claras que os fariam escolher entre manter-me à distância e aceitar-me entre eles, pensou Norah.

– Sou eu, mamãe! – berrou a voz de Lucie.

– Oi, querida. Não precisa falar tão alto, estou ouvindo bem – ela disse com a cabeça ardendo de confusão. – O que foi?

– Nada! Estamos fazendo panquecas com a Grete. Vamos ao cinema. Estamos nos divertindo muito.

– Ótimo – ela falou num sopro. – Um beijo, depois eu ligo.

Fechou o aparelho com um golpe seco e o enfiou no bolso.

As duas garotinhas fingiam dormir, as pálpebras trêmulas, os lábios cerrados.

Decepcionada, Norah lhes acariciou o rosto, depois se ergueu, acenou para Khady e saiu do quarto com o pai, que tornou a fechar a porta com todo o cuidado.

Mal-humorada, ela pensou que ele parecia mais uma vez ter fracassado em estabelecer com os filhos uma relação terna e simples, pensou que um homem que era acolhido por um olhar tão implacável não merecia as belas menininhas da sua velhice, pensou ainda que nada nem ninguém seria capaz de reformar um homem como aquele, pois teria sido preciso nada menos que arrancar-lhe o coração.

Mas, enquanto o acompanhava de volta pelo corredor lúgubre e sentia, agora, o leve peso do celular a bater em sua coxa, ela reconheceu, aborrecida, contrariada, que sua irritação com o pai se intensificava com o que julgara adivinhar de excitação incontida na voz de Lucie, e que as observações acrimoniosas que não podia ou não ousava dirigir a Jakob, o homem com quem vivia desde um ano antes, iam se cravar diretamente nas costas do pai, que a precedia, inocente, curvado, adiposo, no corredor lúgubre.

Porque ela evocava mentalmente seu querido apartamento em Paris, emblema íntimo e modesto da sua perseverança, do seu discreto êxito, onde, depois de ali ter vivido alguns anos sozinha com Lucie, introduzira Jakob e a própria filha dele, Grete, e com isso fizera entrar a desordem e o desregramento quando, na compra (com um financiamento de trinta anos) daquele apartamento de três dormitórios no bairro Goutte d'Or, prevalecera o desejo espiritual de acabar precisamente com a confusão da qual o pai, com as asas recolhidas sob a camisa, hoje idoso, acabado, enorme e insólito no corredor lúgubre, fora ao longo de toda a sua vida a angustiante encarnação.

Ah, ela bem que percebera pela voz de Lucie: muito alta, rápida, ofegante – o apartamento devia estar sendo naquele momento mesmo o palco daquelas demonstrações de entusiasmo paterno que ela detestava, um entusiasmo que se caracterizava pela recusa ostentatória de Jakob de fazer a menor pressão, de exercer a menor autoridade sobre as duas meninas de sete anos, e pelo início da preparação, amplamente comentada, altamente divertida, de alguma novidade culinária que muitas vezes ele não tinha nem a capacidade nem o gosto nem a paciência de levar a termo, de modo que as misturas para panqueca ou para bolo nunca eram postas para assar porque ele já propunha uma outra atividade ou um passeio, numa voz de repente muito alta, rápida, ofegante, que as meninas imitavam e que as excitava a ponto de elas muitas vezes acabarem chorando, dominadas pelo nervosismo e também, pensou Norah, pelo sentimento obscuro de que o dia, apesar das risadas e do alarido, fora inútil, falso, bizarro.

Ah, ela bem que percebera pela voz de Lucie – e Norah já se inquietava de não estar lá, ou melhor, a inquietação que ameaçara despontar à medida que se aproximava o dia da partida, uma inquietação que ela amordaçara com firmeza, vinha agora à tona; não que houvesse algo de objetivamente perigoso em deixar as meninas sob a guarda de Jakob, mas ela se sentia oprimida pela ideia de que as noções de disciplina, frugalidade, moral elevada que acreditava ter reunido no seu pequeno apartamento, noções que deveriam representar e ornar sua vida mesma e ser a base da infância de Lucie, fossem devastadas na sua ausência, com um júbilo frio, metódico, por um homem que nada a obrigara a introduzir em sua casa a não ser o amor e a esperança.

Hoje ela não conseguia mais reconhecer o amor por baixo da decepção, não alimentava mais a esperança de ter uma vida familiar organizada, sóbria, harmoniosa.

Abrira a porta e o mal entrara, sorridente, doce, obstinado.

Depois de anos de desconfiança, quando abandonara o pai de Lucie e mais adiante comprara seu apartamento, depois de anos de austera edificação de uma existência honrada, ela abrira a porta para o aniquilamento dessa existência.

Que vergonha!

E não podia dizer isso a ninguém.

Nada lhe parecia exprimível ou compreensível no erro que cometera – naquele pecado, naquele crime contra seus próprios esforços.

Nem sua mãe, nem sua irmã, nem seus poucos amigos podiam imaginar a que ponto Jakob e sua filha Grete, ambos atenciosos e ternos, sedutores e bem-educados, agiam sutilmente no sentido de destruir o belo aprumo por fim adquirido pela vida de Norah e Lucie juntas, antes de Norah abrir complacentemente, como se a desconfiança excessiva tivesse acabado por cegá-la, a porta ao mal encantador.

Como se sentia sozinha!

Como se sentia tola e paralisada!

Que vergonha!

Mas que palavras ela iria encontrar, precisas o bastante para fazê-los compreender o mal-estar, a indignação que sentira dois ou três dias antes, por ocasião de uma dessas cenas domésticas que ilustravam tão bem, a seus olhos, a viciosa deslealdade de Jakob e a mediocridade de pensamento à qual ela própria sucumbira, ela que tanto aspirava à delicadeza, à simplicidade, ela que tinha tanto medo dos espíritos tortuosos e que, na época em que vivia sozinha com Lucie, fugia deles nem bem eles se anunciavam, decidida a nunca expor a menina à extravagância, à perversidade?

Mas ela não sabia que o mal podia ter um olhar gentil, que podia aparecer acompanhado de uma menina deliciosa e oferecer amor – ah, é que o amor de Jakob, impessoal, inesgotável e vago, não lhe custava nada, agora ela sabia.

Como todas as manhãs, Norah fora a primeira a levantar-se, alimentara Grete e Lucie e as aprontara para a escola, e nesse momento Jakob saíra do quarto, enquanto Norah terminava de pentear-se no banheiro, ele, que só costumava acordar bem depois que as três haviam saído.

As meninas estavam amarrando os sapatos e ele começara a provocá-las, puxando a ponta de um cadarço para desmanchar o laço, surrupiando um dos sapatos e correndo para escondê-lo debaixo do sofá, soltando grandes risadas de criança que troça, indiferente ao horário e à perturbação das meninas que, achando graça de início, corriam atrás dele pelo apartamento suplicando que parasse com a brincadeira, à beira das lágrimas mas ao mesmo tempo procurando sorrir, pois a situação era supostamente divertida e hilária, e Norah tivera de intervir, ordenando-lhe, como se ele fosse um cachorro, com aquela voz falsamente amável, vibrante de raiva contida que ela só utilizava com Jakob, que fosse imediatamente buscar os sapatos, o que ele fizera com tanta graça que Norah e as próprias meninas de repente ficaram parecendo mulherzinhas mesquinhas e tristes que um simpático duende tentara alegrar, sem sucesso.

Norah sabia que agora teria de se apressar para não chegar atrasada ao primeiro compromisso de seu dia, de modo que protestou secamente quando Jakob manifestou o desejo súbito de acompanhá-las, mas, como as meninas o defenderam e incentivaram, Norah se rendeu, subitamente exausta, desmoralizada, e elas haviam sido obrigadas a esperar, com seus casacos, seus sapatos, seus cachecóis, plantadas em silêncio na entrada enquanto ele se vestia e até que fosse reunir-se a elas, frívolo e alegre mas de uma maneira que Norah achou forçada, quase ameaçadora, e, no instante em que ela consultava ansiosa o relógio, os olhares dos dois se cruzaram e no de Jakob ela só vira malícia cruel e quase dureza por baixo da animação teimosamente volúvel.

Que espécie de homem fui trazer para a minha casa?, ela se perguntou, tomada de vertigem.

Então ele a enlaçara, estreitara-a contra si mais ternamente do que ninguém jamais o fizera, e ela pensou também, infeliz: Quem, tendo conhecido a ternura, pode renunciar a ela?

Depois eles haviam patinhado nos restos de neve lamacenta da calçada, haviam entrado no carrinho gélido e desconfortável de Norah.

Jakob se instalara no banco de trás com as meninas, pensava Norah, como era seu irritante costume (seu lugar de adulto não era na frente ao lado dela?), e enquanto aquecia o motor ela o ouvira cochichar para as crianças que não era preciso pôr o cinto de segurança.

– Mas por quê? – perguntara, espantada, Lucie, interrompendo o gesto.

– Porque não vamos longe – ele respondera naquela voz excitada, absurda.

As mãos de Norah ao volante começaram a tremer.

Ela instruíra as meninas a pôr o cinto assim que entrassem no carro, e a fúria que sentia contra Jakob endurecera seu tom e parecera dirigir-se a elas, injustiça que Grete e Lucie haviam registrado, pois olharam para Jakob com ar magoado.

– Mas a gente não vai longe – ele dissera. – Eu, pelo menos, vou sem cinto.

Norah dera a partida.

Agora estava definitivamente atrasada, ela que procurava nunca se atrasar.

Estava quase chorando.

Era uma mulher perdida, lamentável.

Depois de uma hesitação, Grete e Lucie haviam desistido de pôr o cinto e Norah não dissera nada, exasperada por ele acabar sempre lhe atribuindo o papel da chata ou da megera e ao mesmo tempo chateada consigo mesma, achando-se covarde, indigna.

Tivera vontade de jogar o carro contra um ônibus para que ele visse como não era inútil pôr o cinto – mas ele sabia, não sabia?

A questão não era essa – qual era, então, e o que queria dela aquele homem de olhar claro e doce cravado em suas costas com o peso suplementar de uma filha adorável, o que queria dela aquele homem que plantara em seu flanco pequenas garras indolores das quais ela já não conseguia, apesar dos coices, livrar-se?

Era isso que ela não conseguia nem ousava explicar à mãe, à irmã, a seus poucos amigos – a trivialidade de tais situações, a estreiteza de suas reflexões, a nulidade de uma vida como a dela, sob a aparência bem-sucedida que facilmente enganava mãe, irmã ou amigos, pois terrível era o poder de encantamento de Jakob e da filha dele.

O pai de Norah estacou diante de uma das celas que se sucediam ao longo do corredor.

Abriu prudentemente a porta e em seguida deu um passo atrás.

– Você vai dormir aqui – disse.

Fez um gesto em direção às profundezas do corredor e, como se Norah tivesse manifestado alguma reticência em relação àquele quarto, disse:

– Nos outros não tem mais cama.

Norah acendeu a luz.

Havia pôsteres de jogadores de basquete presos com tachinhas a cada uma das paredes.

– O quarto de Sony – murmurou.

O pai balançou a cabeça sem dizer nada.

Estava respirando com mais força, de boca aberta, com as costas coladas à parede do corredor.

– Como se chamam as meninas? – perguntou Norah.

Ele olhou para o lado, fingindo pensar.

Deu de ombros.

Ela soltou uma risadinha chocada.

– Não lembra?

– Foi a mãe que escolheu, são nomes estranhos, nunca consegui decorar.

Ele riu por sua vez, sem alegria.

Muito surpresa, de repente ela achou que ele estava com um ar desesperado.

– O que elas fazem durante o dia, quando a mãe não está?

– Ficam no quarto – ele disse, abrupto.

– O dia todo?

– Elas têm tudo de que precisam. Não lhes falta nada. E a menina cuida bem delas.

Norah quis então perguntar por que ele a fizera vir.

Mas, embora conhecesse suficientemente o pai para saber que não podia ser pelo simples prazer de revê-la, depois de tantos anos, e que ele devia esperar algo preciso dela, naquele instante ela o achou tão velho, tão vulnerável que não formulou a pergunta, dizendo para si mesma que quando ele estivesse preparado, explicaria por que a chamara.

Mesmo assim não conseguiu deixar de dizer:

– Só posso ficar alguns dias.

E pensava em Jakob e nas duas meninas com a voltagem aumentada e seu ventre se contraía.

– Ah, não diga isso – ele falou, bruscamente agitado –, você precisa ficar bastante tempo mais, é absolutamente indispensável! Bom, até amanhã.

E afastou-se pelo corredor com passos curtos e rápidos, batendo os chinelos de plástico no piso de cimento, os pesados quadris bamboleando sob o tecido fino da calça.

Com ele desapareceu o cheiro doce-amargo de flores apodrecidas, de flores abertas esmagadas sob uma sola indiferente ou pisoteadas com amargor, e naquela noite, ao tirar o vestido, Norah dedicou um cuidado todo especial a estendê-lo sobre a cama de Sony, para que as flores amarelas espalhadas em levíssimo relevo sobre o algodão verde permanecessem intactas e frescas ao olhar e em nada se assemelhassem às flores corrompidas do flamboaiã, cujo odor culpado e triste o pai carregava.

Encontrou sua bolsa de viagem ao pé da cama.

Sentada de camisola na cama do irmão, forrada com um lençol estampado com emblemas de clubes americanos de basquete, ela percorreu com um olhar compungido a pequena cômoda atulhada de bugigangas empoeiradas, a escrivaninha infantil de tampo baixo, as bolas de basquete amontoadas num canto, quase todas murchas ou furadas.

Reconhecia cada móvel, cada objeto, cada pôster.

O irmão tinha trinta e cinco anos, chamava-se Sony e já fazia muitos anos que Norah não o via, embora mantivesse a afeição por ele.

O quarto de Sony não mudara em nada desde a adolescência.

Como era possível viver assim?

Sentiu um arrepio, apesar do calor.

A noite estava muito escura, perfeitamente silenciosa atrás da vidraça da janelinha quadrada.

Nenhum ruído chegava até ela, vindo de dentro ou de fora da casa, a não ser, talvez, mas ela não estava segura de que fosse mesmo isso, de vez em quando o roçar dos ramos do flamboaiã no zinco do telhado.

Pegou o celular e digitou o número de casa.

Ninguém.

Lembrou-se então de que Lucie mencionara uma ida ao cinema, o que agora a contrariava, pois estavam numa segunda-feira e as meninas tinham de levantar cedo para ir à escola; e precisou fazer força para afastar aquele pressentimento de catástrofe ou de terrível desordem que a tomava toda vez que não estava lá para ver, simplesmente ver, já que nem sempre podia intervir, o que se passava.

Punha essas apreensões na conta de seus defeitos, não de suas fraquezas.

Pois era muito orgulho considerar que só ela sabia organizar corretamente a vida de Lucie e Grete, que só ela podia, com a força da sua razão, da sua ansiedade, impedir o desastre de transpor o umbral de sua casa.

Por acaso ela já não abrira a porta ao mal sorridente e bonachão?

O único meio de compensar os efeitos desse grave erro era sua presença constante, vigilante, inquieta.

No entanto, respondendo ao apelo do pai, ela partira.

E agora, sentada na cama de Sony, censurava-se por isso.

O que significava o pai, aquele velho egoísta, comparado à filha?

Que diferença fazia agora a existência dele quando o equilíbrio da sua era tão frágil?

Embora soubesse que era inútil caso ele estivesse naquele instante numa sala de cinema, digitou o número do celular de Jakob.

Deixou uma mensagem falsamente bem-humorada.

Via o rosto afável dele, seus olhos claros de expressão neutra, prudente, a linha um pouco frouxa dos lábios e a delicadeza geral do semblante bem desenhado, e compreendia uma vez mais, com clareza, por que tanta amabilidade lhe inspirara confiança a ponto de ela não atentar para os elementos perturbadores da vida daquele homem vindo de Hamburgo com a filha, para as versões ligeiramente diferentes que ele fornecera das razões de sua partida para a França, para a névoa com que ele cercava sua falta de assiduidade à faculdade de direito ou o fato de Grete nunca ver nem mencionar a mãe, que teria ficado, segundo ele, na Alemanha.

Ela sabia agora que Jakob nunca seria advogado nem coisa nenhuma, que nunca contribuiria realmente para as despesas da casa mesmo recebendo de vez em quando, dos pais, ele dizia, algumas centenas de euros que gastava em seguida, com ostentação, em comidas caras e roupas supérfluas para as crianças, e sabia também, admitia afinal, que simplesmente instalara em sua casa um homem e uma menina que precisava sustentar, que não podia expulsar, que a tinham encurralado.

Era isso.

Às vezes ela sonhava que voltava certa noite para casa e só encontrava Lucie, alegre e tranquila como em outros tempos, sem aquela febre vã que Jakob suscitava, e que Lucie a informava serenamente que os dois outros haviam partido para sempre.

Pois era isso, Norah sabia que nunca teria força para mandá-los embora.

Para onde eles iriam, como se arranjariam?

Impossível fazer uma coisa assim.

Só um milagre a desembaraçaria deles, livraria a ela e Lucie, ela pensava às vezes, do convívio com aquela dupla graciosa e sutilmente maléfica.

Ah, era isso, e ela estava numa sinuca.

Levantou-se, tirou da bolsa um *nécessaire*, saiu para o corredor.

Tão profundo era o silêncio que tinha a sensação de ouvi-lo vibrar.

Abriu uma porta que, em sua lembrança, podia ser a do banheiro.

Mas era o quarto do pai, e estava vazio; a cama de casal arrumada e uma certa inércia do ar e de tudo levaram-na a concluir que o quarto já não era utilizado.

Seguiu pelo corredor até a sala, que atravessou tateando.

A porta de entrada não estava trancada.

Apertando o *nécessaire* contra o peito e sentindo a camisola roçar a parte de trás dos joelhos, saiu, os pés descalços sobre o cimento morno pisando as flores invisíveis caídas do grande flamboaiã, para o qual ousou enfim erguer os olhos na vã esperança de nada avistar, de não distinguir no entrelaçamento dos ramos negros a mancha clara, a fria luminescência do corpo encurvado do pai, de quem acreditou ouvir a respiração dolorosa e forte, o bufar desolado e mesmo as lágrimas abafadas, pequenos gemidos de angústia.

Tomada de emoção, quis chamá-lo.

Mas por qual palavra?

Nunca se servira com naturalidade de "papai" e não podia imaginar-se gritando seu prenome, que mal conhecia.

O desejo de chamá-lo ficou preso em sua garganta.

Por um longo momento ficou a vê-lo oscilar muito de leve acima dela, sem conseguir distinguir seu rosto mas reconhecendo, agarrados ao ramo mais grosso, os velhos chinelos de plástico.

O pai, aquele homem acabado, brilhava com mil fogos lívidos.

Que mau presságio!

Queria fugir sem demora daquela casa fúnebre, porém tinha a impressão de que, quando aceitara regressar e depois de ver a árvore na qual o pai se encarapitava, comprometera demais sua responsabilidade para desviar os olhos e voltar para casa.

Foi até o quarto de Sony, desistindo de achar o banheiro, tamanho o temor que sentia agora de abrir uma porta e dar com uma cena ou situação que a expusesse ao remorso.

De novo sentada na cama do irmão, ficou manuseando o celular, meditativa.

Deveria tentar uma nova ligação para casa, com o risco de acordar as crianças caso já tivessem voltado?

Ou adormecer com culpa na consciência por não ter feito nenhuma tentativa de prevenir algum eventual problema?

Teria gostado de ouvir de novo a voz de Lucie.

Um pensamento monstruoso a trespassou, tão breve que esqueceu os termos exatos, sem deixar de sentir todo o seu horror: alguma vez voltaria a ouvir a voz da filha?

E se, ao se precipitar para a casa do pai, sem saber tivesse optado entre dois campos, duas formas de vida possíveis para ela, só que uma excluindo definitivamente a outra, entre dois vínculos ferozmente enciumados um do outro?

Sem hesitar mais, digitou o número do apartamento e, como ninguém atendesse, o do celular de Jakob, também em vão.

TENDO DORMIDO pouco e mal, levantou-se com a alvorada, pôs o vestido verde e as sandálias e partiu em busca do banheiro, que encontrou, na verdade, bem ao lado do quarto de Sony.

Foi de novo até o quarto das duas menininhas.

Empurrou a porta suavemente.

A garota ainda dormia.

As duas pequenas, despertas, sentadas bem eretas debaixo do lençol, fixaram Norah com um brilho severo nos olhos perfeitamente iguais.

Norah sorriu para elas, murmurando de longe as palavras ternas que costumava dizer a Lucie.

As pequenas franziram as sobrancelhas.

Uma delas cuspiu na direção de Norah, um jato fraco de saliva que caiu no lençol.

A outra estufou as bochechas, preparando-se para imitar a irmã.

Norah tornou a fechar a porta; não estava magoada, mas constrangida.

Perguntou-se se devia fazer alguma coisa por aquelas garotinhas abandonadas, e a que título: de meia-irmã, de mãe em geral, de adulto moralmente responsável por toda criança que encontra?

E sentiu de novo o coração tomado por uma raiva estéril do pai, aquele homem inconsequente que, depois de tantos fracassos, não parava de arranjar mulher e engendrar filhos com os quais não se importava, visto que sua capacidade de sentir amor e consideração pelos outros, limitada, parecia ter sido totalmente consumida na juventude, dirigida à velha mãe, morta havia muito tempo, que Norah não conhecera.

É verdade que ele mostrara um pouco de afeto por Sony, o único filho homem.

Mas para quê aquele homem sem piedade, incompleto, indiferente, queria uma nova família?

SENTADO À MESA como na véspera e com o mesmo traje claro enxovalhado, a testa abaixada sobre o prato, empanturrando-se de mingau de aveia, ele já comia quando ela entrou na sala grande, de modo que foi preciso esperar que terminasse sua ração e se inclinasse brutalmente para trás, como depois de um grande esforço físico, resfolegando e suspirando, para perguntar-lhe, olhando-o bem nos olhos:

– E agora, o que houve?

Naquela manhã, o pai tinha o olhar ainda mais esquivo que de costume.

Seria por saber que ela o vira no alto do flamboaiã?

Mas em que isso podia embaraçar aquele homem cínico que posturas bem mais desonrosas nunca haviam feito pestanejar?

– Masseck! – ele gritou com voz rouca.

E para Norah:

– O que é que você vai tomar? Chá, café?

Ela golpeou a mesa de leve com o punho enquanto pensava, distraída, preocupada, que estava na hora de Lucie e Grete se levantarem para ir à escola e que Jakob talvez esquecesse de acordar, o que deixaria o dia inteiro sob o signo da negligência e do fracasso; mas será que ela própria não era excessivamente certinha, pontual, escrupulosa, será que na verdade não era a mulher maçante cujo papel, segundo ela, Jakob queria obrigá-la a assumir?

– Café? – perguntou Masseck, oferecendo uma xícara cheia.

– Diga o que vim fazer aqui, afinal – ela pediu serenamente, sem tirar os olhos do pai.

Masseck tornou a sair, apressado.

O pai pôs-se então a respirar com tanta violência e ansiedade que Norah levantou depressa da cadeira e se aproximou dele.

Ficou ali, desajeitada, e teria retirado a pergunta se fosse possível.

– Você precisa falar com o Sony – ele murmurou com dificuldade.

– Onde ele está?

– Em Reubeuss.

– O que é isso, Reubeuss?

Ele não respondeu.

Respirava menos penosamente, arriado na cadeira, barriga para a frente, envolto no cheiro enjoativo das flores em sua plenitude.

Viu então, muito sensibilizada, que escorriam lágrimas pelo rosto cinzento.

– É a prisão – ele disse.

Ela deu um passo para trás, quase um pulo.

Exclamou:

– O que você fez com o Sony? Devia cuidar dele!

– Foi ele que fez, não eu – ele disse em voz baixa, quase inaudível.

– Fez o quê? O que foi que ele fez? Ah, meu Deus, você devia cuidar dele, educá-lo direito!

Ela voltou para sua cadeira, deixou-se cair ali.

Engoliu com um só gole o café amargo, morno e sem gosto.

Suas mãos tremiam tanto que a xícara escapou e caiu na mesa de vidro.

– Mais uma xícara quebrada – disse o pai. – Não paro de comprar louça para esta casa.

– Que foi que Sony fez?

Ele se levantou, sacudindo a cabeça, o velho rosto sem viço devastado pela impossibilidade de falar.

Grasnou:

– Masseck, ele leva você até Reubeuss.

Afastou-se andando de costas em direção à porta do corredor, lentamente, como se tentasse fugir sem que ela notasse.

As unhas de seus pés estavam compridas e amarelas.

– É por isso – ela perguntou calmamente – que não tem mais ninguém aqui? Que todo mundo foi embora?

O pai deu com as costas na porta, abriu-a atrás de si, tateando, depois sumiu no corredor.

Uma vez ela vira, num campo da Normandia, um velho jumento abandonado cujos cascos haviam crescido tanto que ele mal conseguia andar.

Mas o pai ainda podia trotar quando quisesse!

Um rancor imenso iluminava, afiava seu espírito.

Nada, ninguém jamais poderia desculpar o pai por não ter mantido Sony no caminho da decência e da seriedade.

Pois quando, trinta anos antes, ansioso por abandonar a mãe deles e a França, onde marcava passo num emprego medíocre de escritório, ele partira de repente levando Sony, então com cinco anos, na verdade sequestrando Sony, porque sabia que a mãe deles jamais teria permitido que levasse o garotinho, quando, ao fazê-lo, lançara Norah, sua irmã e a mãe delas num desespero do qual esta nunca se recuperara de fato, ele se comprometera, numa carta deixada em cima da mesa da cozinha, a cuidar do menino mais que de sua própria vida, de seus negócios e de sua ambição, e a mãe, perdida de tristeza, se apegara a essa promessa, se convencera de que Sony teria um futuro brilhante, oportunidades que ela, uma simples cabeleireira, talvez não pudesse lhe dar.

Até hoje Norah sentia falta de ar ao lembrar-se do dia em que, ao voltar da escola, encontrara a carta do pai.

Tinha oito anos, a irmã nove, e as coisas de Sony haviam desaparecido do quarto que as três crianças compartilhavam – as roupas da gaveta da cômoda, a caixa de Lego, o urso.

Seu primeiro pensamento fora escamotear a carta e, de alguma maneira milagrosa, a realidade da partida de Sony e do pai, para que a mãe não se desse conta de nada.

Depois, compreendendo sua impotência, ficara andando pelo pequeno apartamento sombrio, tonta de dor e apreensão, abismada por constatar que o que fora feito, que o que era sofrido, seria feito e sofrido para sempre, e que nada mais poderia alterar o fato de que aquela hora terrível tinha existido.

Em seguida ela tomara o metrô para ir até o salão de beleza onde a mãe trabalhava.

Relembrar exatamente o instante em que dissera à mãe o que fora feito, o que ainda seria sofrido, era algo que, trinta anos depois, ela nem sempre tinha força para fazer.

Quando muito podia aproximar-se, com precaução, do rosto atônito da mãe sentada na cama de Sony, alisando freneticamente com a palma da mão a colcha de chenile azul-claro e repetindo com voz frágil, uma voz de sineta: Ele é muito pequeno para viver sem mim, cinco anos, ele é muito, muito pequeno.

O pai telefonara já no dia seguinte ao da chegada, triunfante, cheio de entusiasmo, e a mãe se esforçara para responder de forma conciliadora e quase pacífica, temendo acima de tudo que aquele homem que detestava o conflito aberto interrompesse todo contato se julgasse que ela estava sendo reivindicativa.

Ele deixara Sony falar ao telefone, mas tomara o aparelho quando a criança, ouvindo a voz da mãe, começou a chorar.

O tempo havia passado e a situação inaceitável, amarga, dilacerante se diluíra na matéria dos dias, dissolvida na normalidade da existência, apenas perturbada regularmente por uma carta canhestra e convencional de Sony, à qual Norah e a irmã deviam responder de maneira igualmente formal, para que, calculava a mãe, o pai visse que não havia risco em autorizar novos contatos.

Como, em sua aflição, aquela mulher doce, perplexa, se mostrara conciliatória e tristemente dissimulada!

Ela continuara a comprar roupas para Sony, que guardava, cuidadosamente dobradas, na gaveta da cômoda que fora do menino.

– Para quando ele voltar – dizia.

Mas Norah e a irmã sabiam desde o início que Sony jamais voltaria, elas que conheciam o coração indiferente, o coração desatento do pai e sua tendência a submeter as pessoas ao redor a sua fria vontade.

Se ele decidira que Sony lhe cabia de direito, esqueceria tudo o que pudesse sofrear seu desejo de ter junto de si o único filho homem.

Consideraria negligenciável a violência de tamanho exílio para Sony, e o sofrimento da mãe, inevitável mas passageiro.

Pois o pai era assim, um homem implacável e terrível.

Norah e a irmã sabiam, na época em que a mãe ainda esperava a volta de Sony, que ela não fazia ideia da dimensão daquela intransigência.

O pai sempre se recusaria a mandar o garoto passar as férias na França.

Pois ele era assim, um homem implacável, terrível.

Os anos passavam e a dolorosa complacência da mãe só foi recompensada por um convite para que Norah e a irmã fossem visitar o menino.

– Por que você não quer que ele venha nos ver? – gritou a mãe ao telefone, o rosto desfigurado pelas lágrimas.

– Porque sei que você não o deixaria voltar – respondeu provavelmente o pai, tranquilo, seguro de si, talvez um pouco irritado, pois não gostava de choro nem de gritos.

– Deixaria sim, eu juro!

Mas ele sabia que era mentira, ela também sabia e, engasgada, não conseguiu dizer mais nada.

Jamais passaria pela cabeça do pai complicar a própria vida assumindo a criação das duas filhas, por isso ele nada faria para retê-las consigo: isso era tão evidente que a mãe as deixou viajar até lá, enviando Norah e a irmã como emissárias de sua imensa aflição, de seu amor um pouco desencarnado por um garoto de quem o pai enviava uma foto de vez em quando, mal tirada, sempre desfocada, na qual Sony estava sempre sorrindo e que comprovava sua boa saúde, sua beleza espantosa, a magnificência de seu guarda-roupa.

Pois o condomínio de férias que o pai comprara ainda em construção e que reformara inteiro, luxuosamente, estava fazendo dele um homem bastante próspero.

Em Paris, num movimento simétrico e oposto, e como se devesse expiar sua infelicidade pela ruína, a mãe mergulhava em problemas de dinheiro, dívidas, intermináveis transações com as instituições de crédito.

O pai mandava um pouco de dinheiro, irregularmente, sempre quantias diferentes, sem dúvida dando a entender que fazia o que podia.

O pai era assim, implacável, terrível.

Ignorava a compaixão e o remorso e, tendo sido atormentado pela fome em todos os dias de sua infância, resolvera agora locupletar-se e pôr para funcionar sua viva inteligência em benefício exclusivo de seu conforto e de seu poder, sem sentir necessidade de dizer para si próprio: Fiz por merecer, pois nunca lhe ocorrera sentir a menor dúvida quanto à legitimidade de seus privilégios, de sua riqueza adquirida tão depressa.

Já a mãe, escrupulosa, hesitante, desesperada, afundava nas contas que queria exatas e positivas mas que, diante da escassez de seus rendimentos, não tinham como sê-lo.

Precisou se mudar, foram morar num apartamento de dois quartos, de fundos, na rue des Pyrénées; a gaveta de Sony deixou aos poucos de ser alimentada com roupas novas.

Assim, as duas meninas de doze e treze anos que apareceram pela primeira vez na imensa casa do pai, prostradas de calor, paralisadas de emoção, traziam consigo um pouco daquela tristeza austera, bem-posta, reprimida na qual elas viviam e que, transparecendo no corte curto dos cabelos delas, em seus vestidos de brim, folgados para servir por bastante tempo, nas rústicas sandálias de missionárias, provocou no pai uma irremediável repugnância, ainda mais que nenhuma das duas era bonita, ambas atormentadas pela acne e por quilos inúteis que desapareceriam com os anos, mas que o pai, de certo modo, sempre veria nelas.

Pois o pai era assim, um homem que a feiura chocava e aborrecia profundamente.

Era por isso, achava Norah, que ele dera a Sony todo o amor de que era capaz.

O jovem irmão apareceu na entrada da casa, não caído do flamboaiã ainda frágil e pouco alto, mas apeado de um pônei em cujo lombo acabava de dar a volta no jardim em passo lento.

Estava ali, com um pé à frente, vestindo um traje de equitação de linho creme, calçando autênticas botas de equitação, o boné debaixo do braço.

Nenhum cheiro de flores em decomposição envolvia sua silhueta esguia, flexível e graciosa, nenhuma luz insólita iluminava do interior seu peito mirrado de menino de nove anos.

Estava simplesmente ali, de braços abertos para as irmãs, sorrindo, feliz, esplêndido, tão resplandecente e leve quanto elas eram opacas e graves.

E ao longo de toda aquela temporada, durante a qual, assombradas, reprovadoras, elas desfrutaram de um luxo que teriam sido incapazes de imaginar, Sony se mostrou de uma gentileza e de uma simplicidade extremas.

A toda observação, a toda pergunta ele opunha um sorriso terno e umas poucas palavras um tanto vagas, depois gracejava e as fazia esquecer que observação e pergunta nunca recebiam resposta precisa.

Ficava mudo quando elas falavam da mãe.

Seu olhar se perdia no vazio, o lábio inferior tremia um pouco.

Mas isso não durava, logo ele voltava a ser o garoto alegre, tranquilo, despretensioso, o garoto acetinado, quase doce demais que o pai adorava e a quem dirigia um olhar orgulhoso, e que ostensivamente comparava às duas pesadas filhas de olhos inquietos, pensando, imaginava Norah, que fizera bem em não deixar Sony para trás, em subtraí-lo à influência tristonha da mãe, que transformara duas amáveis garotas em freirinhas rechonchudas, ainda mais que ainda não tivera outros filhos, nem jamais teria, com a bela mulher de lábios desdenhosos, de olhos um pouco exorbitados, com quem se casara dois ou três anos antes e que arrastava pela propriedade as expressões cansadas ou contrariadas de uma melancolia intimidadora, sem palavras.

Quando Norah e a irmã voltaram para Paris três semanas depois, estavam aliviadas de escapar de um modo de vida que a lealdade para com a mãe as obrigava a reprovar ("Mamãe tem problemas de dinheiro", haviam ousado comentar com o pai ao saber que Sony estava matriculado numa prestigiosa escola particular, ao que ele respondera, suspirando: "Quem não tem problemas de dinheiro, minhas pobres meninas!") e muito abaladas por abandonar Sony.

Plantado na entrada da casa, com um pé à frente e vestindo, dessa vez, um uniforme completo de jogador de basquete, com a bola debaixo do braço, ele se despedira sorrindo com esforço, inalteravelmente gentil, sedoso, impenetrável e submisso, embora um tremor agitasse seu lábio inferior.

O pai também estava ali, elegante e ereto, os quadris estreitos um pouco encurvados, sob a copa exígua do jovem flamboaiã.

Ele pousara a mão sobre o ombro de Sony, que então parecera se encolher, tentar embutir-se em si mesmo, e Norah, muito surpresa, pensara: Ele tem medo do nosso pai, antes de embarcar no carro conduzido por Mansour e afastar aquele pensamento que não combinava com o que vira durante a visita.

Porque o pai, aquele homem terrível, intratável, sempre demonstrara grande amabilidade para com Sony.

Chegara a fazer alguns gestos carinhosos.

No entanto Norah tentara imaginar a confusão do irmão de cinco anos ao ver-se naquela terra desconhecida, sozinho no hotel com o pai, depois naquela casa alugada às pressas e rapidamente invadida por uma numerosa parentela, e ao convencer-se aos poucos de que ali começava sua nova existência e de que nunca mais voltaria a viver com a mãe e as irmãs naquele pequeno apartamento do 12º *arrondissement* que fora até então todo o seu universo.

Ela sentia uma pena infinita de Sony e já não o invejava por ser amado pelo pai nem por ter um pônei no jardim.

E a vida delas três, dura e melancólica, frugal e meritória, de repente lhe pareceu livre e desejável comparada à vida de Sony, pequeno prisioneiro mimado.

A mãe, ansiosa por notícias, ouviu num silêncio desolado o relato cauteloso que as duas irmãs lhe fizeram de suas observações.

Depois pôs-se a chorar, repetindo: Então ele está perdido para mim, perdido!, como se a educação e a fartura de que Sony se beneficiava fossem estabelecer entre ela e o garoto uma distância intransponível, mesmo que ela conseguisse revê-lo.

Foi nessa época que o comportamento da mãe se transformou.

Ela se despediu do salão de beleza onde penteava havia uns vinte anos e passou a sair à noite, e, embora na ocasião nem Norah nem a irmã o suspeitassem, anos mais tarde elas compreenderam que a mãe devia ter trabalhado como prostituta e que era essa, apesar da animação de que dava mostras, a forma particular que tomava sua desolação.

Norah e a irmã voltaram uma ou duas vezes, nas férias, à casa do pai.

A mãe nunca mais quis saber de nada do que elas haviam visto por lá.

Construíra para si mesma um rosto duro e decidido, liso à força de base, uma boca com expressão sarcástica, e passara a dizer a qualquer pretexto, fustigando o ar com a mão: Ah, isso não me interessa!

Esse novo rosto, essa amarga determinação lhe permitiram encontrar exatamente o tipo de homem que buscava e com quem se casou, o diretor de uma agência bancária, também ele divorciado, que ainda hoje era seu marido, um homem simpático e sem complicações, com uma situação financeira adequada, que mostrou certa bondade em relação a Norah e à irmã e que inclusive as acompanhou quando, pela primeira vez juntas, as três foram visitar Sony a convite do pai.

A mãe não tornara a ver o filho desde que ele partira.

Sony estava com dezesseis anos.

Ao saber do novo casamento da mãe, o pai logo os convidara, a ela e ao novo marido, reservando para eles, por sua conta, acomodações para vários dias no melhor hotel da cidade, e era como se, pensou Norah na ocasião, ele tivesse esperado a mãe refazer sua vida para perder o medo de que ela quisesse levar Sony.

E foi assim que todos se reencontraram, como uma grande família harmoniosamente recomposta, Norah e a irmã, a mãe e o marido, Sony e o pai, no restaurante do hotel, em volta de uma mesa com pratos requintados, o pai e o marido conversando, não sem constrangimento mas cortesmente, sobre a situação internacional, enquanto o rapaz e a mãe, sentados um ao lado do outro, trocavam olhares furtivos, embaraçados.

Sony, como sempre, estava soberbamente vestido num terno de linho escuro, a pele fina e suave, o corte de cabelo afro curto.

A mãe ostentava sua nova expressão impassível, a boca um tanto torta, o capacete de cabelos louros suecos com muito laquê, e Norah via que ela ficava atenta, ao interrogar Sony sobre o colégio e as matérias prediletas, para não cometer erros de sintaxe ou de gramática, pois julgava Sony bem mais instruído que ela, mais refinado, o que a fazia sentir-se humilhada e infeliz.

O pai os olhava com um ar de satisfação e alívio, como se tivesse enfim convencido dois inimigos de longa data a se reconciliar.

Será que é mesmo isso, perguntou-se Norah espantada, exasperada, que ele acha agora?

Será que ele conseguiu se convencer de que Sony e nossa mãe é que não quiseram se encontrar durante todos esses anos?

O pai, muito tempo antes, redarguira um dia à mãe, num telefonema em que esta, arrasada de tristeza, afirmava que pediria emprestado o dinheiro da passagem de avião e que iria visitar o filho na casa dele, já que ele se recusava a mandar Sony passar as férias na casa dela: Se você aparecer aqui, corto a garganta dele e depois a minha na sua frente.

Mas será que ele era homem de cortar a própria garganta?

Estava ali agora, presidindo a mesa, encantador, soberbo, de uma requintada cortesia, e seus olhos escuros e frios brilhavam de afeto e de orgulho quando os voltava para o adorável rosto de Sony.

Norah observou que o irmão nunca encarava ninguém diretamente.

Seu olhar afável, impessoal, ia de um rosto para outro sem se deter em nenhum e, quando alguém lhe dirigia a palavra, fitava atentamente algum ponto invisível no espaço, sem deixar de sorrir nem de ter na fisionomia uma expressão de interesse formal por tudo o que pudessem lhe dizer.

Evitava particularmente deixar-se surpreender, apanhar, pensava Norah, pelo olhar do pai.

Mesmo assim, mesmo quando o pai o contemplava e Sony olhava para outro lado, o rapaz parecia retirar-se, enovelar-se nas profundezas de seu ser, único lugar onde estava a salvo de todo julgamento ou sentimento que lhe dissessem respeito.

Trocou algumas palavras com o marido da mãe, depois novamente com ela, sem naturalidade, pois ela chegara ao limite do que tinha coragem de lhe perguntar.

Terminado o jantar, o grupo se separou e, embora faltassem alguns dias para a partida, Sony e a mãe não voltaram a se ver e a mãe nunca mais falou em Sony.

O pai organizara um programa turístico faustoso, contratara um guia e um motorista para a mãe e o marido, e chegara a oferecer algumas diárias a mais numa das cabanas de seu condomínio de férias, em Dara Salam.

Mas a mãe recusou tudo isso, dispensou o guia e o carro e antecipou a data do regresso.

Ela não saiu mais do hotel, circulando entre o quarto e a piscina e sorrindo à maneira de Sony, maquinal e distante, muito calma; Norah e a irmã se encarregaram de sair para passear com o marido, que gostava de tudo e não se queixava de nada, e, na última noite, não sabendo mais aonde ir, levaram-no para jantar na casa do pai, onde os dois homens conversaram até as duas da madrugada e se despediram com pesar, prometendo rever-se.

O fato deixara Norah muito irritada.

– Ele zombou de você – disse ao marido da mãe a caminho do hotel, com uma risadinha esperta.

– Por quê? De jeito nenhum, seu pai é muito simpático!

E Norah logo se arrependera da observação maldosa, pensando que, de fato, era bem possível que o pai tivesse apreciado sinceramente a companhia do marido da mãe; achou que estava ressentida com os dois unicamente porque eles davam a impressão de não atribuir a menor importância à imensa aflição da mãe; pensou ainda que sem dúvida tivera a ideia inadequada de levar o marido da mãe à casa do pai na obscura esperança de que ocorresse um confronto de grande magnitude ao cabo do qual Sony e a mãe estariam vingados e o pai aturdido, sua crueldade desmascarada e confessada por ele próprio; mas será que ela não deveria ter compreendido que aquele marido ideal não era o homem indicado para tal situação?

Até a presente data, a mãe não tornara a ver Sony, nunca lhe escrevera nem telefonara, nunca mais pronunciara o nome dele.

Instalara-se com o marido num conjunto residencial da periferia e Norah, que de vez em quando levava Lucie para ver a avó, tinha a impressão de que depois daquela viagem a mãe nunca mais deixara de sorrir aquele sorriso covarde, um sorriso que parecia estar afastado do seu rosto, flutuando de leve à frente dela, o sorriso que ela roubara de Sony e que protegia sua dor.

Norah continuava transmitindo a ela as poucas notícias que recebia de Sony ou do pai – os estudos de Sony em Londres, a volta para a casa do pai alguns anos depois –, mas quase sempre tinha a impressão de que a mãe, sorrindo sempre, balançando a cabeça, fazia força para não ouvir o que ela dizia.

Então Norah passou a falar-lhe cada vez menos de Sony e depois não lhe disse mais nada, quando se verificou que o irmão, ao concluir estudos brilhantes, fora encalhar na casa do pai, onde levava uma vida incompreensível, ociosa, passiva, solitária.

Ah, quantas vezes sentira um aperto no coração ao pensar em Sony!

Não deveria ter ido vê-lo com mais frequência, não deveria tê-lo obrigado a ir à França?

Então ele não era, apesar do dinheiro e das facilidades, um pobre rapaz?

Ela, Norah, se virara sozinha para ser advogada, dando duro e vivendo com dificuldade.

Ninguém a ajudara, e nem o pai nem a mãe haviam demonstrado sentir orgulho dela.

Mas nem por isso ela ficara ressentida: chegava a culpar-se por não ter se esforçado para encontrar um jeito de socorrer Sony.

O que poderia ter feito?

Um demônio se sentara sobre a barriga do garoto de cinco anos e nunca mais saíra dali.

O que poderia ter feito?

Era o que ela tornava a perguntar-se, sentada no banco traseiro do Mercedes preto conduzido por Masseck e vendo ainda no retrovisor interno, enquanto o carro se afastava lentamente pela rua deserta, o pai imóvel junto ao portão, talvez esperando ficar sozinho para voltar, com um voo pesado, para a sombra do flamboaiã e para o grosso ramo descascado e polido por seus chinelos – era o que ela tornava a perguntar-se, apertando nas mãos os papéis que o pai lhe entregara, documentos oficiais com várias marcas de carimbo: não falhara gravemente com Sony, por negligência?

O Mercedes estava sujo, empoeirado, e os assentos cobertos de migalhas.

O pai nunca teria tolerado, no passado, tanto desleixo.

Norah inclinou-se para Masseck e perguntou por que Sony estava na prisão.

Ele estalou a língua, depois soltou uma risadinha, e Norah compreendeu que a pergunta o incomodava tremendamente e que ele não responderia.

Obrigou-se a rir também, muito constrangida.

Por que perguntara?

Era evidente que não cabia a ele falar do assunto.

Sentia-se confusa, desorientada.

Pouco antes de entrar no carro, tentara ligar para Jakob, sem sucesso, e o telefone do apartamento também soava no vazio.

Parecia pouco provável que as meninas já tivessem saído para a escola, pouco provável também que os três ainda estivessem tão profundamente adormecidos que a campainha do telefone, insistente, não fosse capaz de acordá-los.

O que estava acontecendo então?

Sua perna se agitava nervosa.

Naquele instante ela teria gostado de poder se refugiar no claro-escuro dourado e perfumado da grande árvore.

Alisou os cabelos para trás, refez o coque mirrado que usava sobre a nuca e, ao estender o pescoço para ver o próprio reflexo no espelho retrovisor, pensou que Sony talvez tivesse dificuldade para reconhecê-la, pois no último encontro dos dois, oito ou nove anos antes, ela ainda não tinha aqueles sulcos dos dois lados da boca nem aquele queixo um tanto cheio, rechonchudo, contra o qual se lembrava de ter lutado ferozmente quando mais jovem, com a consciência vaga e culpada de que as gordurinhas revoltavam o pai, para depois, a partir do momento em que decidira ser livre e abandonar todo esforço para agradar a um pai que não a amava, aceitar sem remorso e mesmo com uma satisfação desafiadora justamente a ideia de que um queixo como o seu ofenderia, naquele homem fino e exigente, o gosto pela magreza.

E agora esse homem, justamente, estava submerso na gordura.

Ela balançou a cabeça, confusa, atemorizada.

O carro atravessava o centro da cidade e Masseck diminuíra a marcha ao passar diante dos grandes hotéis, cujos nomes ia recitando num tom de importância.

Norah reconheceu o hotel onde a mãe e o marido haviam passado alguns dias, no tempo em que Sony, aluno brilhante, parecia destinado a grandes realizações.

Nunca se esforçara para entender por que Sony voltara a viver na casa do pai depois de ter estudado ciência política em Londres, e sobretudo por que ele aparentemente nunca mais fizera nada de sua vida e de seus talentos.

É que na época o julgava bem mais afortunado que ela, obrigada a trabalhar como garçonete num *fast-food* enquanto estudava, convencida de que não era seu dever preocupar-se, ainda por cima, com o equilíbrio psicológico do irmão, aquele jovem tão mimado.

Um demônio se sentara sobre a barriga dele e nunca mais saíra dali.

Na verdade ele devia estar sofrendo de uma depressão profunda - pobre, pobre menino, ela pensou.

Foi então que avistou, sentados no terraço do hotel onde todos haviam jantado juntos outrora, Jakob, Grete e Lucie.

Fechou os olhos, sentindo a espinha gelada.

Quando tornou a abri-los, Masseck entrara por uma outra rua.

O carro seguia pela estrada que acompanhava o litoral; o cheiro do mar se insinuava e entrava no carro.

Masseck já não dizia nada e seu rosto, que Norah via de perfil, adquirira um ar contrariado, carrancudo, quase ofendido, como se a obrigação de levar Norah até Reubeuss fosse uma ofensa pessoal que lhe faziam.

Ele estacionou diante da alta muralha cinzenta da prisão.

Norah entrou na fila em companhia de um grande número de mulheres, no calor seco, ventoso, e, constatando que todas haviam depositado sobre a calçada os pacotes e cestos que transportavam, fez o mesmo com a sacola de plástico que Masseck lhe entregara dizendo, reticente e com um desdém ultrajado, que continha mantimentos e café para Sony.

Depois, forçado a esperá-la e tendo de deixar a porta do carro aberta para não sufocar, ele se instalara no assento de maneira que ninguém pudesse ver seu rosto.

Não há por que sentir tanta vergonha, ela quase lhe dissera.

No entanto se contivera, pensando: Será que não mesmo?

A náusea lhe embrulhava o estômago.

Quem eram na verdade aquelas três pessoas que avistara no terraço do grande hotel?

Ela mesma, Norah, e sua irmã quando pequenas, acompanhadas de um estranho qualquer?

Ah, não, ela tinha certeza de que eram sua filha e Grete com Jakob, aliás as duas meninas estavam usando vestidinho listrado e chapéu do mesmo tecido que ela reconhecera por tê-los comprado no verão precedente para logo depois, lembrava-se, logo ao sair da loja, ter um acesso de arrependimento pois talvez fossem roupas excessivamente elegantes para meninas, roupas de um tipo que ela e a irmã nunca haviam usado.

Que demônio se sentara sobre a barriga da irmã?

Depois de uma longa espera do lado de fora, ela pôs em cima de uma mesa o passaporte e os papéis que o pai lhe entregara e que atestavam seu direito de visitar Sony.

Entregou também a sacola com mantimentos.

– A senhora é a advogada? – perguntou um guarda com o uniforme todo esfarrapado.

Tinha os olhos vermelhos, lustrosos, as pálpebras sacudidas por tiques nervosos.

– Não, não – ela disse –, sou irmã dele.

– Aqui está escrito que a senhora é a advogada.

Ela respondeu circunspecta:

– Sou advogada, mas hoje venho somente ver meu irmão.

Ele hesitou, olhou atentamente para as florzinhas amarelas que enfeitavam o vestido verde de Norah.

Em seguida ela foi levada para um grande aposento de paredes azuladas, dividido ao meio por uma grade, onde já se encontravam as mulheres que haviam esperado com ela na calçada.

Aproximou-se da grade e então viu, do outro lado do aposento, seu irmão Sony entrar.

Os homens que entraram com ele se precipitaram em direção à grade e logo se estabeleceu tamanho burburinho que ela não conseguiu ouvir o bom-dia de Sony.

– Sony, Sony! – gritou.

Sentiu uma tontura, agarrou-se à grade.

Aproximou-se o mais que pôde da trama de ferro empoeirada, manchada, para distinguir melhor aquele homem de trinta e cinco anos que era seu irmão mais moço e cujo belo rosto alongado, cujo olhar doce, um pouco vago, reconhecia por trás da pele maltratada, marcada de eczema, e quando ele sorriu para ela foi daquela maneira radiosa e longínqua tão típica de Sony e que, tal como em outros tempos, a deixou com um nó na garganta, pois pressentira e sabia agora que o único objetivo daquele sorriso era manter secreta e intocada uma infelicidade que não tinha como traduzir-se.

O rosto dele estava coberto de barba, os cabelos espetados sobre o crânio em mechas de diversos comprimentos.

Estavam achatados no lado sobre o qual provavelmente Sony dormia.

Sorrindo, sempre sorrindo, ele falava com ela, mas havia muito barulho e ela não escutava nada.

– Sony! O que está dizendo? Fale mais alto! – gritou.

Ele coçava as têmporas com violência, a testa esbranquiçada por causa do eczema.

– Você está precisando de uma pomada para tratar disso? É isso que está querendo me dizer?

Ele pareceu indeciso, depois balançou a cabeça como se pouco lhe importasse o equívoco e a pomada também funcionasse bem como resposta.

Berrou alguma coisa, uma única palavra.

Daquela vez Norah ouviu claramente o nome da irmã.

Um pânico fugaz esvaziou seu espírito.

Porque também sobre sua barriga um demônio se sentara.

Pareceu-lhe impossível naquele momento contar a Sony, berrar para ele que a irmã tivera, como ela mesma dizia, um problema com o álcool, na verdade um problema tão grave que ela não encontrara outra saída senão refugiar-se numa comunidade mística de onde às vezes enviava para Norah cartas de iluminada, exaltadas e insípidas, e às vezes fotos em que aparecia, magra de dar medo, com os cabelos compridos e cinzentos e o lábio inferior afundado na boca, ocupada em meditar sentada num tapete imundo, de espuma.

Como ia gritar para Sony: Tudo isso é porque nosso pai tirou você de nós quando você tinha cinco anos!

Não, não podia fazer isso, não podia dizer fosse o que fosse àquele rosto desvairado, àqueles olhos vazios e mortos acima dos lábios ressecados que pareciam divorciados do próprio sorriso.

A visita havia terminado.

Os guardas levavam os prisioneiros de volta para as celas.

Norah olhou o relógio, não mais que uns poucos minutos haviam transcorrido desde sua entrada no locutório.

Acenou para Sony, gritou: “Eu volto!”, enquanto ele se afastava arrastando os pés, magro, famélico, vestindo uma calça velha cortada nos joelhos e uma camiseta suja.

Ele virou a cabeça e fez o gesto de levar uma colher à boca.

– Tem, tem sim – ela gritou ainda –, tem comida para você, e café também!

O calor era intolerável.

Norah agarrava-se à grade, com medo de desmaiar se a soltasse.

Sentiu então, consternada, que estava urinando sem perceber, isto é, que lhe chegava a sensação de um líquido morno a escorrer-lhe pelas coxas e pelas canelas, entrando em suas sandálias, mas era impossível controlá-lo, e a própria percepção da micção estava fora de seu alcance.

Horrorizada, afastou-se da poça.

Ninguém, na confusão do movimento de refluxo em direção à saída, pareceu ter notado.

Uma onda de raiva do pai atravessou-a com tanta violência que seus dentes rangeram.

O que ele fizera com Sony?

O que fizera com todos eles?

Estava à vontade em toda parte, instalado em cada um deles na maior impunidade, e mesmo depois de morto continuaria a prejudicá-los e atormentá-los.

Pediu a Masseck que a deixasse na frente do grande hotel.

– Pode voltar para casa – disse –, depois dou um jeito, pego um táxi.

Para seu grande embaraço, o fedor da urina logo se espalhou no interior do Mercedes.

Masseck, sem dizer nada, baixou os vidros das portas dianteiras.

ELA CONSTATOU, aliviada, que o terraço do hotel estava vazio.

No entanto um reflexo das meninas e de Jakob persistia, uma discreta mas perceptível emanação de sua presença conspiradora e amável, tanto que, sentindo o roçar de um sopro, ergueu os olhos mas viu apenas a silhueta, na contraluz, de um grande pássaro de plumagem clara, de voo lento e pesado, que de súbito abateu no terraço o frio de uma sombra excessiva, anormal.

Uma ponta de cólera a invadiu mais uma vez, depois se dissipou junto com o pássaro que se afastava.

Entrou no hotel, procurou com os olhos o bar.

– Tenho um encontro com o senhor Jakob Ganzer – disse ao empregado da recepção.

Ele anuiu com a cabeça e Norah caminhou até o bar, pisando com as sandálias molhadas o tapete verde com ramagens douradas, o mesmo de vinte anos antes.

Pediu um chá e depois foi ao toalete limpar as pernas e os pés.

Tirou a calcinha, lavou com sabonete na pia, torceu e deixou um longo momento debaixo do secador.

Temia o que a esperava no bar, onde observou que poderia usar um computador conectado à internet.

Bebendo o chá bem devagar para retardar o instante de começar a fazer as investigações necessárias e olhando maquinalmente de sua mesa para o *barman*, que acompanhava uma partida de futebol no telão suspenso acima do balcão, ela pensava consigo mesma que o pior que poderia ter acontecido com os filhos do pai, aquele homem perigoso, fora serem amados por ele.

Pois quem pagara mais caro o fato de ter nascido daquele homem fora Sony.

Quanto a ela, ah, certamente nada estava concluído ainda, era possível que ainda não tivesse compreendido o que lhe estava reservado, a ela ou a Lucie, também era possível que ainda não tivesse percebido a presença do demônio sentado sobre sua própria barriga, só esperando a hora.

Pagou trinta minutos de conexão à internet e logo encontrou, nos arquivos do jornal *Le Soleil*, um longo artigo dedicado a Sony.

Leu e releu com um sentimento de horror crescente, à medida que repisava as mesmas palavras.

Balbuciava, com a cabeça entre as mãos: Meu Deus, Sony, meu Deus, Sony, primeiro incapaz de reconhecer o irmão em tamanha abominação, depois agarrando-se, quase contra a vontade, a detalhes, data de nascimento, descrição física, que eliminavam toda esperança de que pudesse tratar-se de um homônimo.

E quem mais teria tido o pai do qual se falava no artigo?

Quem mais teria tido, no centro de tamanho horror, a extrema gentileza que o artigo mencionava como sendo uma singularidade particularmente abjeta?

Subiu-lhe aos lábios este lamento: Sony, Sony, coitado de você, que contudo engoliu como quem engole um grosso escarro, pois uma mulher morrera e Norah estava habituada a advogar os casos de mulheres mortas daquele modo e a não se compadecer dos seus carrascos, mesmo que fossem doces e sorridentes, mesmo que fossem garotos infelizes sobre cuja barriga um demônio se sentara quando tinham cinco anos.

Fechou meticulosamente o site do jornal e se afastou do computador, agora querendo voltar o mais depressa possível para a casa do pai, ansiosa para interrogá-lo, quase com receio, se demorasse, de constatar que ele havia levantado voo para sempre.

Atravessava o terraço quando os viu sentados à mesa no mesmo lugar de antes – Jakob, Grete e Lucie, tomando *bissap*.[1]

1 Refresco popular no Senegal, preparado com infusão de pétalas de hibisco e aromatizado com baunilha ou água de flor de laranjeira. [N. E.]

Eles ainda não a tinham visto.

As duas meninas, de vestidos listrado de vermelho e branco, mangas curtas balão e casas de abelha no peito que ela no fim se arrependera de ter comprado (então não pensara que seu pai teria aprovado aquela escolha, o vago desejo de transformar as meninas em bonequinhas de luxo?) e chapeuzinho do mesmo tecido, batiam papo alegremente, dirigindo a Jakob de vez em quando comentários a que ele respondia no mesmo tom calmo e bem-disposto.

Foi isso que Norah observou em primeiro lugar, e que lhe suscitou uma estranha melancolia na alma: a tranquila animação daquela conversa.

Seria possível que a excitação malsã que ela acusava Jakob de provocar e alimentar fosse desencadeada apenas pela presença dela, Norah, e que afinal tudo corresse melhor quando ela não estava presente?

Parecia-lhe que nunca soubera cercar as crianças com a serenidade que via ali, envolvendo o pequeno grupo.

A sombra rosa do guarda-sol dava à pele dos três uma mesma carnação fresca, inocente.

Ah, pensou ela, será que não fui eu que inventei aquela agitação ruim?

Aproximou-se da mesa, puxou uma cadeira, sentou-se entre Grete e Lucie.

– Olha só! Oi, mamãe – disse Lucie, erguendo-se para beijá-la no rosto.

Enquanto Grete dizia:

– Oi, Norah!

E as duas continuaram a conversa, que era sobre um personagem do desenho animado que tinham visto de manhã em seu quarto no hotel.

– Beba um pouco, é delicioso – disse Jakob, empurrando o *bissap* em sua direção.

Ela o achou bronzeado, e era mesmo como se o sol tivesse iluminado ainda mais seu cabelo loiro, comprido no pescoço e na testa.

– Subam para preparar suas coisas – ele disse às meninas.

Elas saíram da mesa e entraram no hotel se abraçando pelo ombro, uma loura, a outra morena, numa cumplicidade que Norah nunca acreditara inteiramente possível, pois, embora se entendessem muito bem, as duas rivalizavam em segredo pelo primeiro lugar na afeição de Norah e de Jakob.

– Sabe, meu irmão, Sony... – Norah disse depressa.

– Sim?

Ela inspirou bruscamente mas não conseguiu conter o choro, um jorro de lágrimas que suas mãos eram incapazes de enxugar.

Jakob secou seu rosto com um guardanapo de papel. Apertou-a contra si, dando-lhe tapinhas nas costas.

De repente ela se perguntou por que sempre tivera a impressão indefinível, quando faziam amor, de que ele se forçava um pouco, como se pagasse o que devia, o teto e a comida dele e da filha.

Pois, nesse instante, sentia nele uma grande ternura.

Ela o abraçou com força.

– Sony está na prisão – disse com voz rápida, entrecortada.

Assegurando-se com um rápido olhar de que as crianças ainda não estavam de volta, ela contou que Sony, quatro meses antes, estrangulara a madrasta, aquela mulher com quem o pai se casara havia alguns anos e que Norah nunca mais tornara a ver.

Lembrava-se de que Sony a informara, na época, desse novo casamento e, depois, do nascimento das gêmeas, pois o pai não achara que era o caso de dizer-lhe.

Mas Sony não lhe dissera que estava tendo um caso com a madrasta nem que os dois planejavam, segundo o artigo do *Soleil*, fugir juntos, nunca lhe dissera que havia se apaixonado loucamente por aquela mulher que tinha mais ou menos a sua idade, nem que ela desistira, rompera com ele e manifestara o desejo de que ele fosse embora de casa.

Ele a esperara no quarto dela, onde ela dormia sozinha.

– Sei por que meu pai não estava – disse Norah –, sei aonde ele vai à noite.

Esperou-a na penumbra, de pé junto à porta, enquanto ela punha as filhas para dormir num outro quarto.

Ao vê-la entrar, ele a atacara por trás, passara um pedaço de corda de varal, dessas plastificadas, em volta do pescoço dela, e apertara até a asfixia.

Depois estendera na cama, com precaução, o corpo da mulher e voltara para seu próprio quarto, onde dormira até de manhã.

Tudo isso ele mesmo descrevera, de boa vontade, com aquela impressionante afabilidade sobre a qual o artigo insistia de maneira reprovadora.

Jakob escutava com atenção, agitando de leve os restos de gelo no fundo do copo.

Vestia jeans e uma camisa de manga curta azul-clara que exalavam um cheiro limpo de sabão em pó.

Norah se calou, tomada de medo ao pensar na possibilidade de urinar de novo sem perceber.

Voltava o sentimento de escândalo, de incompreensão indignada que tivera ao ler o artigo, sentimento ardente, sufocante, mas que escamoteava com obstinação a figura de Sony – não era o pai o único culpado, ele que tinha o hábito de substituir uma mulher por outra, de manter junto ao corpo envelhecido, à alma corrompida, uma esposa muito jovem e, de uma maneira ou de outra, comprada?

Com que direito ele tomava dos homens de trinta anos o amor que lhes cabia, com que direito se julgava capaz de um amor fogoso, aquele homem cujos chinelos de plástico haviam lustrado o mais grosso ramo do flamboaiã de tanto ali se pendurar?

Grete e Lucie voltaram, cada uma com uma mochila nas costas.

Plantaram-se junto à mesa, esperando, prontas para sair.

Norah contemplava o rosto de Lucie intensamente, dolorosamente, e de repente pareceu que aquele rosto querido não lhe dizia mais nada.

Era o mesmo rosto, os traços delicados, a pele mate, o nariz pequeno, os cachos sobre a testa, mas seu afeto não o reconhecia.

Sentia-se ao mesmo tempo emocionada e, como mãe, distraída, distante.

No entanto amava apaixonadamente a filha; o que teria havido, então?

Estaria simplesmente humilhada por sentir que se estabelecera às suas costas, no inesperado da sua ausência, aquele entendimento entre Jakob e as meninas?

– Bom – disse Jakob –, podemos ir, já paguei a conta.

– Ir aonde? – perguntou Norah.

– Não vamos ficar no hotel, é muito caro.

– É mesmo.

– Podemos ir para a casa do seu pai, não é?

– Claro – disse Norah com desenvoltura.

Ele perguntou às meninas se elas haviam guardado tudo direitinho nas mochilas, sem esquecer nada, e Norah foi obrigada a constatar que ele agora sabia falar com elas com a doce firmeza que ela tanto desejara vê-lo adquirir.

– E a escola? – interpelou, como se a pergunta não tivesse maior importância.

– As férias da Páscoa começaram – disse Jakob um pouco surpreso.

– Eu tinha esquecido.

Ela se agitou, confusa.

Esses detalhes sempre haviam estado sob seu controle.

Seria mentira de Jakob?

– Meu pai nunca gostou muito de meninas – disse. – E agora tem mais duas!

Deu uma risadinha forçada diante do rosto sério dos três, com vergonha de ter um pai assim e de fazer um gracejo a respeito dele.

Pois tudo o que vinha daquela casa era devastação e desonra.

Teve um pouco de dificuldade, no táxi, para indicar exatamente onde era a casa do pai.

Só conhecia o endereço aproximadamente, o nome do bairro, Point E, e tinham sido construídas tantas casas nos últimos vinte anos que ela não se localizava mais, de modo que lhe ocorreu por um instante, ao dar uma nova indicação errada ao motorista, que Jakob e as crianças iam pensar que ela tinha inventado tanto a existência da casa quanto a do pai.

Ela pegara a mão de Lucie, que alternadamente apertava e acariciava.

Sentia, perturbada, que o verdadeiro amor materno se esquivava – não tinha mais consciência dele, estava fria, nervosa, profundamente dividida.

Quando afinal pararam diante da casa, saiu do táxi e correu até a entrada, onde o pai acabava de aparecer nas mesmas roupas amarrotadas, as unhas compridas e amarelas dos pés saindo dos mesmos chinelos de plástico marrom.

Com um olhar desconfiado, ele examinava, atrás de Norah, Jakob e as meninas tirando as bagagens do porta-malas.

Ela perguntou, crispada, se eles podiam se hospedar na casa.

– A moreninha é minha filha – disse.

– Ah, então você tem uma filha?

– Tenho, eu escrevi quando ela nasceu.

– E ele, é seu marido?

– É.

– Vocês são mesmo casados?

– Somos.

Mentia com raiva, sabendo o quanto essas questões de conveniência preocupavam o pai.

Ele sorriu então, tranquilizado, e estendeu a mão amável para Jakob, depois para Grete e Lucie, cumprimentando as meninas pela beleza de seus vestidos, naquele tom mundano, enganador, monótono que usava com os turistas mais importantes quando os convidava a dar uma volta pelo condomínio de férias.

Depois da refeição, durante a qual ele voltou a submeter-se ao suplício da gula, inclinando-se várias vezes para trás na cadeira para recuperar o fôlego, de boca aberta e olhos fechados, Norah o levou até o quarto de Sony.

Sua resistência a entrar no aposento era visível, mas, empanturrado como estava, não pôde fazer outra coisa senão deixar-se cair na cama.

Respirava como um animal agonizante.

Norah, de pé, apoiava-se na porta.

Ele apontou uma gaveta da cômoda; ao abri-la, Norah encontrou sobre as camisetas de Sony uma foto emoldurada que mostrava uma mulher muito jovem, de rosto redondo, olhar risonho, com as pernas finas e belas torneadas pelo tecido leve de um vestido branco.

Num tom amargo, sufocando de piedade pela mulher, ela interpelou o pai:

– Por que você foi casar de novo? O que ainda lhe faltava?

Ele ergueu a mão cansada e lenta e murmurou que não estava interessado em lições de moral.

Depois, aos poucos, recuperando o fôlego:

– Pedi que viesse porque você precisa defender Sony. Ele não tem advogado, e eu não posso pagar um.

– Ele ainda não tem advogado?

– Não, eu já disse. Não tenho dinheiro para um bom advogado.

– Não tem dinheiro! E Dara Salam?

Sua própria voz lhe desagradava, azeda, biliosa, parecia que ela estava fazendo uma cena para o pai, aquele homem funesto com quem ela fizera o possível para manter relações apenas anódinas.

– Eu sei – disse, mais calma – onde você passa as noites.

Ele a fitou, meio de lado, com seu olhar duro e decidido, hostil, ameaçador.

– Dara Salam faliu – ele disse. – Não tenho mais nada lá. Você precisa cuidar do Sony.

– Mas isso é impossível, sou irmã dele. Como você quer que eu o defenda?

– Não é proibido, é?

– Não, mas não se faz.

-E daí? Sony precisa de um advogado, é só o que importa.

– Você ainda ama o Sony? – ela perguntou, sem compreender.

Ele girou o corpo, tomou o rosto entre as mãos.

– Aquele menino é a minha vida – sussurrou.

Estava ali, enorme e velho, os joelhos recolhidos contra o ventre, e Norah compreendeu então que um dia ele estaria morto; quantas vezes pensara com rancor que nada de humano poderia atingi-lo?

Ele se sentou na beira da cama, levantou-se com dificuldade.

Seus olhos foram do amontoado de bolas num canto do quarto para a foto que Norah ainda segurava.

– Era uma mulher ruim, foi ela que o atraiu. Ele não teria ousado olhar para a mulher do pai.

– Seja como for – suspirou Norah –, é ela que está morta.

– Quantos anos você acha que Sony pega? – ele perguntou num tom de absoluto desespero. – Será que ele passa dez anos na cadeia? Será?

– Ela está morta, ele a estrangulou, ela deve ter sofrido muito – murmurou Norah. – As duas menininhas, as gêmeas, o que você disse a elas?

– Nada, nunca falo com elas. Elas não estão mais aqui.

O pai adotara um tom desafiador, irritado.

– Como assim, não estão mais aqui?

– Hoje de manhã eu as mandei para o norte, para a família dela – ele falou, apontando com o queixo a foto da mulher.

De repente Norah não conseguiu mais olhar para ele.

Era como se não houvesse escapatória, como se ele a dominasse, na verdade como se dominasse a todos desde o dia em que levara Sony consigo, imprimindo a marca da sua ferocidade sobre a existência deles.

Ela se formara em direito graças apenas à sua força de vontade, arranjara emprego num escritório de advogados, trouxera Lucie ao mundo e comprara um apartamento, mas teria aceitado abrir mão de tudo isso para que aquelas coisas não tivessem acontecido, para que Sony nunca tivesse sido arrancado de casa aos cinco anos.

– Você disse uma vez, eu lembro, que nunca abandonaria Sony – declarou o pai.

Algumas flores amarelas manchavam a colcha da cama, caídas dos seus ombros e esmagadas sob seu peso.

Que pesado devia estar, hoje, pensou Norah, o demônio sentado na barriga de Sony.

FOI DURANTE A JANTA, naquela noite, enquanto Jakob e o sogro conversavam amistosamente, que Norah ouviu escapar dos lábios do pai:

– Quando minha filha Norah morou aqui...

– O que você está falando? Nunca morei nesta casa! – ela exclamou.

Ele abocanhou um bom pedaço da coxa de frango assado que tinha entre os dedos, levou um tempo para mastigar e engolir, depois falou com voz firme:

– Não, eu sei muito bem. Eu me referia à época em que você morava aqui na cidade, no Grand Yoff.

Ela teve então a impressão de que um chumaço de algodão lhe obstruía a garganta, os ouvidos, que foram tomados por um leve zumbido.

As vozes de Jakob e do pai, das duas meninas que conversavam com uma ponderação excessiva, pareciam ter se afastado dela, ficando quase inaudíveis, abafadas.

– Como assim, nunca morei no Grand Yoff nem em lugar nenhum deste país – ela protestou.

Mas não estava segura de ter falado ou, caso tivesse falado, de ter sido ouvida.

Pigarreou e repetiu mais alto:

– Nunca morei no Grand Yoff.

O pai ergueu as sobrancelhas espantado, achando graça.

O olhar de Jakob ia, indeciso, de Norah para o pai, e as próprias meninas pararam de comer, de modo que Norah se sentiu obrigada a repetir, consternada por parecer suplicar que acreditassem nela:

– Nunca morei noutro lugar a não ser na França, você devia saber.

– Masseck! – chamou o pai.

Depois de dirigir ao homem algumas frases breves, Masseck foi buscar uma caixa de sapatos que colocou sobre a mesa e na qual o pai de Norah se pôs a remexer com impaciência.

Tirou dali uma pequena foto quadrada que virou na direção de Norah.

Como todas as fotos tiradas pelo pai, a imagem, intencionalmente ou não, estava um pouco desfocada.

Ele dá um jeito para que tudo seja impreciso para poder afirmar o que quiser.

A moça de formas arredondadas estava bem ereta diante de uma casinha de paredes rosa e telhado de chapas metálicas pintadas de azul.

Usava um vestido verde-jade com estampas em amarelo.

– Não sou eu – disse Norah com alívio. – É minha irmã. Você sempre nos confundiu, embora ela seja mais velha que eu.

Sem responder, ele mostrou a foto a Jakob, depois a Grete e Lucie. Constrangidas, as meninas deram apenas uma espiada rápida.

– Eu também teria acreditado que era você – disse Jakob com uma risadinha atrapalhada. – Vocês são muito parecidas.

– Não, nem tanto – murmurou Norah. – A foto é que não é boa.

O pai sacudia a foto diante do rosto abaixado, um pouco ruborizado, de Lucie.

– Diga, pequena! Não é a mamãe que aparece aqui?

Lucie balançou vigorosamente a cabeça de cima para baixo.

– Está vendo? – disse o pai a Norah. – Sua filha reconhece você.

Espiava-a de soslaio, meio de perfil, com seu olharzinho intratável e furtivo.

– Você não sabia que sua irmã havia morado no Grand Yoff? – perguntou Jakob com a clara intenção de ajudá-la, como se ela precisasse de alguma ajuda nessa questão, pensou Norah.

Que coisa mais absurda!

Estava cansada, agora.

– Não, não sabia. Minha irmã raramente me fala do que faz ou dos lugares aonde vai para divulgar aquela espécie de comunidade dela. O que ela veio fazer aqui? – perguntou ao pai sem encará-lo.

– É você que está na foto, não sua irmã. Você deve saber o que veio fazer aqui. Você acha que não sei reconhecer minhas filhas?

NO MEIO DA NOITE, deixando Jakob adormecido, ela saiu da casa opressiva, mesmo sabendo que também não encontraria paz do lado de fora, pois ele estava ali, espreitando do alto do flamboaiã.

E ela o ouvia sem vê-lo na noite profunda, e os ruídos de sua garganta ou os pequenos movimentos de seus chinelos no ramo eram ínfimos, e no entanto ela os ouvia e eles se amplificavam em sua cabeça a ponto de ensurdecê-la.

Mantinha-se ali, imóvel, na entrada, os pés descalços sobre o cimento morno e áspero, consciente de que seus braços, pernas, rosto, menos escuros que a noite, talvez emitissem um brilho quase leitoso, e de que certamente ele a via como ela o via, no alto, de cócoras em suas roupas claras, o rosto apagado por sua própria obscuridade.

Nela se contrapunham a satisfação de tê-lo descoberto e o horror de dividir um segredo com aquele homem.

Sentia agora que ele sempre lhe guardaria rancor por ter conhecimento daquele mistério, ela, que ele nunca designara para conhecê-lo.

Seria por isso que ele procurara confundi-la com a história da foto tirada no Grand Yoff?

Ela nem sequer se lembrava de ter estado naquele bairro.

O único detalhe perturbador, ela reconhecia, era a irmã usar um vestido tão parecido com o seu, aquele vestido verde-jade com florzinhas amarelas que a mãe confeccionara para ela com um corte de tecido que Norah comprara nas lojas Bouchara.

Não era possível que a mãe tivesse feito dois vestidos com aquela peça de algodão.

Norah tornou a entrar na casa e percorreu o corredor até o quarto das gêmeas, onde Masseck instalara Grete e Lucie.

Empurrou de mansinho a porta, e o cheiro tépido de cabelos de criança fez emergir de repente o amor que a abandonara.

Depois, o sentimento refluiu e desapareceu, ela se sentiu de novo distante, endurecida, inacessível, como que ocupada por algo que não deixava lugar para mais nada, que tomara posse dela tranquilamente, sem explicações.

– Lucie, querida, minha pombinha ruiva – murmurou, e sua voz desencarnada a fez pensar no sorriso de Sony ou no de sua mãe, de tanto que lhe pareceu não sair de seu corpo mas flutuar diante de seus lábios, pura emanação da atmosfera, e aquelas palavras que ela pronunciara tantas vezes ficaram despojadas de todo conteúdo sensível.

ESTAVA NOVAMENTE diante de Sony, separada dele pela grade à qual era preciso, cada um de um lado, colar a boca para conseguirem se ouvir.

Disse a ele que trouxera uma pomada para seu eczema, que o medicamento lhe seria entregue na enfermaria após verificação, e Sony sorriu, dizendo que nunca mais veria a cor da pomada, com aquela voz afável que empregava em qualquer circunstância.

Agora ela reconhecia bem, apesar da magreza, das crostas de sangue seco, da barba desalinhada, o rosto do irmão, e procurava ler naquele rosto que era a bondade personificada, que era o rosto de um santo, os sinais da perturbação, do remorso, do sofrimento.

Não havia nada disso.

– Sony, eu não consigo acreditar – ela disse.

E pensou com dolorosa amargura que diversas vezes já ouvira os pais de criminosos se expressarem assim, inutilmente, tristemente.

Já Sony era realmente uma espécie de beato.

Ele só balançava a cabeça e se coçava.

– Vou defender você, serei sua advogada. Vou poder visitar você mais vezes.

E ele sempre balançando a cabeça, suavemente, embora coçasse desesperado o rosto e a testa.

– Não fui eu, você sabe – ele disse com tranquilidade. – Eu seria incapaz de fazer mal a ela.

– O que está dizendo?

– Não fui eu.

– Não foi você que a matou? Meu Deus, Sony.

Os dentes de Norah bateram na grade, ela sentiu um gosto de ferrugem nos lábios.

– QUEM A MATOU, Sony?

Ele ergueu os ombros esqueléticos.

Estava o tempo todo com fome, dissera a Norah, pois alguns detentos, dos cem que dividiam a cela com ele, todo dia lhe roubavam uma parte de sua ração.

Só conseguia, ele dissera sorrindo, sonhar com comida.

– Foi ele – disse.

– Nosso pai?

Ele fez que sim com a cabeça, passando e tornando a passar a língua nos lábios ressecados.

Depois, sabendo que os minutos no locutório chegavam ao fim, pôs-se a falar muito depressa:

– Lembra, Norah, quando eu era pequeno, quando ainda morávamos todos juntos, daquela nossa brincadeira? Você me levantava nos braços, me balançava contando "é um, é dois, é três", e me jogava na cama dizendo que a cama era o mar e que eu precisava nadar para chegar à praia. Lembra?

Riu de felicidade, jogando a cabeça para trás, e Norah reconheceu imediatamente, violentamente, o garotinho de boca escancarada que ela jogava na cama coberta com uma colcha de chenile azul.

– Como estão as gêmeas? – ele perguntou ainda.

– Ele as enviou para a família da mãe, eu acho.

Falava com dificuldade, a mandíbula rígida, a língua espessa.

Ele já se afastava atrás dos outros detentos quando, virando-se, o ar grave, disse a ela:

– As meninas, as gêmeas, são minhas filhas, não dele. Ele sabia, entende?

ELA PASSOU UM bom tempo caminhando, sob o sol forte do meio-dia, pela calçada da prisão, sem forças para reencontrar Masseck, que a esperava no carro.

Por fim tudo entrava nos eixos, pensava, numa fria exaltação.

Parecia-lhe que finalmente fitava os olhos do demônio que se sentara na barriga do irmão. Pensou: Vou obrigá-lo a acertar tudo, mas acertar o quê, e quem poderia restituir algum dia o que fora tomado durante anos?

Acertar o quê?

MASSECK SEGUIU por um caminho diferente do habitual, o que ela notou sem prestar muita atenção; mas quando ele parou o carro diante de uma casinha de paredes rosa e telhado de chapas metálicas azuis, desligou o motor e pôs as mãos sobre os joelhos, ela resolveu não fazer nenhuma pergunta, decidindo que não daria o menor passo rumo a uma possível armadilha.

Agora precisava, tanto por Sony como por si mesma, ser forte e saber conduzir as coisas.

O insuspeitado não tomará mais conta de mim, pensou Norah.

– Ele pediu que lhe mostrasse essa casa – declarou Masseck –, pois foi aí que você morou.

– Ele está enganado, foi minha irmã – disse Norah.

Por que ela se recusava a olhar para a casa com alguma atenção?

Confusa consigo mesma, deu uma espiada nas paredes de um rosa desbotado, na calçada estreita que passava defronte, nas modestas casas vizinhas diante das quais crianças brincavam.

Já que vira a foto, não tinha como impedir sua memória de reconhecer o lugar, pensou.

Mas a lembrança não vinha de mais longe?

Não havia, atrás daquelas paredes rosa, duas saletas com piso de ladrilho azul-escuro e, nos fundos, uma minúscula cozinha impregnada de cheiro de curry?

ELA CONSTATOU, durante a janta, que o pai e Jakob conversavam com prazer e que, se o pai era incapaz de fingir interesse pelas crianças, mesmo assim olhava para Lucie e Grete e fazia às vezes uma careta destinada a diverti-las, acompanhada de cômicos ruídos de boca.

Estava descontraído, quase alegre, como se, pensou Norah, ela o tivesse aliviado do terrível peso que era a prisão de Sony e só lhe restasse esperar que ela resolvesse a situação, como se o encargo moral passasse para os ombros dela e ele tivesse ficado liberado daquilo para sempre.

Ela sentia, na atitude do pai em relação às meninas, uma adulação dirigida a ela.

– Masseck lhe mostrou a casa? – perguntou ele de repente.

– Sim, ele me mostrou o lugar onde minha irmã teria morado.

Ele soltou uma risada, compreensivo, desenvolto.

– Sei o que você veio fazer no Grand Yoff – retomou o pai –, refleti e me lembrei.

Ela sentiu uma tontura, levantou-se da mesa e saiu para o jardim.

Depois recuperou o autocontrole e, pensando em Sony, rechaçou o medo e as dúvidas, o mal-estar e o desencantamento.

Que importava o que ele pudesse dizer, se ela o faria acertar tudo?

– Você veio para se reaproximar de mim, foi por isso. Você devia estar com, não lembro bem, vinte e oito ou vinte e nove anos.

Ele falava no tom mais neutro possível.

Como se quisesse abolir qualquer aparência de luta entre os dois.

Jakob e as crianças escutavam aplicadamente, e Norah sentiu que o comportamento afável do pai, o peso de sua idade e os vestígios de sua riqueza lhe garantiam, por parte dos outros três, um crédito que ela já não tinha.

Agora, eles estavam inclinados a acreditar nele e a duvidar dela.

E não tinham razão?

E o que se contestava ali não eram todos os seus princípios de educação, em seu rigor, em sua clareza, em sua severidade?

Porque se eles chegassem à conclusão de que ela mentira, dissimulara ou curiosamente esquecera, ela se veria tanto mais culpada de ter exigido e pregado, na vida que levavam juntos, tanta virtude.

Mas não tinham razão?

Um calor úmido escorria pelas coxas de Norah, insinuando-se entre suas nádegas e a cadeira.

Ela tocou o vestido, aflita.

Desesperada, enxugou os dedos molhados no guardanapo.

– Você queria saber como era viver perto de Sony e de mim – prosseguia o pai com sua voz benevolente –, então alugou aquela casa no Grand Yoff, suponho que queria preservar sua independência porque evidentemente eu nunca teria lhe negado acolhida nesta casa. Você não ficou muito tempo, não é? Talvez tivesse imaginado, não sei, um relacionamento como o que há hoje entre vocês, muita conversa e todo mundo abrindo o coração, se arrependendo, inventando todo tipo de problema e dizendo a toda hora que se ama, mas eu tinha o meu trabalho em Dara Salam, e além do mais essas demonstrações de afeto não fazem meu gênero. Não, você não ficou muito tempo, deve ter se decepcionado. Sei lá. E Sony não estava na sua melhor forma naquela época, talvez tenha sido outra decepção.

Ela não se mexia, atenta para que ninguém percebesse a situação horrorosa em que estava.

Mantinha os pés levantados acima da pequena poça sob a cadeira.

Seu rosto estava quente, a nuca ardia.

Não disse nada, manteve os olhos baixos e ficou sentada até todos saírem da mesa para só então buscar um pano de chão na cozinha.

QUANDO ANOITECEU, foi até a entrada da casa antes que estivesse completamente escuro, sabendo que lá encontraria o pai, de pé, imóvel, na espera paciente e invariável do momento de levantar voo.

Ele resplandecia como nunca em sua camisa imunda.

Percebendo o vestido bege que ela agora usava, ele fez uma careta e disse, quase amável:

– Você se mijou agora há pouco. Não havia razão para isso, havia?

– Sony me disse que você estrangulou sua mulher – disse Norah, indiferente ao que ele acabara de falar.

Ele não teve um sobressalto, não desviou os olhos, parecia já um pouco ausente, na certa absorvido pela consciência da noite que chegava e de sua própria pressa de voltar para o abrigo sombrio do flamboaiã.

– Sony jura que foi ele – disse enfim, como que chamado de volta a um presente enfadonho. – Ele nunca disse nem dirá outra coisa. Conheço o Sony. Confio nele.

– Mas por que tudo isso? – ela perguntou com voz surda.

– Eu estou velho, minha filha. Você consegue me imaginar em Reubeuss? Faça um esforço para entender. Aliás, que eu saiba, você não estava presente. Não sabe coisa nenhuma, não sabe quem fez o quê. Coisa nenhuma. Sony assumiu a culpa, o inquérito foi encerrado, e ponto final.

A voz dele estava cada vez mais fraca, mais tênue, mais sonhadora.

– Coitado do meu menino – sussurrou.

NO QUARTO TRANSFORMADO em escritório provisório ela relia pela enésima vez o dossiê de instrução do caso de Sony.

Jakob e as meninas tinham voltado para Paris enquanto ela se instalava na casinha de paredes rosas e telhado de chapas metálicas azuis, depois de conversar com os colegas de seu escritório sobre assumir a defesa de Sony.

E às vezes levantava os olhos do dossiê e contemplava com prazer o pequeno quarto branco e despojado e aceitava a ideia de que talvez, dez anos antes, tivesse dormido naquele mesmo quarto, pois ficara mais fácil para ela admitir francamente essa possibilidade do que rejeitá-la com temor e cólera, de modo que se deixava invadir sem ansiedade pela impressão de *déjà-vu* que também podia se originar do fato de ter experimentado em sonho o que vivia agora.

Estava ali, sozinha na claridade intensa daquela casa estranha, sentada numa cadeira dura e fresca de metal polido, e seu corpo inteiro estava em repouso e seu espírito também.

Compreendia o que se passara na casa do pai, compreendia o que se passara com cada um deles como se estivesse sentada simultaneamente na barriga de cada um.

Pois Sony dissera ao juiz: "Eu me escondi no quarto da minha madrasta, no canto entre o armário e a parede, e segurava no bolso um pedaço de corda que tinha pegado no armário debaixo da pia da cozinha, uma sobra da corda de estender roupa no quintal. Sabia que minha madrasta entraria sozinha no quarto depois de pôr as meninas na cama, pois era o que ela fazia todas as noites, e sabia que meu pai não entraria pois ele não dormia mais naquele quarto, não posso dizer onde ele dorme, sei, mas não posso dizer. Isso significa que meu gesto foi inteiramente premeditado, eu sabia que minha madrasta avançaria em direção ao armário e que seria fácil passar a corda em volta do pescoço dela. Ela era alta, mas graciosa e não muito forte, os braços eram finos e fracos, eu sabia que se debateria pouco. Já a abraçara tantas vezes naquele mesmo quarto que sabia que minha força era enorme comparada à dela. Era tão esguia que eu quase conseguia segurar meus próprios ombros quando a abraçava. Então tudo se passou como eu havia previsto. Ela entrou, fechou a porta, andou na direção do armário, e eu fui para cima dela e a estrangulei.

Sua garganta gorgolejou, ela tentou pegar a corda que apertava seu pescoço, mas já estava muito fraca. Seu corpo tombou, eu a levantei e a pus sobre a cama. Saí, fechei a porta, fui para o meu quarto. Enchi todas as minhas bolas de basquete, achando que tão cedo ninguém haveria de enchê-las, e quando elas têm a quantidade correta de ar eu me sinto melhor. Deitei e dormi bem, até as seis da manhã. Acordei com o choro das meninas. Elas tinham ido ver a mãe, os gritos delas é que me acordaram. Um pouco depois a polícia chegou e contei tudo assim como estou contando agora. Minhas razões: fazia três anos que eu e minha madrasta estávamos vivendo um caso de amor. Ela tinha a minha idade e era a primeira vez que eu me apaixonava por alguém. Eu amava aquela mulher mais que tudo, mais que qualquer outra pessoa no mundo. Quando meu pai se casou com ela e a levou para nossa casa, me apaixonei na mesma hora. Era muito difícil, eu me sentia culpado e sujo. Mas ela também estava apaixonada por mim e a gente começou a fazer amor. Era minha primeira vez, eu havia esperado até aquele momento, antes tinha faltado coragem. Achava ela bonita, alegre, estava muito feliz. Ela engravidou e tive certeza de que era de mim, me afeiçoei muito às meninas, estava feliz, pois meu pai não desconfiava de nada, eu não tinha mais medo dele e ele não se preocupava comigo. Mas ela, ela começou a se cansar de mim. Não era capaz de me amar pelo resto da vida. Eu era. Estava insatisfeita, começou a implicar comigo. Dizia para eu ir embora de casa, para ir cuidar da minha vida. Mas aonde eu podia ir, e para fazer o quê, e amar a quem? Era ali que eu morava, na casa do meu pai, e estava casado de maneira irrevogável com a mulher do meu pai, e as filhas do meu pai eram minhas. Os segredos do meu pai tinham passado a ser meus também, por isso não posso falar dele, mesmo não ignorando coisa nenhuma a respeito dele".

E a jovem Khady Demba, de dezoito anos, dissera: "Eu estava na cozinha e ouvi as duas meninas gritarem muito alto. Fui correndo até o quarto de onde vinham os gritos. Elas estavam perto da cama, de pé, e a mãe estava estendida, vi que tinha os olhos abertos e que a cor do rosto dela não era normal".

E o pai dissera: "Sou um homem que se fez sozinho e julgo que tenho o direito de ter um certo orgulho disso. Meus pais não tinham nada, as pessoas ao meu redor não tinham nada, para sobreviver era preciso se virar do jeito que fosse possível, mas o que se ganhava a cada dia não compensava o esforço de inteligência investido. Estudei na França, pois era um jovem brilhante, depois voltei para cá com meu filho Sony, que tinha cinco anos, e me lancei nos negócios. Comprei um condomínio de férias construído pela metade em Dara Salam e consegui transformá-lo num lugar frequentado e rentável, mas a sorte virou e tive que abandonar Dara Salam, e, na situação em que estou hoje, sou obrigado a me contentar com muito pouco, não faz mal, não tenho mais tanto orgulho, não tenho mais. Entrei em casa e fui recebido por todos aqueles gritos. Se meu filho Sony diz que é o responsável pelo ato, eu me curvo e o perdoo, pois amo meu filho desde sempre por ser meu filho e por ele ser o que é, embora me digam às vezes: Seu filho não aproveitou sua inteligência, mas eu acho que ele fez o que pôde ou o que quis, e não tenho nada a ver com isso. Reconheço o que ele diz e me curvo. Minha mulher me traiu, ele não. Ele é meu filho, e admito e compreendo o que ele fez, pois me reconheço nele. Meu filho Sony é melhor que eu, ele ultrapassa em grandeza de alma todas as criaturas que conheci, no entanto me reconheço nele e o perdoo. Me curvo diante do que ele afirma, não digo outra coisa, nada de diferente, e se algum dia as palavras dele mudarem, haverei de concordar igualmente com elas. Ele é meu filho, eu o criei, não tenho mais nada a dizer. Minha mulher não, eu não a criei. Não a conheço e não posso perdoá-la e meu ódio não estancará jamais, pois ela me enganou na minha própria casa e não se preocupou nem um pouco comigo".

NO FINAL DA TARDE, quando a sombra suavizou a rua, Norah saiu para visitar Sony.

Ia todo dia à mesma hora, moderando a velocidade dos passos para não transpirar demais.

E preparava mentalmente as perguntas que faria a Sony, mesmo sabendo que ele responderia só com um sorriso e que, na sua determinação de proteger o pai, não voltaria atrás, mas querendo mostrar a ele que estava decicida a salvá-lo e, assim, a desafiá-lo lealmente.

Caminhava alegre pela rua que conhecia e seu espírito estava em paz e seu organismo já não lhe fazia surpresas.

Cumprimentou uma vizinha sentada diante da porta, e pensou: Que bons vizinhos eu tenho; e se um deles, o padeiro libanês ou a velha que vendia soda na rua, falava dela tal como diziam tê-la conhecido dez anos antes, não se importava.

Admitia o que diziam, humildemente, insensatamente, como se faz diante de um mistério.

Também havia parado de se perguntar a razão pela qual estava segura de que seu amor pela filha haveria de renascer assim que levasse a termo o que podia fazer por Sony, assim que os libertasse, a Sony e a ela, dos demônios que haviam se sentado na barriga deles quando ela tinha oito anos e Sony cinco.

Pois era assim.

E conseguia pensar com calma e gratidão em Jakob, que tomava conta das crianças a seu modo, um modo que, talvez, não fosse tão diferente do dela, conseguia pensar em Lucie sem se preocupar.

Conseguia pensar no rosto radioso de seu irmão Sony quando, outrora, brincava de jogá-lo na cama, conseguia pensar nisso e não se sentir devastada.

Pois era assim.

Ela cuidaria de Sony, ela o levaria de volta para casa.

Era assim.

contraponto

Ele percebia perto de si uma outra respiração que não a dele, uma outra presença nos ramos. Havia algumas semanas que sabia que não estava mais sozinho em seu refúgio e que esperava sem pressa nem cólera que o estranho se revelasse, embora já soubesse quem ele era, só podia ser uma pessoa. O fato não o irritava, pois na obscura quietude do flamboaiã seu coração batia entorpecido e seu espírito se mostrava indolente. Mas o fato não o irritava: sua filha Norah estava ali, perto dele, empoleirada entre os ramos agora sem flores, no cheiro ácido das pequenas folhas, estava ali, na sombra, com seu vestido verde-jade, a uma distância prudente da fosforescência do pai, e por que teria vindo aninhar-se no flamboaiã senão para estabelecer a paz definitiva? Seu coração estava entorpecido, seu espírito indolente. Ouvia a respiração da filha e o fato não o irritava.

DURANTE TODA A manhã, como os vestígios de um sonho penoso e vagamente aviltante, acompanhou-o o pensamento de que não deveria ter falado com ela daquele jeito, no seu próprio interesse, e essa ideia, depois de muitas voltas e reviravoltas no seu espírito inquieto, se transformou em certeza, ainda que não conseguisse lembrar muito bem o motivo da discussão – o sonho penoso e aviltante do qual lhe restava apenas um ressaibo amargo.

Não deveria nunca nunca ter falado assim com ela – era tudo o que sabia agora da discussão, era o que o impedia de se concentrar sem que pudesse esperar obter alguma outra vantagem, mais tarde, quando voltasse para casa e a reencontrasse.

Pois, pensava confusamente, como apaziguaria a própria consciência se as lembranças truncadas dos conflitos entre os dois só faziam aparecer sua culpa, mais uma vez e sempre, como nesses sonhos penosos e aviltantes nos quais, não importa o que se diga e o que se decida, estamos em falta, irrevogavelmente?

E como, pensava ainda, se acalmaria e seria um pai de família correto se não conseguisse apaziguar a consciência, como poderia fazer-se amar de novo?

Não deveria, é certo, falar assim com ela, nenhum homem tem esse direito.

Mas o que o impelira a deixar sair dos lábios certas palavras que nunca devem ser ditas por um homem cujo desejo mais violento é fazer-se amar como antes, isso ele recordava mal, como se aquelas frases terríveis (aliás, quais eram elas, exatamente?) tivessem explodido em sua cabeça, destruindo todo o resto.

Era justo então que se sentisse tão envergonhado?

Se pelo menos pudesse, pensava, provar diante do seu próprio tribunal interior que tivera alguma razão válida para enfurecer-se tanto, seria com mais moderação que lamentaria seu arrebatamento, e todo o seu caráter seria assim abrandado.

Ao passo que a vergonha presente, exaltada, vertiginosa e caótica, apenas o deixava de mau humor.

Ah, como aspirava à quietude, à clareza!

Por quê, com o passar do tempo, por quê, à medida que a juventude se distanciava, tinha a impressão de que só a vida dos outros, de quase todos os outros ao redor, avançava com naturalidade por um caminho cada vez mais desimpedido, já banhado pelos raios cálidos e ternos da derradeira luz, o que permitia a todos os homens do seu meio baixar a guarda e adotar em relação à existência uma atitude descontraída, sutilmente cáustica mas impregnada da consciência discreta de um saber essencial, obtido em troca de sua barriga flexível e firme, de sua cabeleira de uma só cor, de sua saúde perfeita? *E cubro-me de profunda tristeza, pois estou em grande sofrimento.*

Ele, Rudy, percebia de que natureza era esse saber, embora tivesse a sensação de avançar com dificuldade por uma vereda que cruzava um matagal que nenhuma luz derradeira era capaz de penetrar.

Acreditava compreender, do fundo de sua desordem, de sua fraqueza, a insignificância fundamental daquilo que o fazia sofrer, e no entanto era incapaz de servir-se dessa intuição com proveito, perdido que estava nas margens da verdadeira vida, aquela na qual cada um tem o poder de se apoiar.

Sendo assim, pensava, ainda não havia chegado, ele, Rudy Descas, apesar dos seus quarenta e três anos, àquela ponderação desenvolta e fácil, àquela ironia tranquila que via nos atos mais simples e nas palavras mais comuns dos outros homens, que, parecia-lhe, mostravam todos calma e espontaneidade com os filhos, liam jornais e revistas com um interesse divertido, pensavam com prazer no jantar entre amigos no domingo seguinte, para cujo êxito se mostrariam generosos, alegres, sem nunca precisar fazer um esforço para dissimular que saíam de mais uma briga, de um sonho penoso e aviltante. *Pois estou em grande sofrimento.*

Nada disso lhe fora concedido, nunca.

E por quê?, ele se perguntava, por quê?

Que tivesse se comportado mal em momentos e situações nos quais é importante estar à altura do drama ou da alegria, isso ele admitia, mas qual era esse drama, onde estava essa alegria na vida estreita que levava com a família, e que circunstâncias particulares não soubera enfrentar como homem completo?

Parecia-lhe que seu imenso cansaço (não menos imensa era sua fúria, diria Fanta com sarcasmo, era típico dele dizer-se exausto quando a surda raiva permanente que impunha a seus próximos exauria estes últimos em primeiro lugar, não é verdade, Rudy?) vinha do esforço que fazia para guiar na direção certa sua pobre carroça, sua carga de sonhos penosos, de sonhos aviltantes.

Alguma vez fora recompensado por seu desejo de fazer o melhor?

Não, nem isso, não, nem felicitado nem estimado nem reconhecido: não.

Em defesa de Fanta, que parecia sempre imputar-lhe em silêncio os fracassos, a má sorte, tinha de reconhecer que estava pronto a antecipar todo julgamento desse tipo ao sentir-se obscuramente responsável por tudo o que lhes sucedia em matéria de infortúnio.

Quanto aos raros lances de sorte, habituara-se a recebê-los com tanto ceticismo, seu rosto desconfiado manifestava de forma tão eloquente que nada tinha a ver com a breve passagem da felicidade em sua casa, que a ninguém ocorreria a ideia de felicitá-lo.

Ah, Rudy não ignorava isso.

Ele sentia subir ao rosto aquele ar de suspeição quase enojada no instante em que propunha a Fanta, por exemplo, ou a Djibril, uma ida ao restaurante, um passeio até o clube de canoagem, e via em troca a inquietação ou uma leve perplexidade (na criança que desviava o olhar, buscava o da mãe, incapaz de compreender as intenções secretas do pai) invadir os dois belos rostos, tão parecidos, da mulher e do filho, e então ele não podia conter a irritação e se exasperava e reclamava: O quê, vocês nunca estão contentes?, e nesse momento os dois belos rostos das únicas criaturas que ele amava neste mundo se fechavam, não exprimindo mais que uma triste indiferença em relação a ele e em relação a tudo que ele pudesse sugerir para agradar a elas, afastando em silêncio da vida delas, de seus pensamentos e sentimentos, aquele homem rabugento e imprevisível que no momento a má sorte as obrigava a suportar a seu lado como os restos de um sonho penoso, de um sonho aviltante. *Tudo o que estava por me acontecer me aconteceu.*

Ele parou bruscamente o carro no acostamento da estradinha que o levava todo dia ao trabalho com Manille, tendo passado a grande rotatória no centro da qual se elevava agora a curiosa estátua de pedra branca de um homem nu cujas costas curvadas, a cabeça baixa, os braços estendidos para a frente pareciam esperar com terror e resignação os chafarizes programados para regá-lo no início do verão.

Rudy havia acompanhado cada etapa da construção dessa fonte, sempre que de manhã, dirigindo seu velho Nevada, entrava devagar na rotatória, antes de tomar o rumo da loja de Manille, e sua curiosidade distraída se transformara sem querer em constrangimento, depois em mal-estar, quando acreditou constatar uma íntima semelhança entre o rosto da estátua e o dele (ambos com a testa larga e achatada, nariz reto mas um pouco curto, mandíbula saliente, boca grande, queixo anguloso de homens orgulhosos que sabem exatamente aonde os leva cada um dos seus passos decididos; não era isso mais cômico do que aflitivo para quem se contentava em dar duro com Manille, era ou não era, Rudy Descas?), e sua perturbação crescera à vista do monstruoso órgão genital que o artista, um certo R. Gauquelan, que morava na região, esculpira entre as pernas do herói, forçando Rudy a sentir-se objeto de uma cruel derrisão, tão lastimável era o contraste entre a atitude frouxa, desarmada, e os testículos enormes.

Agora ele evitava dirigir o olhar habitual à estátua quando contornava a rotatória no Nevada em mau estado.

Mas um reflexo malévolo voltava às vezes seu olhar para a face mineral que era a dele, aquela face ampla e clara de aparência tão viril inclinada com temor, depois para os testículos desproporcionais, e passou a sentir rancor e quase ódio em relação a Gauquelan, que ainda por cima havia conseguido, Rudy lera no jornal local, vender a obra à cidade por cerca de cem mil euros.

Essa notícia o mergulhara numa grande depressão.

Era como se, pensava, Gauquelan tivesse se aproveitado do seu sono ou da sua inocência para fazê-lo figurar numa ridícula foto pornográfica que teria tornado Gauquelan mais rico e Descas mais pobre, grotesco – como se Gauquelan o tivesse tirado de um sonho penoso para lançá-lo num sonho aviltante.

– Cem mil euros, não dá para acreditar – dissera a Fanta, zombando para mascarar sua desolação. – Não, não dá para acreditar, de jeito nenhum.

– O que é que tem, que prejuízo lhe causa o fato de outros se saírem bem? – devia ter respondido Fanta, com aquele hábito irritante que passara a ter de querer observar toda situação sempre de um ponto de vista elevado, magnânino, desprendido, abandonando Rudy com seus pensamentos mesquinhos, pois isso, assim como o resto, agora, ela não queria mais compartilhar com ele.

No entanto ela não podia impedir que ele se lembrasse, e a lembrasse num tom suplicante, dos bons tempos não tão distantes nos quais um dos maiores prazeres de ambos consistia, na penumbra do quarto, sentados na cama lado a lado como dois companheiros e partilhando um mesmo cigarro, em falar mal do comportamento e do caráter dos amigos, dos vizinhos, e em obter dessa severidade comum, mesclada a uma má-fé bastante consciente, efeitos cômicos que jamais teriam podido nem tentado ousar com outros, sendo próprios desse par de cupinchas que os dois formavam, além de serem marido e mulher.

Ele queria agora obrigá-la a lembrar-se disso, a ela, que fingia acreditar que nunca se divertira com ele – mas não, não foi a melhor ideia que ele teve, com seu tom involuntariamente suplicante, mendigar que ela aceitasse a constatação de que, para todos os efeitos, as coisas haviam mudado e certamente ele não era mais o divertido companheiro de antes, por culpa dele.

E ele voltava sempre a esse aspecto intolerável, a essa tácita acusação que lhe comprimia a garganta – sua eterna culpa –, e quanto mais se debatia para libertar-se do que o estrangulava, do que o matava, quanto mais sacudia a cabeça pesada, mais se irritava e aumentava os crimes.

Na verdade os dois não tinham mais amigos havia muito tempo, e os vizinhos mostravam frieza em relação a ele.

Rudy Descas não dava a menor bola para isso, achava que já tinha preocupação suficiente para se ocupar do que, na sua atitude, desagradava, mas não podia mais rir de ninguém com Fanta, mesmo que ela ainda tivesse esse desejo.

Os dois estavam isolados, muito isolados, eis o que era obrigado a reconhecer.

Parecia que os amigos (quem eram eles exatamente?, como se chamavam?, onde haviam se enfiado, todos?) haviam se afastado à medida que Fanta se distanciava dele, como se apenas o amor que ela sentira por ele, à maneira de uma terceira pessoa entre os dois, fosse capaz de preservar o interesse e a afeição de ambos e, desaparecida essa testemunha, Fanta e ele, mas sobretudo ele, se mostrassem aos amigos em toda a sua áspera banalidade e pobreza.

Mas Rudy não dava a menor bola para isso.

Tinha necessidade apenas da mulher e do filho – embora tivesse, como já admitira para si mesmo com um pouco de incômodo, bem menos necessidade do filho que da mulher, e não tanto do filho em si quanto do fato de ele ser a misteriosa e sedutora extensão da mulher, fascinante, milagroso fruto da personalidade e da beleza de Fanta.

Na presença das sombras informes que haviam desempenhado o papel de amigos, ele só sentia falta dos olhares benevolentes e cordiais que lhe asseguravam que Rudy Descas era um sujeito simpático, uma companhia agradável, e a quem a mulher vinda de longe amava sem reservas – então ele era realmente ele, Rudy Descas, tal como se via, presente neste mundo, e não a improvável e dissonante imagem saída de um sonho penoso, de um sonho aviltante, e que manhã nenhuma consegue apagar. *Que foi feito dos meus amigos, de quem eu gostava tanto e era tão próximo?*

Olhou o relógio.

Restavam apenas cinco minutos antes da hora de iniciar o trabalho com Manille.

Estacionara diante da única cabine telefônica das imediações, à beira da estradinha que se lançava decidida e alegremente por entre a imensidão de videiras.

O sol já estava forte.

Nenhuma aragem, nenhuma sombra antes da dos altos carvalhos verdes que emolduravam ao longe o castelo vitícola, austera moradia de janelas fechadas.

Que orgulho ele sentira ao apresentar a Fanta essa região onde nascera, onde eles iam viver e prosperar, e particularmente essa moradia cujos proprietários sua mãe conhecia um pouco e que produziam um excelente vinho, um *grand cru* que Rudy, agora, não tinha mais recursos para beber.

Sabia que, obscuramente, para além de toda esperança razoável, o prazer orgulhoso que sentira ao mostrar a Fanta o pequeno castelo, avançando à frente dela e quase puxando-a até o portão, até os carvalhos verdes, alegando a vaga relação da mãe com os donos do lugar (tudo o que ela fizera fora substituir por algumas semanas a faxineira habitual) para se aproximar exageradamente do local, esse prazer vinha do fato de ele estar convencido de que um dia a propriedade lhes pertenceria, a Fanta e a ele, de algum modo seria deles, embora ainda não soubesse como.

O fato de três enormes cães terem saído dos fundos da propriedade e se lançado em direção aos dois não modificara essa atitude, apesar de um sentimento de puro horror ter se apoderado dele então.

Ah, Rudy Descas não era um homem tão corajoso assim. *Os amigos me fizeram muita falta.*

Aqueles dobermans furiosos não iam querer puni-lo por seus desejos presunçosos e absurdos, pela grande pata possessiva que pusera em pensamento sobre a propriedade?

Um assobio lançado pelo dono invisível deteve imediatamente os cães, enquanto Rudy recuava devagar, com o braço estendido diante de Fanta, como se quisesse dissuadi-la de pular no pescoço dos três monstros.

Como ele se sentira inútil e vão naquela manhã quente de primavera, no silêncio tranquilo e luminoso que se seguira à retirada dos cães e ao retorno deles até o carro, como se sentira pálido e cambaleante ao lado de Fanta, que não parecia nem um pouco abalada.

Ela não me censura por tê-la colocado em perigo, não porque seja boa, embora seja, mas porque a consciência do perigo não a atingiu, ele pensou, e será isso a coragem, enquanto eu sou apenas um audacioso? *Pois, quando Deus me pôs à prova, não vi um único amigo ao meu lado.*

Espiava de soslaio o rosto impassível, os grandes olhos castanhos da mulher postos no caminho de cascalho onde ela arrastava, distraída, a ponta de uma vara, um pequeno ramo de aveleira recolhido do chão no instante em que os cães se lançaram contra eles.

Algo nela resistia à compreensão, ele pensou quase admirado, embora pouco à vontade – o tipo de placidez dessa mulher que era antes de tudo uma intelectual, o desconhecimento que ela parecia ter – ela, que decifrava tudo – de sua própria fleuma.

Ele olhava o amplo, nobre contorno de sua face lisa, os cílios negros espessos, o nariz pouco saliente, e o amor que sentia por essa mulher reservada o assustava.

Pois ela era estranha, talvez estranha demais para ele, que não cansava de demonstrar que não era só o que parecia ser, que não era simplesmente um ex-professor secundário que voltara a instalar-se em sua província natal, mas um homem que a sorte elegera para realizar um destino original.

Teria bastado a ele, Rudy Descas, ele teria se contentado com gratidão, se seu único dever fosse o de amar Fanta.

Mas ele tinha a impressão de significar muito pouco para ela, mesmo que ela ignorasse isso, e de lhe dever bem mais, por tê-la retirado de seu universo familiar, que uma pequena casa no campo, penosamente paga em prestações, e a vida que levavam, toda essa mediocridade que o enfurecia.

E ele estava agora à beira da mesma alegre estradinha, vários anos depois que os cães por pouco não dilaceraram os dois (mas a tranquilidade de Fanta não lhes teria suspendido o salto, não teriam eles se afastado ganindo, talvez amedrontados, ao sentir que ela não era um ser humano como os demais?), numa cálida e suave manhã de maio muito parecida com aquela, só que a derrota de então pouco alterara sua confiança no futuro, no sucesso, na sorte deslumbrante dos dois, enquanto agora sabia que nada daria certo.

Eles haviam tornado a partir nesse mesmo velho Nevada do qual saía agora, e já então era um carro fora de moda, de um azul acinzentado característico dos gostos prudentes da mãe de Rudy, de quem este o comprara quando ela o trocara por um Clio; no entanto, como Rudy sabia na época que logo poderia adquirir algo bem melhor (um Audi ou um Toyota), fizera Fanta considerar o carro um bicho de estimação tinhoso, ridículo, porém alquebrado, do qual acompanhavam os últimos dias com paciência, só saindo com ele para não deixá-lo abandonado.

Ele havia tratado o pobre Nevada com descaso e desprezo, mas hoje não era uma espécie de ódio que sentia pela robustez, pela valentia a toda prova daquele velho carro descomplicado, e até mesmo por sua honestidade, sua abnegação?

Não há nada mais miserável, pensou, do que odiar o próprio carro, então a que ponto cheguei, e cairei ainda mais baixo? – ah, mas isso do carro era uma ninharia comparado ao que ele dissera a Fanta naquela manhã, antes de sair para o trabalho com Manille e tomar essa mesma estrada que, no passado, avançando alegremente entre as videiras...

O que ele dissera exatamente? *E ventava diante da minha porta e o vento os levou.*

Deixou a porta do carro aberta, de pé sobre as pernas trêmulas. A dimensão do estrago que provavelmente causara o atordoava.

Você pode voltar para o lugar de onde saiu.

Seria possível?

Esboçou um sorriso crispado, amarelo – não, Rudy Descas não falaria assim com a mulher por quem desejava ardentemente ser amado de novo.

Levantou os olhos, pôs a mão em viseira, o suor já molhava sua testa, sua franja loura.

Louro também era o mundo ao redor dele nessa manhã doce e limpa, louras as paredes do pequeno castelo lá adiante, que alguns estrangeiros (americanos ou australianos, segundo lhe dissera a mãe, sempre à espreita de informações com que alimentar sua tendência à deploração voluptuosa) haviam recentemente adquirido e restaurado, e as manchas louras de luz sob suas pálpebras dançavam ao ritmo do seu piscar de olhos – pudessem elas correr enfim, essas lágrimas de cólera que sentia pressionar suas órbitas a partir de dentro.

Mas as faces permaneciam secas, o maxilar contraído.

Percebeu o ronco de um carro que chegava às suas costas e logo se agachou atrás da porta do Nevada, não querendo dirigir um sinal ao motorista que ele tinha, aqui, muita chance de conhecer, mas imediatamente foi sacudido por um riso lúgubre e louco ao pensar que era o único na região a dirigir um Nevada azul-acinzentado, e que seu carro atestava a presença de Rudy Descas de maneira ainda mais segura que a própria silhueta de Rudy Descas, que a uma certa distância podia assemelhar-se a outra qualquer.

Pois lhe pareceu que todo mundo tinha dinheiro suficiente para comprar um carro usado de dez ou doze anos no máximo, exceto ele, e sem que compreendesse por quê.

Quando se levantou, pensou que seria impossível não chegar atrasado à loja de Manille, que teria de passar pelo escritório deste último com uma desculpa relativamente inédita.

Sentiu uma obscura satisfação.

Sabia que Manille estava cansado dele, dos seus atrasos frequentes, do seu mau humor ou daquilo que um homem naturalmente afável e comerciante como Manille devia chamar assim, enquanto Rudy julgava que a reserva ferozmente defendida figurava entre seus direitos fundamentais de empregado mal pago, e, embora apreciasse Manille em outros aspectos, agradava-lhe não ser apreciado por ele, por esse tipo de homem pragmático, trapaceiro e limitado, mas, nos limites muito estreitos de suas faculdades, espantosamente dotado, quase talentoso.

Sabia que Manille teria gostado dele e respeitado e mesmo desculpado seu caráter difícil se Rudy tivesse se revelado um hábil vendedor de cozinhas, sabia que Manille teria apreciado não tanto a capacidade de fazer a empresa ganhar dinheiro quanto a simples competência num domínio preciso, e sabia igualmente que, aos olhos de Manille, ele não era nem qualificado, nem engenhoso, nem esforçado, nem sequer, para completar tamanha nulidade, simplesmente gentil.

Manille só o conservava por uma forma particular de indulgência, de piedade complicada, pensou Rudy – afinal, por que raios Manille ia ter piedade dele?

O que sabia da situação precisa de Rudy?

Muito pouco, pois Rudy nunca se abria com ninguém, mas ele devia perceber, esse homem rude, amável, matreiro, que Rudy era de certo modo um desclassificado e que, até o momento em que não fosse mais suportável, incumbia a homens como ele, Manille, que se sentiam perfeitamente à vontade no lugar onde estavam, protegê-lo.

Rudy compreendia o raciocínio não formulado de Manille.

Mesmo grato, isso o humilhava.

Vá se foder, não preciso de você, pequeno empresário de merda, vendedor de cozinhas baratas!

Mas o que será de você, Rudy Descas, quando Manille puser você na rua com um ar sinceramente compungido, chateado, mas forçado a dar a entender que você fez tudo para chegar a esse ponto?

Ele tinha certeza de que devia à mãe aquele emprego com Manille, embora ela nunca tivesse confessado que fora falar com este último (e necessariamente implorar-lhe, com o canto das pálpebras caídas muito úmido e rosado, a ponta do nariz avermelhada pela infâmia de um tal pedido), e embora a razão que obrigara Rudy a buscar trabalho fosse muito dolorosa para que ele tivesse coragem de falar com ela sobre a questão.

Quer saber? Não estou nem aí para Manille.

Como podia perder tempo em tecer fantasias em torno de Manille quando não se lembrava dos termos exatos que dissera naquela mesma manhã a Fanta e que nunca, em hipótese nenhuma, deveria ter dito, pois tinha a impressão de que a coisa se voltaria da forma mais terrível contra ele se ela resolvesse ou tivesse ocasião de tomá-lo ao pé da letra, e ele chegaria assim ao resultado absolutamente oposto àquele que seus esforços vinham buscando havia já um bom tempo.

Você pode voltar para o lugar de onde saiu.

Ele telefonaria a ela e pediria que repetisse as palavras precisas do violento bate-boca e o que o provocara.

Era impossível que ele tivesse dito aquilo.

E julgava assim, pensou, porque tinha a propensão a sentir-se sempre mais culpado do que era, a acusar-se do pior diante dela, que não podia ter nem maus pensamentos nem propósitos ambíguos pois era muito desprotegida e, com razão, estava muito decepcionada – muito decepcionada!

A simples ideia de que ela pudesse obedecer àquelas palavras terríveis fez subir-lhe um suor à face e ao pescoço.

Depois, quase em seguida, foi percorrido por arrepios.

Com um desespero de criança, desejou então arrancar-se desse sonho interminável, desse sonho monótono e frio no qual Fanta o abandonaria porque ele, sem que conseguisse lembrar, teria de algum modo lhe dado essa ordem, quando nada de mais horrível podia acontecer a ele – ele, que sabia, não sabia?, que ela já havia feito, já havia tentado fazer isso, não é verdade, Rudy Descas?

Expulsou apressadamente esse pensamento, essa lembrança intolerável do deslize de Fanta (era como dizia dentro de si mesmo para reduzir o alcance do que fora simplesmente, nem mais nem menos, uma traição), preferindo ainda a frieza monótona do sonho interminável que se tornara sua vida, para o seu grande espanto – sua verdadeira, sua pobre vida.

Abriu a porta da cabine telefônica, introduziu-se entre as paredes cobertas de riscos e grafites.

Assim como era obrigado a dirigir um Nevada antiquado, também tivera recentemente de rescindir a assinatura do telefone celular, e essa decisão, que ele poderia ter qualificado simplesmente como razoável, tendo em vista seu estreito orçamento mensal, lhe parecia inexplicável, singular e injusta como uma crueldade que tivesse infligido a si mesmo, pois não conhecia nem tinha ouvido falar de ninguém que tivesse precisado desfazer-se desse acessório, exceto ele.

Até mesmo os ciganos que viviam num acampamento permanente instalado à margem da estradinha rebaixada, logo além das videiras do flanco da colina, e cujos reboques de teto esverdeado pelo musgo, pensou Rudy maquinalmente, deviam ser avistados pelos novos moradores do pequeno castelo, os tais americanos ou australianos, até mesmo os ciganos que Rudy via com frequência plantados diante da vitrine de Manille, contemplando com um olhar agudo e desdenhoso as cozinhas em exposição, tinham telefone.

Como é que essa gente toda, pensou, fazia para conseguir viver tão melhor que ele?

O que o impedia de ser tão esperto quanto os outros, já que não era nenhum bobo?

Ele, Rudy Descas, que por muito tempo julgara que sua sensibilidade particular, a amplitude espiritual, idealista, romântica, embora vaga, de sua ambição compensavam favoravelmente sua falta de astúcia e de malícia, começava a se perguntar se tamanha singularidade teria algum valor ou se não seria risível e secretamente desprezível como a confissão, por um homem poderoso, de que gosta de levar palmadas e usar pompons.

Tremia tanto que precisou digitar três vezes o número de casa.

Deixou tocar, por muito tempo.

Seu olhar vagava, através da parede envidraçada, pelo castelo tranquilo, reformado, dourado, bem protegido do calor sob a folhagem densa e disciplinada dos carvalhos, depois seu olhar regressou, fixou-se no vidro da parede, onde percebeu, como prisioneiro da matéria, seu próprio rosto transparente e suado de olhos perdidos, o azul da íris ensombrecido pela angústia – ao mesmo tempo que imaginava com nitidez a sala onde o telefone tocava e tocava em vão, a sala inacabada de sua pequena casa paralisar no estado de obra em andamento, sem perspectiva de conclusão, placas de gesso sem rejunte, o piso feioso de cerâmica marrom, e ali dentro a pobre mobília: um sofá velho de tecido florido e madeira envernizada, herdado da casa de uma patroa da mãe, a mesa de jardim coberta com toalha de plástico, um aparador de pinho, a pequena estante cheia de livros, toda uma triste feiura que a indiferença ou a alegre vitalidade dos moradores da casa não conseguiam de jeito nenhum modificar ou suavizar, pois Rudy execrava essa feiura, que, como o resto, deveria ser apenas provisória, sofria diariamente só de imaginá-la, como agora na cabine telefônica – sofria e se enfurecia, espremido no sonho interminável, no sonho monótono e frio da aflição permanente.

Mas onde ela podia estar àquela hora?

Certamente, como toda manhã, levara Djibril até o ponto do ônibus escolar, mas já devia ter voltado para casa – então, onde estava e por que não atendia o telefone?

Desligou, apoiou as costas na parede da cabine.

A camiseta azul-clara estava molhada, ele a sentia úmida e quente contra o vidro.

Ah, como tudo isso era penoso e inquietante e mortificante, como dava vontade de chorar escondido depois que passasse a raiva.

Seria possível, seria possível que ela simplesmenete tivesse... tomado ao pé da letra as palavras que ele nem tinha certeza de haver pronunciado, que em todo caso tinha certeza de nunca haver pensado...

Pegou de novo o aparelho, tão bruscamente que ele escapou e foi bater contra o vidro, na extremidade do fio.

Tirou do bolso da calça a velha caderneta com o canto das folhas dobrado e procurou o número da sra. Pulmaire, embora tivesse certeza, tendo ligado já várias vezes para a velhota, de que saberia digitar o número de memória.

Ela não era tão decrépita, aliás, tinha pouco mais que a idade da sua mãe, mas com aquelas maneiras de velha, aquela forma de polir ostensivamente sua virtude para descer ao nível dos pedidos complicados e ligeiramente repugnantes que ele costumava lhe fazer desde que eram vizinhos, e na certa considerava ponto de honra nunca pedir nada a eles.

Ela atendeu em seguida, como ele esperava.

– É Rudy Descas, senhora Pulmaire.

– Ah.

– Eu queria apenas saber se... se a senhora podia ir até minha casa ver se está tudo bem.

Ele sentia o coração bater forte e ao mesmo tempo se esforçava para dar à voz uma naturalidade que não enganaria a mulher nem por um segundo, e estava disposto a gemer e a suplicar ao deus de sua mãe, ao bom pequeno deus que afinal parecia mais ou menos ter ouvido e atendido a mãe, mas em vez disso segurava a respiração, paralisado, suando no ar sufocante da cabine, de repente isolado num tempo imóvel (e tudo ao redor lhe parecia imóvel e em suspense ansioso, a copa dos carvalhos verdes, as folhas das videiras, as nuvens de algodão no azul petrificado do céu) que só voltaria a pôr-se em movimento com o anúncio de que Fanta estava realmente em casa – e de que estava feliz e o amava e nunca deixara de amá-lo.

Não, isso a sra. Pulmaire não lhe diria, diria?

Ela falou num sussurro, com uma doçura fingida:

– O que aconteceu, Rudy? Alguma coisa não vai bem?

– Não, nada de especial, só pensei... como não consigo encontrar minha mulher...

– Está me ligando de onde, Rudy?

Sabia que ela não tinha nada a ver com isso, mas sabia também que não ousaria mandá-la às favas antes que ela se dignasse transportar sua pesada, augusta e inútil massa de carne até a casa dele para dar uma espiada pela janela sem cortina ou bater à porta, a fim de que essa mulher estranha que ele tinha, essa Fanta que uma vez já desaparecera, pudesse provar que não fugira nem desabara em algum canto da triste casinha semirreformada – ah, como estava cansado de compreender bem a sra. Pulmaire, como tinha nojo das relações desse tipo.

– Estou ligando de uma cabine telefônica.

– Não está no trabalho, Rudy?

– Não! – gritou. – E então, senhora Pulmaire?

Um longo silêncio, não chocado nem surpreso, a velha Pulmaire não cedia mais a emoções tão pueris, mas carregado de uma pesada dignidade que, se Rudy ainda tivesse um pouco de respeito humano, deveria levá-lo à contrição.

Ele se ouvia arquejar no aparelho.

E sentia subir nele de novo, como nessa manhã em que Fanta o desafiara com suas palavras ou talvez com seu silêncio, ele não sabia mais (mas será que alguém lhe diria enfim quanto tempo um homem que luta pela sobrevivência da sua honra de homem, de pai, de marido, de filho, um homem que tenta diariamente impedir que desmorone o que construiu, quanto tempo esse homem pode suportar ser alvo de censuras sempre iguais, formuladas ou lançadas por um olhar perscrutador, amargo e sem piedade, e se pode suportar isso impávido e com um sorriso nos lábios como se a santidade fizesse parte igualmente do seu dever, será que alguém enfim lhe diria, e quem, se os amigos o abandonaram?), aquela cólera quente, quase doce, quase cordial, à qual sabia perfeitamente que devia resistir, mas que também era tão bom não bloquear, tão bom e reconfortante – a ponto de ele

Não era cruelmente irônico que fosse ele, Rudy, quem tornara a mergulhá-la no que ela conseguira, sozinha e corajosa, abandonar? Ele, que deveria tê-la salvado de tudo isso, melhor ainda, ajudando-a a completar sua vitória sobre a infelicidade de ter nascido no bairro de Colobane, ele, que não deveria tê-la enterrado viva e bela e jovem ainda, tão sozinha e corajosa, nos confins...

– Sou eu, Rudy.

– Espere um pouco, bateram à porta – e a voz era um pouco menos tristonha agora que ela sabia com quem falava, como automaticamente tensionada por um reflexo de vigilância, de suspeição, não deixando escapar nem uma palavra que ele pudesse utilizar contra ela na discussão seguinte, muito embora, na verdade, ele pensou, Fanta nunca discutisse, limitando-se a opor a seus ataques a muralha de um mutismo teimoso, um rosto distante e ligeiramente amuado, lábios inchados, queixo contraído, e ele, Rudy, sabia bem que ela vigiava com muito cuidado o que dizia para que fosse isso, uma frase dela, que provocasse sua raiva – ele, Rudy, sabia bem que se irritava até diante da indiferença, intencional, elaborada, daquele rosto, e que, quanto mais se irritava, mais os traços de Fanta se escondiam e mais ele se emaranhava na raiva, até lançar como um cuspe, naquele rosto falsamente impávido, palavras das quais se arrependia com desespero, embora duvidasse em seguida, como naquela manhã, tê-las realmente dito.

Como era inútil, pensou, pois será que ela não percebia que teriam bastado umas poucas palavras da parte dela, algumas palavras inocentes e comuns mas enunciadas com o calor necessário, para que ele voltasse a ser o bom, o calmo, o simpático Rudy Descas, certamente sem senso prático, mas tão ativo e curioso quanto ainda era dois ou três anos antes, será que ela não percebia?...

Eu te amo, Rudy, ou Nunca deixei de te amar, ou talvez, o que igualmente lhe teria agradado, Não abandonarei você, Rudy.

Sentiu-se corar, confuso com seus próprios pensamentos.

Ela percebia muito bem.

Nenhuma súplica, nenhum rasgo de fúria (mas as duas coisas não se misturavam nele?) jamais a forçaria a dizer essas palavras.

Ele estava convencido de que, mesmo esbofeteada, com o rosto desfigurado sobre o duro piso de cerâmica, ela ainda guardaria silêncio, não podendo admitir dever a salvação a uma mentira sentimental.

Dava para ouvir pelo aparelho os passos de Fanta, um pouco lentos, leves, percebeu a voz mais aguda, ansiosa da sra. Pulmaire, depois a murmurante de Fanta – dava para discernir, a essa distância, o infinito cansaço que pesava sobre a voz da mulher, ou seria apenas um efeito do afastamento e da sua própria vergonha?

Ouviu a porta fechar, de novo a lenta evolução dos pés descalços de Fanta, esse andar fatigado, exausto que ela tinha agora desde cedo, como se a perspectiva de um novo dia nessa casa da qual se recusava obstinadamente a ocupar-se (Por que é preciso que eu faça tudo aqui?, ele exclamava várias vezes, exasperado) chumbasse seus finos tornozelos de pele seca e lustrosa, esses mesmos tornozelos que seguiam rápidos, infatigáveis, guarnecidos apenas de sapatilhas ou tênis empoeirados, pelas ruas de Colobane, a caminho do colégio onde Rudy a vira pela primeira vez.

Esses tornozelos pareciam então alados, pois como teriam podido, tão estreitos e tensos, dois valentes bastõezinhos cobertos de uma casca brilhante, transportar com tanta rapidez e leveza o longo corpo delgado, denso, musculoso da jovem Fanta, como teriam podido, ele se perguntara com enlevo, sem o reforço de duas pequenas asas invisíveis, por certo idênticas às que faziam estremecer suavemente entre as omoplatas a pele de Fanta, no decote do vestido azul-celeste, enquanto ele se mantinha atrás dela na cafeteria do colégio Mermoz aguardando sua vez na fila dos professores, e enquanto se perguntava, olhando aquela nuca flexível, os ombros escuros, sólidos e a pele fina, palpitante...

– Era a vizinha – ela disse, lacônica.

– Ah.

E como ela não acrescentou nada, como não explicou, no tom de triste sarcasmo que agora usava, por que razão a sra. Pulmaire havia passado lá, ele adivinhou que a velhota de certo modo o protegera, nada dizendo do telefonema, inventando provavelmente algum pretexto doméstico, e ficou aliviado mas também confuso e despeitado por essa cumplicidade, por assim dizer às escondidas de Fanta, com a sra. Pulmaire.

E veio-lhe em reação uma profunda piedade por Fanta – pois não era, não precisamente por culpa dele, mas por obra dele, que a ambiciosa Fanta de tornozelos alados já não voava acima da lama avermelhada das ruas de Colobane, certamente sem dinheiro e freada em suas aspirações por mil obstáculos familiares, mas dirigindo-se apesar de tudo ao colégio onde era nada menos que professora de literatura – sim, por obra dele, com seu rosto amoroso e bronzeado, seus cabelos louros com uma mecha que lhe caía a toda hora na testa, e suas belas palavras em tom sério, suas promessas de uma vida confortável, cerebral, em tudo elevada e atraente, que ela havia deixado bairro, cidade, país (vermelho, seco, ardente) para se ver sem trabalho (e ele deveria saber que não lhe permitiriam ensinar literatura aqui, deveria ter se informado e avaliado as consequências para ela) nos confins de uma província tranquila, arrastando os tornozelos de chumbo numa casa um pouco melhor que a que ela abandonara mas que se recusava a gratificar com um pensamento, um olhar, um gesto de atenção (isso quando ele a vira varrer longa e pacientemente os dois cômodos do apartamento vetusto, de paredes verde-azuladas, que dividia em Colobane com um tio, uma tia e vários primos, tão longa e pacientemente!), não era por obra dele, Rudy Descas, ou até por culpa dele, que ela parecia perdida ou envolvida nas brumas de um sonho interminável, de um sonho monótono e frio?

Ele, com o rosto bronzeado e a terrível força de persuasão do amor, e as maneiras suaves e o brilho não habitual dos cabelos louros naquela terra distante, o cintilar característico...

– Não quer saber por que estou ligando? – perguntou enfim.

– Não especialmente – ela disse depois de um tempo, com a voz não mais marcada por aquele relaxamento total e desiludido que comovera Rudy mas, ao contrário, enrijecida, sob controle, metalicamente perfeita no seu domínio do sotaque francês.

– Gostaria que me dissesse por que discutimos hoje de manhã, olhe, não sei mais como foi que tudo começou...

O cintilar característico, ele recordou durante o silêncio que se seguiu, silêncio um pouco ofegante, como se ligasse para um país longínquo de comunicações precárias e suas palavras precisassem de todos esses intermináveis segundos para chegar, mas era apenas a respiração inquieta de Fanta, enquanto ele refletia sobre a melhor maneira de responder a ela para salvaguardar interesses futuros que não sabia, não ousava imaginar quais eram (e uma bolha de raiva lhe subiu de repente à cabeça, que futuro ela podia imaginar sem ele?), sim, ele recordou e deixou o olhar vogar pelas videiras verdes com seus minúsculos bagos, pelos carvalhos verdes, mais adiante, que os compradores da propriedade, os tais americanos ou australianos que fascinavam e incomodavam sua mãe, pois ela dizia que o vinhedo devia ficar nas mãos de franceses, haviam mandado podar tão radicalmente que as árvores pareciam humilhadas, castigadas por terem cometido a afronta de expandir sua folhagem envernizada, compacta, inalterável, a ponto de dissimular em parte a pedra então cinzenta, agora dourada e fresca, do que afinal não era mais que uma casa-grande na qual punham aqui o pomposo e respeitoso nome de castelo, sim, ele recordou o cintilar característico, naquela terra distante, dos seus próprios cabelos louros, do seu próprio frescor...

– Não sei – disse Fanta em voz baixa, fria.

Mas ele estava convencido de que ela respondia apenas da maneira menos comprometedora, de que o critério único da sua franqueza era agora o que menos pudesse envolvê-la com ele de uma forma qualquer, mesmo uma simples troca de palavras.

De resto, se quisesse ser honesto consigo mesmo, mas será que queria?, pensou, com os olhos de novo erguidos para a distante silhueta ensolarada do castelo que mais adivinhava do que via; conhecia-o tão bem que sonhara muitas vezes com ele, aqueles sonhos monótonos, sem calor e cinzentos que tinha regularmente, com uma precisão de detalhes que só podia ter ouvido, embora não tivesse essa lembrança, da boca da mãe que substituíra talvez por um ou dois dias a faxineira (a empregada, pois ela fazia tudo, cozinhava, arrumava os quartos, fazia a faxina, passava a roupa) dos antigos proprietários, com aquele hábito penoso e degradante que tinha a mãe de fingir desprezo pelo que descrevia (as inúmeras salas inutilizadas e mobiliadas, a louça fina, a prataria), enquanto seus olhinhos de cantos caídos, seus olhinhos claros e rosados brilhavam de paixão frustrada - e os olhos claros e límpidos dele de novo erguidos para os contornos do castelo, como se lá do alto, dessa casa-grande monótona e sem calor e não mais cinzenta... devesse chegar alguma resposta clara, definitiva, mas o que ele precisava saber senão que essa propriedade nunca seria sua, nem de Fanta, nem de Djibril?, então, se quisesse ser honesto consigo mesmo...

- A propósito - disse -, que tal se eu fosse buscar Djibril na escola esta tarde?

- Se você quiser - ela disse, deixando transparecer na voz neutra e fria uma ponta de inquietação que imediatamente o irritou.

- Faz um tempão que não vou buscar, não é? Ele vai ficar contente de não ter que pegar o ônibus.

- Isso eu não sei (a voz prudente, contida num misto de apreensão e estratégia). Mas, se você quiser... Só não se atrase, senão ele já terá pegado o ônibus quando você chegar.

- Certo, certo...

Honesto consigo mesmo, ou se pelo menos quisesse realmente sê-lo, ele devia reconhecer que não acreditava na sinceridade de Fanta, embora de repente tivesse percebido no tom dela o acento sincero e leal de outrora, da jovem de andar alado e aspirações fervorosas, precisas, e cuja vontade inteligente já a levara da pequena banca de amendoim em saquinhos que montava diariamente, quando menina, numa rua de Colobane, às salas de aula do colégio Mermoz, onde ensinava literatura e preparava para o vestibular filhos de diplomatas e de empresários ricos, e essa mulher alta e ereta, de cabelo cortado rente à cabeça abobadada, olhara para ele com uma insistência cheia de liberdade e desenvoltura quando ele tocara com a ponta de um dedo a fina pele palpitante de suas costas, cedendo a um impulso que não lhe era costumeiro, que ele nunca mesmo havia...

– Fanta – disse em voz baixa –, está tudo bem?

– Tudo bem – ela falou, circunspecta, mecânica.

E era falso, ele sabia e sentia que era falso.

Não podia mais acreditar em nada do que ela dissesse.

No entanto teimava em fazer perguntas que exigiam, a seu ver, respostas íntegras, perguntas de ordem íntima ou sentimental, como se a frequência tenaz dessas interrogações pudesse um dia cansar a vigilância de Fanta, o cuidado que ela tinha agora em nada revelar.

– Vou levar Djibril para dormir na casa da minha mãe – ele disse, brusco.

– Ah, não – ela deixou escapar numa queixa, quase num soluço que beliscou dolorosamente o coração dele, Rudy, responsável por tamanha aflição, mas o que ele podia fazer?

Devia privar a mãe do único neto só porque Fanta não gostava de se separar do filho?

O que ele podia fazer?

– Já faz muito tempo que ela não vê o menino – ele disse num tom confortador e complacente cujo eco lhe pareceu tão falso que logo afastou o aparelho do ouvido, incomodado, como se outro tivesse falado em seu lugar e ele se envergonhasse por esse outro que dissimulava tão mal sua hipocrisia.

– Ela não gosta do Djibril – disse então Fanta.

– Por quê? Você está completamente enganada, ela adora o menino.

Ele falava com vigor e alegria nesse momento, embora não se sentisse nem um pouco vigoroso e alegre, nem um pouco animado e disposto a sair do sonho melancólico e melindroso e hipócrita (mas curiosamente não sem uma ínfima esperança) a que se assemelhava agora toda conversa com Fanta.

As sombras sonoras, esvoaçantes dos bate-papos joviais de outrora vagavam em torno deles.

Ele podia ouvir seu pipilar obscuro e sentiu uma saudade muito parecida, pensou, com a cabeça ardendo e os cabelos colados à testa no ar abafado da cabine, à que teria sentido ao ouvir por acaso a gravação das vozes de amigos mortos, de velhos e queridos amigos.

Ó deus de minha mãe, ó meu pai do céu, que tanto fizestes por ela se é verdade o que diz minha mãe, fazei que Fanta...

Ele nunca dera senão uma atenção distraída aos entusiasmos devotos da mãe, acolhendo sempre suas afirmações, seus sinais da cruz prudentes, seus murmúrios de conjuração, com um meio sorriso irônico e irritado, mas retivera, quase contra a vontade e de tanto ouvir, a ideia de que a retidão moral de uma prece é a condição essencial, quando não suficiente, da sua realização.

Onde estava a honestidade no que ele pedia?

Deus de minha mãe, pai misericordioso, eu vos suplico...

Onde estava essa honestidade, quando ele sabia (ou um segundo Rudy sabia, um Rudy mais jovem e mais severo, mais escrupuloso, um Rudy ainda não estragado pelos dissabores e pela incompreensão, pela autocomiseração e pela necessidade de forjar para si mesmo boas razões e pobres desculpas) – onde estava a verdade da sua alma, quando ele sabia que não era com a mãe que se preocupava ao declarar que confiaria a ela Djibril naquela noite, que não era de jeito nenhum no prazer ou na felicidade da mãe que pensava, mas unicamente na sua própria paz de espírito, impedindo assim que Fanta...

Pois não é mesmo?, ela nunca deixaria o garoto para trás se fosse embora – ou deixaria?

Ele só podia julgar pelo que ela já fizera, mas, se na primeira vez ela levara consigo Djibril, fora porque Manille lhe pedira que o fizesse?

Mas por que Manille teria desejado assumir a criança se havia uma possibilidade de que Fanta a entregasse ao pai?

Não, não, ela não partiria sem Djibril, aliás a criança tinha medo de Rudy, e Rudy, num certo sentido, também tinha medo dela, pois a criança, seu próprio filho, não o amava, mesmo que em seu jovem coração não soubesse disso, e não amava sua casa, a casa do pai...

Uma nova onda de raiva se formava dentro dele, prestes a afogar a razão, ele gostaria de gritar no telefone: Nunca perdoarei você pelo que me fez!

Também poderia gritar: Eu te amo tanto, amo só você nesta vida, tudo precisa voltar a ser como antes!

– Bom, até mais tarde – disse.

E desligou, extenuado, abatido, quase grogue, como se, emergindo de um longo sonho melancólico, melindroso, tivesse de adaptar sua consciência à realidade circundante, ela mesma não sendo às vezes, pensou, mais que um interminável sonho imóvel e frio, e ele tinha a sensação de passar de um sonho para outro sem nunca encontrar a saída do despertar, que imaginava modestamente como um entrar em ordem, uma clara organização dos elementos dispersos da sua existência.

Saiu da cabine.

O calor da manhã já estava forte.

Um olhar maquinal ao relógio confirmou que chegaria mais atrasado do que nunca ao trabalho.

Que importa, pensou, embora contrariado por sentir-se ligeiramente inquieto com a ideia de se ver diante de Manille.

Se Manille pudesse não sentir por ele, Rudy Descas, a menor sombra de compaixão, mas apenas irritação e impaciência, tudo seria mais simples.

Ele mesmo, Rudy, não devia odiar Manille?

Não era lamentável e indigno que o que ele lia de caridoso e de misericordioso nos olhos do patrão, assim como de arrogante, apesar de tudo, mas de forma imperceptível, o impedisse de sentir o ódio que um homem normal teria formado no coração, pensou, em relação àquele que...

Balançou levemente a cabeça, ainda atônito, embora toda a história remontasse agora a dois anos. Ou o desejo de vingança que um homem normal teria formado no coração... – ah, mas ele sabia que não estava lá, trabalhando com Manille, a esperar sua hora, que não aguardava de modo algum o instante de abater enfim sobre Manille o braço vingador, e Manille também sabia perfeitamente disso, tanto que não temia Rudy, nunca o temera.

Era bom isso?, perguntava-se Rudy.

Era admirável ou vil?, como saber?

Balançou levemente a cabeça, perplexo, no calor denso, no ar imóvel, perfumado.

Julgou sentir o odor dos carvalhos verdes ao longe.

Por certo era apenas a lembrança do odor picante das pequenas folhas acetinadas, no entanto julgou poder cheirá-las ao inspirar com delicadeza e ficou reconfortado e quase feliz ao imaginar-se lá adiante, no castelo, abrindo as janelas para uma manhã límpida e aspirando o odor dos carvalhos verdes, o odor picante das pequenas folhas acetinadas que seriam todas dele, Rudy Descas

– ele que nunca teria podado essas pobres velhas árvores como ousaram fazer os tais americanos ou australianos que tiveram a petulância, segundo a mãe, de se sentir franceses o bastante para se julgar capazes de produzir o mesmo excelente vinho que...

Pensar na mãe, no rosto amargo e branco da mãe, acabou com seu prazer.

Ficou tentado a entrar de novo na cabine, a ligar outra vez para Fanta, não para verificar se ela estava mesmo em casa (estaria mesmo, pensou ao mesmo tempo, de repente inquieto e pouco à vontade), mas para prometer-lhe que tudo se arranjaria.

Ali, no calor impregnado pelo cheiro dos carvalhos verdes, o amor e a piedade o exaltavam.

Tudo se arranjaria?

A partir dessa visão dele mesmo abrindo as janelas do quarto dos dois, no primeiro andar do castelo?

Não importa, ele gostaria de ter falado, de ter insuflado nela essa confiança que o preenchia naquele instante, como se ao menos uma vez a realidade da existência coincidisse exatamente, ou estivesse a ponto de coincidir, com seus devaneios.

Esboçou um passo atrás em direção à cabine telefônica.

A perspectiva de retornar ao habitáculo sufocante do Nevada, com seu vago fedor de cachorro (às vezes tinha a impressão de que algum proprietário anterior do veículo transportava ali dentro o animal, cujos pelos permaneciam presos no feltro dos assentos), era desoladora.

Contudo, desistiu de ligar para Fanta.

Já estava muito atrasado, não estava?

E se mais uma vez ela não atendesse, que conclusões deveria tirar e aonde isso o levaria?

Além do mais, estava realmente muito atrasado.

E ela não fugiria de casa sem levar Djibril consigo, e a criança, por enquanto, estava fora do alcance dela, não era verdade?

Amaldiçoou-se por pensar assim.

Quase teve vontade de defender Fanta de si mesmo e de seus maus pensamentos.

Mas o que podia fazer, se a amava?

Que outra coisa posso fazer, meu Deus, meu pai do céu, bom e pequeno deus de minha mãe?

Estava convencido de que a frágil e instável armação de sua existência só se mantinha mais ou menos de pé porque Fanta, apesar de tudo, estava ali, e que estivesse ali mais como uma pombinha de asas cortadas sem possibilidade de fuga do que como o ser humano independente e decidido que ele conhecera no colégio Mermoz era uma ideia que suportava com grande dificuldade e vergonha, unicamente porque essa triste situação, aos olhos dele, era provisória.

O único problema era a falta de dinheiro – ou não?

Em que medida seu salário de mil euros o tornava menos sedutor que um cara como Manille?

Sim, sim (sozinho sob o sol das dez da manhã, junto ao capô abrasador do carro, ele deu de ombros, impaciente), certamente em grande medida, mas faltava-lhe sobretudo a fé nos próprios talentos, na sorte, na eternidade de uma juventude que outrora dava um brilho furta-cor a seus olhos claros, azuis como os da mãe, que o fazia afastar com a mão lenta, ao mesmo tempo acariciante e indiferente, a mecha de cabelos louros na testa, que...

Eram coisas que havia perdido embora ainda não fosse velho, embora fosse mesmo quase jovem, segundo os critérios contemporâneos, coisas que havia perdido desde que retornara à França e que deviam ter desempenhado o papel principal no amor que Fanta tinha por ele.

Se ao menos pudesse, pensou, emergir daquele sonho duro e tristonho, penoso e aviltante, para encontrar, mesmo ainda tendo de passar de um sonho para outro, aquele no qual Fanta e ele, banhados numa luz dourada, caminhavam juntos pelas ruas de Colobane, os braços nus roçando-se a cada passo, ele, Rudy, alto e bronzeado, falando com voz forte e alegre, procurando já, embora não soubesse, apanhar na rede de suas palavras ternas, carinhosas, cativantes aquela moça de cabeça quase raspada, de olhar firme e discretamente irônico, que conquistara uma posição no colégio Mermoz, onde dava aulas de literatura francesa a filhos de empresários prósperos, a filhos de diplomatas ou de militares graduados, e esses adolescentes, pensava Rudy enquanto falava com voz forte e alegre, não faziam a menor ideia da tremenda obstinação que a mulher de tornozelos alados, de fina pele palpitante nas têmporas, precisara ter para estar ali diante deles, não faziam a menor ideia do tempo e da atenção que lhe exigia a manutenção das duas únicas saias de algodão, uma rosa, outra branca, sempre muito bem passadas e que ela usava com uma blusa sem mangas entre cujas alças a pele fina das costas, palpitante como duas pequenas asas...

Ele, Rudy Descas, fora realmente o homem alegre e encantador e bem-falante que Fanta acabara por levar a sua casa, aquele apartamento de paredes verdes onde morava tanta gente.

Lembrou como sua garganta se contraíra ao entrar na sala banhada numa luz aquática, vagamente fúnebre.

Primeiro subira atrás dela uma escada de cimento, percorrera um corredor para o qual davam portas com a pintura descascada.

Fanta abrira a última e a meia-luz olivácea, acentuada pelas gelosias nas janelas, parecera submergi-lo.

Não vira mais nada senão a mancha branca da saia quando ela penetrara na sala, antes de retornar para convidá-lo a entrar, tendo verificado, ele supôs, que o apartamento podia ser mostrado.

E ele avançara, não sem timidez e certo constrangimento, mas a gratidão, sobretudo, o deixara repentinamente mudo.

Pois na penumbra glauca o olhar de Fanta lhe dizia, calmamente: É aqui que eu moro, esta é a minha casa.

Seu olhar aceitava o julgamento de um estrangeiro de pele branca (que importância tinha o seu bronzeado nesse instante?), de cabelos louros, de mãos brancas e lisas, sobre o seu lar bem-arrumado mas humilde – aceitava-o e assumia de antemão os possíveis efeitos, os sentimentos eventuais de mal-estar ou de condescendência.

Rudy pôde sentir o quanto essa mulher era consciente de tudo, lúcida, fina e de uma perspicácia exacerbada, mas também profundamente indiferente, por orgulho, à opinião de um homem de pele branca, de mãos brancas e lisas, sobre sua casa ou sobre ela mesma, Rudy quase pôde entender isso.

Ela devia tomá-lo por um homem abastado, mimado, com seus cabelos louros e suas belas palavras.

No entanto o fizera ir até sua casa, e com um gesto e algumas palavras breves lhe apresentou o tio, a tia, uma vizinha, mais algumas pessoas que a frouxa claridade lacustre revelava aos poucos no fundo da sala, cada um sentado numa cadeira ou numa poltrona de veludo puído, imóvel, silencioso, concedendo a Rudy um vago meneio de cabeça, e ele se sentiu deslocado e sem saber onde pôr suas mãos grandes, cuja brancura resplandecia como deviam resplandecer no claro-escuro sua face branca, seus cabelos louros e lisos.

E ele quis cair aos pés de Fanta, jurar-lhe que não era quem parecia ser – esse tipo de gente bronzeada e segura de si que nos fins de semana ia passear numa casa de campo em Somone.

Morria de vontade de estreitar nos braços os joelhos finos de Fanta e de agradecer-lhe e falar-lhe de todo o amor que sentia pelo que ela o autorizara a ver – essa sala austera, essa gente muda diante dele, que não lhe sorria nem fingia estar encantada por conhecê-lo, essa vida difícil e frugal que era a dela e sobre a qual, no colégio Mermoz, aonde ela chegava sempre com um passo aéreo, uma saia branca ou rosa bem passada e limpa, provavelmente ninguém sabia nada, muito menos os filhos de diplomatas ou os filhos de empresários que nos fins de semana iam praticar esqui aquático em Somone, toda essa gente, ele ardia por dizer a ela, que ele mesmo detestava, ainda que às vezes secretamente invejasse.

Ah, com certeza eles ignoravam tudo dela e dessa sala verde--azinhavre de luminosidade celeste.

A luz do meio-dia, penetrando pelas grades da janela, caía agora no rosto da tia, nas mãos cruzadas do tio, que pareciam esperar a partida de Rudy para retomar suas atividades.

E ele, Rudy, via tudo isso e não sabia o que dizer a Fanta.

Contentou-se, tolamente a seus próprios olhos, em inclinar-se para cada uma das pessoas presentes, ao mesmo tempo que esboçava nos lábios um sorriso trêmulo e sem graça.

Ele pensava então, numa espécie de surpresa maravilhada: Eu a amo, eu a amo infinitamente.

AGORA ABRIA A PORTA do carro, entrava contendo a respiração.

Estava ainda mais quente, mais sufocante que na cabine telefônica.

Fizera bem em não ligar de novo para Fanta?

E se ela tentasse... não partir, mas, no auge do desespero, porque ele decidira levar Djibril para passar a noite na casa da mãe, se ela tentasse se...

Não, não suportava nem em pensamento formular essa palavra.

Bom deus de minha mãe, meu pai do céu, ajudai-me a ver com clareza.

Ajudai-nos, bom Deus.

Podia ele ainda, não mais que por um minuto, telefonar-lhe, não seria o que ela talvez esperasse dele naquele instante?

O que ela na verdade deseja, sussurrava-lhe uma vozinha zombeteira, é não mais ouvir o som da sua voz até o fim do dia, e de resto ela compreende que você se sinta culpado e busque de uma forma ou de outra emendar-se, quando você queria precisamente acabar com essa mania de jogar nas suas costas a inteira responsabilidade dos desentendimentos de vocês, pois na certa ela não vai estimar você mais por isso e talvez até o despreze um pouco por usar de subterfúgios depois de ter sido violento, por buscar perdão e consolo junto dela depois de ofendê-la dizendo, dá para imaginar?, que voltasse para o lugar de onde tinha saído, dá para imaginar?

Ao mesmo tempo que ligava o motor, ele balançava a cabeça negativamente.

Ele, Rudy Descas, não podia ter pronunciado uma frase como essa.

Era impossível.

Não pôde reter uma risadinha seca.

Acaso teria querido dizer, ah, ah, que ela podia voltar para Manille?

Pingava de suor.

Gotas caíam sobre o volante, sobre suas coxas.

Quis engatar a primeira e não conseguiu, a marcha não entrava.

Desligou o motor.

O silêncio, interrompido por um instante pelo ronco inútil do Nevada, envolveu-o novamente, e ele se viu então como parte necessária, incontestável e perfeita daquele trecho de paisagem.

Não perturbava nada, ninguém, e coisa nenhuma o atingia.

Apoiou a cabeça no encosto.

Embora ainda estivesse banhado em suor, seu coração se apaziguou.

Mas precisou admitir que Manille, no seu gênero provinciano um tanto discreto, era de fato um empresário bem-sucedido e que, embora nunca tivesse praticado esqui aquático nem possuísse outra moradia além da casa espaçosa que fizera construir atrás das instalações da empresa, sua segurança viril mas sóbria, quase elegante, contida, sua particular doçura, como a de alguém capaz de permitir-se isso pois nada o ameaça nem o assusta, podia ainda, podia de novo atrair uma mulher desorientada, desocupada e ferida, uma mulher como a que Fanta era agora.

Estranho, pensou, será um efeito do amor que eu não consiga perdoá-la, enquanto, no caso dele, é como se o compreendesse?

Mais estranho ainda é que, na verdade, eu a compreenda também, pois posso imaginar-me, se fosse mulher, cedendo de maneira alegre e simples à sedução pouco complicada de um cara como Manille – ah, como a compreendo e como a odeio por isso.

E, numa espécie de embrutecimento desvairado, alucinado, sua respiração se suspendia sem que ele percebesse quando tentava se aproximar em pensamento do quarto de Manille, que imaginava amplo e convencional como a casa, ornada de objetos previsíveis e caros da decoração contemporânea, quando empurrava suavemente a porta desse quarto desconhecido e avistava no leito enorme, banhado de luz, Fanta e Manille, este último estendido sobre Fanta, a mulher de Rudy Descas, e gemendo baixinho enquanto seus poderosos quadris, suas nádegas de centauro se moviam num ritmo calmo e seguro que lhe enrugava a carne peluda, e o rosto dele repousava no pescoço de Fanta, a mulher de Rudy, o único verdadeiro amor da vida de Rudy Descas.

Ou então o que ele avistava nesse leito era um traseiro de homem não menos vigoroso e uma cabeça de cavalo que arquejava em cima de Fanta – devia abater esse monstro, devia ao menos odiá-lo?

E de que natureza misteriosa e nova, da qual nunca teria conhecimento, podia ser o que ela sentia, ela, sob o peso mais considerável de Manille?

Rudy era um homem delgado e seco, de ombros um tanto estreitos, mesmo assim robusto, ele gostava de pensar, e Manille... – mas balançou a cabeça, não queria mais pensar nisso.

E balançou a cabeça de novo, sozinho ao volante do carro imóvel, no silêncio vibrante de calor, e sentiu-se engolido, dilacerado pelo mesmo pavor, pelo desconcerto profundo que o deixara transido e fascinado e somente capaz de um semissorriso medonho, incongruente, quando sabe lá que boca (a da sra. Pulmaire, a da sua mãe, talvez?) em sabe lá que sala onde estava de visita (seria a de uma cliente?) lhe soprou no rosto essa revelação a respeito de Fanta e Manille, e esse sopro ruim produziu nos lábios de Rudy o semissorriso tolo que lhe devolvia o espelho da sala desconhecida em cujo centro se mantinha de pé, pernas afastadas, os olhos agora cravados nesse espelho onde se via ridículo e estranho, mas tudo era preferível à visão daquela boca ruim de sopro ácido que se vangloriava de tirar Rudy Descas de sua inocência, de sua amorosa credulidade, preferível aos acentos da raiva amarga e impotente (sim, devia ter sido sua mãe, pois nem a sra. Pulmaire nem uma cliente qualquer teriam considerado o caso com tanto despeito) que o intimavam a agir e a rejeitar com desprezo uma tal mulher.

Que lhe sugeria, em sua indignação (ah, fora sua mãe, com certeza!), essa boca razoável, senão que um homem que tivesse um pouco de orgulho não podia mais, não devia mais se introduzir no mesmo corpo onde repousava ainda, substância sagrada, o esperma do centauro?

Ele poderia ter respondido, com escárnio: Não tem problema, há muito tempo não durmo com Fanta, ou melhor, ela não dorme comigo.

Mas também poderia ter respondido, num grito desesperado: Foi você, mãe, que me fez trabalhar com Manille, foi você que foi suplicar a ele que me contratasse! Sem isso ela nunca o teria conhecido!

Mas ele não tinha lembrança de ter aberto a própria boca sorridente e frouxa, frouxamente cômica.

Reviu-se fitando num espelho seu rosto inexpressivo, depois distinguindo um pouco abaixo a parte de trás da cabeça dessa mulherzinha que ainda falava, que tentava ainda mergulhá-lo nos ultrajes e nos pérfidos apelos a sua honra masculina, e não é verdade que pensou então que um simples soco nessa cabeça de cabelos tingidos de louro o livraria desse tormento, não se imaginou friamente golpeando a mãe para obrigá-la a calar a boca, talvez berrando, pouco antes de ela perder a consciência: O que você sabe de honra, hein, e meu pai, o que sabia?

Mas não queria mais pensar nisso tudo.

Era humilhante e inútil e ele se sentia pegajoso como ao sair de um sonho repetitivo, de um interminável e estúpido sonho do qual se conhece cada etapa penosa, mas do qual se sabe também, ainda sonhando, que não há escapatória.

Não queria mais pensar nisso tudo.

Tornou a acionar a ignição, passou diretamente para a segunda.

O motor protestou e sacolejou, depois lentamente o Nevada pôs-se a rodar, com sobressaltos e queixas da sua velha carcaça, mas, ele pensou com satisfação, ainda assim com bravura.

Não pensaria mais nisso tudo.

Baixou o vidro e, conduzindo com uma das mãos, deixou pender o braço esquerdo sobre a lateral aquecida do carro. De vez em quando ouvia o asfalto derretido crepitar sob os pneus.

Como gostava desse ruído!

Sentia agora uma doce, uma deliciosa euforia.

Não, pequeno deus de minha mãe, meu pai do céu, ele não pensaria mais no passado mortificante, mas apenas em mostrar-se digno do amor que Fanta sentiria de novo por ele se ele quisesse fazer esse esforço, e o céu alto, claro e ardente da manhã era testemunha do quanto ele queria – e por quê, excepcionalmente, o melhor não estaria reservado a Rudy Descas, o melhor e o mais seguro, entre as tantas promessas que continha, em sua limpidez primaveril, o céu daquela manhã?

Deu uma brusca gargalhada.

O som da própria voz o encantou.

Afinal, pensou, quase surpreso, estava vivo e ainda era jovem e tinha saúde perfeita.

O próprio Gauquelan, o escroque cuja obra detestável contornava nesse instante (e encontrava hoje a força de não lançar um olhar para a estátua), esse artista vergonhosamente enriquecido, podia dizer o mesmo?

Certamente não.

Vivo, sim, apesar de tudo, enquanto a foto que Rudy vira no jornal mostrava um rosto um tanto empastado e franzido, uma cabeça meio careca com uma coroa de cabelos grisalhos e, curiosamente, uma janela na dentição, bem na frente, e Rudy então pensou, lembrava-se agora disso com um leve desprezo por si mesmo, que um homem que se fazia pagar cem mil euros por uma escultura grotesca teria podido, antes de ser fotografado, providenciar uma prótese.

A maneira como esse Gauquelan estava vivo nada tinha a ver com a bela vitalidade dele, Rudy, vitalidade que sentia vibrar em cada músculo como se fosse um cavalo (ou um centauro), um grande animal jovem e soberbo cuja função está toda contida no próprio fato de existir soberbamente, e, como para esse cavalo (ou centauro), seu espírito não seria mais invadido por sonhos intermináveis que nos deixam com a boca pegajosa e a respiração pesada.

Sua mãe estava viva?

Ao passar a rotatória, ele acelerou demais, sem querer.

Não havia a menor necessidade de pensar na mãe nesse instante, nem no pai que, no caso, estava realmente morto e a quem ninguém jamais teria tido a ideia de comparar, de perto ou de longe, a um cavalo (ou a um centauro) de músculos frementes sob a pele úmida – úmidos estavam o rosto de Rudy, seu pescoço e suas têmporas dentro do carro sem ar-condicionado, mas ele reconheceu nessa reação do seu organismo o efeito de uma evocação, por mais breve e insignificante que fosse, do pai falecido havia muitos anos, reconheceu o pânico e o estupor que sempre o tomavam ao pensar naquele esqueleto de ossos brancos que tivera o nome de Abel Descas, na cabeça perfurada de um lado a outro, naqueles ossos brancos, imaginava Rudy, na terra arenosa e aquecida do cemitério de Bel-Air.

Parou o Nevada no estacionamento das Lojas Manille.

Antes de descer, enxugou com cuidado o rosto e o pescoço com a toalhinha que guardava para essa finalidade no banco traseiro e que acabara ficando impregnada do cheiro do veículo. Sempre se prometia que ia trocá-la, depois esquecia, e era sempre com irritação que estendia outra vez a mão para pegar o pano nauseabundo, pois lhe parecia que esse pequeno testemunho da própria negligência, que o obrigava a passar no rosto um tecido suspeito, representava toda a sua existência atual, em sua desordem vagamente imunda.

Mas naquela manhã, além de conseguir reprimir esse reflexo de irritação ao enxugar o rosto, ele se forçou com sucesso a permitir que seu olhar avaliasse da forma mais neutra os diferentes carros estacionados ao redor e não, como fazia habitualmente, com uma inveja ácida e violenta que julgava desonrosa.

Eis aí os carros em que circulam meus colegas e os clientes, costumava pensar de forma quase ritual, observando os Audi, Mercedes e BMW pretos ou cinza que davam ao estacionamento da loja de cozinhas situada na periferia de uma cidade provinciana o aspecto de um grande hotel.

Como eles fazem para ter tanto dinheiro?

O que sabem, do que eu não tenho a menor ideia, para ganhar com sua existência de labuta o dinheiro necessário para comprar esses carros?

Quais são seus truques, que não vou adivinhar nunca, de que espécie é o faro, a astúcia deles?

E outras perguntas vãs que rolavam no seu espírito furioso, enquanto batia a porta do Nevada.

Mas ele soube, naquela manhã, resistir ao desencadear monótono da cobiça.

Atravessou o estacionamento com um passo ligeiro e veio-lhe então a lembrança muito pálida de uma sensação idêntica, numa época da sua vida em que andava sempre desse modo, com o passo ligeiro e a alma em paz – sim, sempre desse modo, e era esse o rosto que oferecia ao mundo: sereno e benévolo.

Isso lhe pareceu tão distante que quase duvidou tratar-se realmente dele, Rudy Descas, e não de seu pai ou de alguém com quem tivesse sonhado.

A que época remontava esse período?

Deve ter sido, pensou, no momento do seu retorno a Dakar, sozinho, sem a mãe, que ficara na França, e pouco antes de conhecer Fanta.

Pensou também, com um arrepio de surpresa, pois esquecera completamente esse detalhe, que na época lhe parecia natural tender à bondade.

De repente estacou no estacionamento inundado de sol.

Os eflúvios do asfalto quente saturavam seu olfato.

E teve um alumbramento, enquanto fixava não o céu, mas o asfalto sob seus pés.

Fora realmente ele aquele homem que percorria com a alma leve, a alma em paz, as ruas calmas do Plateau onde alugara um pequeno apartamento, e por certo não muito diferente no aspecto, com seus cabelos louros e a agradável regularidade dos traços, dos homens de pele branca por quem passava no bairro, mas sem partilhar com eles nenhuma de suas ambições mercantis, de suas ocupações?

Podia realmente ter sido aquele homem, Rudy Descas, que almejava, com tranquila clarividência, mostrar-se justo e bom e, mais ainda (corou de confusão e de espanto), distinguir sempre dentro de si o bem do mal, nunca preferir este último, mesmo se aparecesse sob a máscara do bem, como costumava aparecer, ali, quando se era um homem de pele branca com um dinheiro razoável no bolso, quando se podia comprar por muito pouco todo tipo de força de trabalho, e a paciência e a resistência infinitas?

Pôs-se de novo a andar, lentamente, em direção à porta de vidro duplo do prédio que tinha no alto da fachada, em letras gigantescas e luminosas, o nome Manille.

As pernas se enrijeceram, como que subitamente privadas do direito à leveza.

Perguntou-se pela primeira vez se, ao convencer Fanta a acompanhá-lo à França, não havia deliberadamente desviado o olhar para deixar que o crime se apoderasse dele, e se não havia saboreado essa sensação, a de agir mal sem parecer de jeito nenhum agir assim.

Até o presente só se colocara a questão em termos pragmáticos: fora boa ou má ideia trazer Fanta?

Ah, mas não era isso, não mesmo.

Colocada desse modo, a questão já era uma artimanha do crime confortavelmente instalado nele.

E, naquele período radioso da sua vida no qual deixava toda manhã, com o coração inocente, o pequeno apartamento moderno do Plateau, ele sabia ainda reconhecer os maus movimentos e os pensamentos falaciosos que às vezes o atravessavam e expulsá-los com reflexões opostas, ficando feliz e aliviado com isso, pois no fundo queria só uma coisa, ser capaz de amar tudo aquilo que o cercava.

E agora, agora – a extensão da sua acrimônia quase o aturdia.

Se ele fora aquele homem, o que acontecera, o que fizera de si mesmo para habitar hoje a pele de um personagem tão invejoso e brutal, cuja disposição ao amor universal havia se retraído em torno apenas da figura de Fanta?

Sim, o que fizera de si para jogar agora o peso desse amor inútil, importuno, sobre uma mulher que ele aos poucos cansara por sua incompetência, numa idade – quarenta anos – em que tais defeitos (certa inaptidão para o trabalho prolongado, uma tendência para o devaneio e para acreditar em projetos vaporosos) não podem mais contar com indulgência ou compreensão?

Não só, pensou enquanto empurrava a porta de vidro através da qual percebeu, com alívio covarde, a figura alta de Manille ladeada por duas pessoas, provavelmente clientes, às quais Manille apresentava as peças de uma cozinha de exposição – não só autorizara sem resistência nenhuma que a mentira e a corrupção entrassem e se instalassem em sua alma, não só consentira na liquidação da sua coragem moral como também encerrara Fanta, sob o pretexto do amor, numa prisão íntima lúgubre e fria – pois assim era o seu amor agora, eterno, penoso como um sonho do qual se luta em vão para despertar, um sonho ligeiramente aviltante e inútil, não era desse modo que Fanta devia sentir, e não era o que ele mesmo sentiria, vítima de um amor assim?

Lá dentro, dirigiu-se com passos seguros até a sala onde ficava o escritório dos empregados, embora não conseguisse impedir o lábio superior de tremer.

Sabia que esse tique lhe dava um ar desagradável, quase doentio, e que era sempre o medo que o desencadeava.

O lábio se arregaçava como os beiços de um cachorro.

Mas ele não estava nem aí para Manille – era verdade?

Com o canto do olho vigiava a lenta progressão do pequeno grupo, tendo calculado que chegaria ao escritório antes de Manille e seus clientes o alcançarem.

Em seguida, pensou, Manille esqueceria que o vira chegar tão atrasado.

Bastava escapar do seu olhar durante uma hora ou duas e tudo correria bem.

Tivera tempo de observar que Manille, naquela manhã, estava muito elegante num jeans claro, de corte bom, com um cinto de couro cravejado de tachas discretas e camisa escura bem passada.

Os cabelos eram grisalhos mas abundantes, penteados para trás, e a pele fosca, quase dourada.

Rudy quase pôde ouvir o murmúrio um pouco rouco da sua voz enquanto Manille abria e fechava a porta de um armário, e tinha certeza de que os clientes, um casal de mais idade usando roupas simples, as pernas pesadas, apreciavam sem nem mesmo perceber o charme insistente de Manille, que, fixando os olhos negros nos deles, parecia sempre a ponto de dar uma informação pessoal e importante ou uma opinião lisonjeira sobre os interlocutores, que retinha apenas para não correr o risco de deixá-los embaraçados.

Ele nunca dava a impressão, Rudy já constatara, de estar tentando vender alguma coisa.

Procurava, com aparente simplicidade, criar a ilusão de uma relação amistosa, íntima, que sobreviveria à eventual compra de uma cozinha, pois esta era apenas o pretexto fortuito para o nascimento dessa amizade, e sucedia que a tática se revelasse sincera e que Manille continuasse a visitar clientes pelo simples prazer recíproco, nunca abandonando, ao conversar, o secreto ardor contido com que obtivera êxito antes, de modo que, pensou Rudy, o tom adotado para vencer as resistências do cliente acabara por se tornar a verdadeira voz de Manille, a única que se ouvia sempre – aquele timbre suave, ligeiramente rouco, e aquele entusiasmo contido, aquele fervor que, as pessoas deviam pensar, o levaria às confidências, aos elogios e até mesmo ao abraço se ele não o controlasse.

Rudy não podia deixar de admirar um pouco Manille, ainda que desprezasse sua profissão.

Como se explica que, vestindo igualmente um jeans e uma camisa ou camiseta, calçando também um tênis de lona flexível e, mesmo sendo mais alto, mais esbelto, mais juvenil que Manille, ele, Rudy, sempre desse um pouco a impressão de um velho adolescente sem grana? Não podia compreender.

Ele nunca possuiria a elegância descontraída de Manille, não devia contar com isso – foi o que pensou ao ver seu reflexo na segunda porta envidraçada, a que separava o *showroom* dos escritórios.

Julgou sua aparência mísera, amarrotada, quase de um indigente.

A quem podia agora agradar um homem assim, por mais bondoso que fosse?

Onde veriam, nele, se o recuperasse, o amor pelos outros e pela vida?

Onde veriam?

Devia claramente reconhecer que, num sujeito como Manille,

por mais endurecido que fosse pela vida do comércio, pelos cálculos incessantes, pelas estratégias pragmáticas, e apesar da elegância do traje esporte e dos relógios Chaumet e da ampla casa nos fundos da loja, em suma, apesar de tudo o que pudesse fazer de Manille, filho de trabalhadores rurais, um novo-rico banal de província, a amenidade, a gentileza e a capacidade de compaixão discretamente distribuída viam-se imediatamente no seu olhar suave, modesto.

E Rudy Descas perguntou-se então pela primeira vez se não fora exatamente isso que atraíra Fanta, o que ele próprio perdera muito tempo antes, o...

Entrou no escritório, fechou a porta sem ruído.

Sentiu-se corar.

No entanto era exatamente isso e, se as palavras eram pomposas, não havia outras – o talento da misericórdia.

Nunca pensara, nem no auge do desgosto e da cólera, depois que a mãe (ela?) lhe falara da ligação de Fanta e Manille, nunca, nunca imaginara que a riqueza de Manille, com o poder e o respeito que a acompanhavam, pudesse ter seduzido Fanta.

Nunca imaginara isso.

Agora sim, compreendia do que se tratava, e o compreendia à luz do que não tinha mais, pois compreendia enfim que não o tinha mais e que sofrera por isso sem saber.

O talento da misericórdia.

Avançou em direção à sua mesa, deixou-se cair na cadeira de rodinhas.

A seu redor, no grande aposento envidraçado, todas as mesas estavam ocupadas.

– Aí está você!

– Oi, Rudy!

Respondeu com um sorriso, um pequeno gesto.

Sobre a mesa atulhada, bem ao lado do teclado do computador, viu um maço de brochuras.

– Foi sua mãe que trouxe isso há pouco.

A voz de Cathie lhe chegou cordial e com uma ponta de preocupação da mesa vizinha, e ele sabia que, se virasse a cabeça, seu olhar encontraria o dela, interrogativo, ligeiramente perplexo.

Ela perguntaria à meia-voz por que chegava com um atraso de quarenta e cinco minutos e talvez também por que não proibia a mãe, pura e simplesmente, de pôr os pés na loja.

Assim, limitou-se a responder com um resmungo que não o obrigava a levantar os olhos para ela.

Na cintilante claridade da peça, o camisão rosa-shocking de Cathie espalhava um brilho ao redor.

Rudy percebeu o reflexo na superfície branca de sua própria mesa.

Sabia também que, se virasse a cabeça para Cathie, veria distintamente, atrás do rostinho pálido da colega, do outro lado da ampla janela envidraçada, a casa de Manille, grande, pintada de rosa-claro, com cobertura de telhas tipo provençal, janelas azuis, que uma simples relva separava da loja, e não poderia deixar de se perguntar pela enésima vez, inútil e dolorosamente, se Cathie e os outros, Dominique, Fabrice, Nathalie, haviam observado, na época, as idas e vindas de Fanta nessa casa de sonho, e quantas vezes ela entrara ali, e por que ele, Rudy, nunca a vira, embora naquele período terrível, no qual sabia sem saber realmente (pois devia acreditar em tudo o que a mãe dizia?), não cessasse de voltar os olhos para a janela envidraçada, fitando por cima da cabeça compungida, compadecida de Cathie (todo mundo estava sabendo da sua desgraça?) a entrada suntuosa da casa, de porta dupla com cornija de ferro forjado.

Como ele sofrera então!

Como tivera vergonha, como se sentira violento!

Era passado e estava longe agora, mas ele ainda não podia dirigir-se a Cathie sem dar uma espiada na casa de Manille e sentir furtivamente a raiva ferver dentro dele.

Teve uma súbita vontade de dizer a ela, com uma voz seca que a deixaria constrangida: minha mãe só tem esse consolo na vida, espalhar a torto e a direito seus maços de brochuras idiotas, essa propaganda para pobres cretinos tão solitários e desocupados como ela, como quer que eu a proíba de vir aqui?, e além do mais, qual é o problema, hein?

Mas não disse nada.

Percebia a aura fúcsia que emanava dela e isso o irritava, pois não podia esquecer sua presença.

Com um movimento do braço afastou o maço de brochuras preso com um elástico.

Eles estão entre nós.

O desenho malfeito, quase risível, de um anjo adulto sentado à mesa entre os membros de uma família extática, o sorriso perverso, maligno do anjo.

Eles estão entre nós.

Era o tipo de asneira que evitava que a mãe afundasse na melancolia e nos antidepressivos, o que verdadeiramente a salvava.

O fato de uma mulher insignificante como Cathie ousar sugerir, com ar de quem quer ajudar, que ele devia privar a mãe do prazer de levar suas brochuras à loja era algo que o mortificava.

O que ela sabia da vida infeliz da mãe?

– Diga lá, por acaso Manille gostaria que minha mãe não viesse mais aqui? – perguntou bruscamente.

E a olhava, ofuscado pela absurda intensidade do camisão rosa, e fazia tamanho esforço para manter os olhos fixos no rosto dela, para barrar sua tendência a querer sempre aventurar-se para além da cabeça de Cathie, que sentiu uma violenta dor de cabeça.

Ao mesmo tempo, mil alfinetadas perfuravam-lhe o ânus.

– De modo nenhum – disse Cathie –, não sei nem se ele percebeu que ela passou por aqui.

Sorriu, espantada de que ele pudesse ter esse tipo de suspeita.

Ah, não, a coisa vai recomeçar, ele pensou, arrasado.

Descolou um pouco as nádegas da cadeira, sentou-se bem na ponta, de modo que somente o alto das coxas permanecesse em contato com o assento.

Mas o pequeno alívio esperado não se fez sentir.

Ouviu ainda, através da bruma de dor que de repente o envolvia, a voz abafada de Cathie.

– Não faz bem o gênero de Manille, faz?

Ele não se lembrava mais do que dissera ou perguntara – ah, sim, a mãe, não faz o gênero de Manille manifestar a menor dureza, tentar expulsar essa mulher ridícula que acreditava realmente, com suas brochuras redigidas e impressas em casa ao preço de uma parte não negligenciável da sua pequena aposentadoria, convencer vendedores de cozinhas da presença de anjos à sua volta.

Quando muito devia...

Começou a domar em espírito o prurido familiar que o atacara de surpresa.

Reuniu os velhos mecanismos de defesa, pouco utilizados havia muito, pois o problema o deixara em paz durante vários meses, sendo que o mais imediato consistia em dirigir os pensamentos para assuntos não relacionados ao próprio corpo ou mesmo a um corpo real qualquer, de modo que, com naturalidade, se pôs a pensar intensamente nos anjos da mãe e seus dedos puxaram para perto dele o maço de brochuras.

O que a mãe responderia à pergunta de saber se os anjos às vezes sofriam de hemorroidas?

Não ficaria feliz e lisonjeada ao vê-lo considerar com aparente seriedade, ouvi-lo simplesmente abordar...

Pare, pare, pensou, tomado de pânico. Não era nisso que devia se concentrar.

A dor voltava, mais premente, exasperante.

Tinha uma vontade feroz de se coçar, não, de raspar e arrancar essa carne aguilhoada, ardente.

Esfregou-se na borda da cadeira.

Com um dedo trêmulo, ligou o computador.

Depois olhou de novo o desenho do anjo, a figura canhestra, o cenário ingênuo traçados pela mãe, e de repente discerniu sem erro possível algo sobre o que seus olhos haviam apenas passado, uns instantes antes, sem interpretar.

Já percebera vagamente que os três membros da família reunida à mesa se assemelhavam a Djibril, Fanta e Rudy, e apenas a mediocridade do traço a lápis os protegia um pouco do risco de ser reconhecidos, mas além disso alguém pusera depois no anjo um sexo vigoroso, claramente visível sob a mesa, e que parecia sair de um bolso colocado de propósito na longa túnica branca.

Rudy folheou o maço de brochuras.

O anjo só fora ridicularizado no primeiro.

Virou em sentido contrário o maço e o afastou para um canto da mesa.

Agora, desamparado, não controlava mais nada.

O sofrimento obsedante dos pruridos fazia girar todo o seu ser a partir desse ponto central, como se, pensou, seu próprio cérebro estivesse ali dando ordens, comunicando a vontade de que Rudy sofresse.

Dirigiu um olhar para Cathie.

No mesmo instante ela levantou os olhos e franziu as sobrancelhas, inquieta.

– Algum problema, Rudy?

Ele esboçou um sorriso falso.

Ah, como sofria e como se sentia furioso por sofrer.

– Quem pôs as brochuras na minha mesa? – perguntou.

– Já disse, sua mãe veio hoje de manhã.

– Foi ela que pôs aqui, em pessoa?

Ela suspendeu os ombros sem compreender, um tanto irritada.

– Não vejo quem mais poderia ter feito isso.

– Mas você não viu?

Agora Cathie sorria com frieza, com uma impaciência ostensivamente contida.

– Escute, Rudy, sei que sua mãe veio trazer seus... seus santinhos, eu a vi no *showroom*, mas não estava na minha mesa na hora em que ela os botou aí.

Ele saltou da cadeira, de repente possuído de raiva e de dor.

Como querer ser bom quando se sofre como um cão?, soprava-lhe uma vozinha desolada, a do tranquilo, alegre, sedutor Rudy Descas que ele tanto almejava voltar a ser, com sua moral impiedosa consigo mesmo e branda com os outros.

E foi com horror, com angústia que notou o movimento de medo que contraiu ligeiramente Cathie em sua cadeira quando ele se aproximou.

Sentiu que os outros, ao redor, olhavam silenciosos.

Então havia se tornado um desses homens que as mulheres temem e que não respeitam outros homens, que inclusive desprezam profundamente os que sabem, como Manille, controlar sua força?

Sentia-se terrivelmente infeliz, covarde, inútil.

Pegou o maço de brochuras e atirou em cima da mesa de Cathie.

Saltitava de um pé para o outro, enganando a dor pelo roçar da cueca na carne inflamada.

– E quem foi então que fez esta brincadeira? – exclamou, pondo o dedo no sexo do anjo.

Cathie deu uma espiada prudente na imagem.

– Não faço ideia – resmungou.

Ele tornou a pegar o maço, voltou para sua mesa.

Um dos colegas, no fundo da sala, fez ouvir um pequeno assobio de reprovação.

– O que foi? Qual é? Não encha o saco! – berrou Rudy.

– Você está indo longe demais – disse Cathie secamente.

– Só quero que deixem minha mãe em paz.

Pois ele não abandonava a ideia de que alguém quisera humilhar sua mãe pondo aquele rabisco obsceno no desenho e, embora detestasse desde sempre aquela santa propaganda e se recusasse sistematicamente a discuti-la, parecia-lhe que a paixão com que ela redigia e ilustrava as mensagens, dando o máximo que podia do seu pobre talento, obrigava-o a defendê-la.

Ninguém mais podia fazer isso exceto ele, como naqueles sonhos punitivos, implacáveis, sem saída, em que nos cabe uma pesada, insuperável, aberrante responsabilidade, ninguém mais exceto ele podia defender aquela mulher insensata.

E ele lembrou confuso quando e como surgira o sentimento dessa obrigação, e foi uma lembrança tão incômoda que o sangue lhe subiu à face enquanto uma crise ainda mais forte lhe alfinetava o ânus.

Eles estão entre nós, puros espíritos, e dirigem-se a nós pelo pensamento, mesmo à mesa, mesmo para pedir o sal ou o pão.

Quem é o seu anjo da guarda, Rudy, qual o seu nome e sua posição na hierarquia angélica?

O pai de Rudy havia negligenciado seu anjo, tratando seu cachorro com mais consideração, e por isso, a mãe dera a entender, acabara tendo um triste fim, pois o anjo o perdera de vista ou não conseguira mais achá-lo nas trevas da indiferença e do pragmatismo.

O pai de Rudy, quando tudo ainda ia bem com ele, tentara, por malícia, por vaidade, afastar-se do seu anjo, ah, os homens são tão presunçosos.

Onde se achava então, perguntou-se Rudy, onde então podia estar o anjo da guarda do sócio do pai no momento em que este último passara com o carro por cima do corpo dele, depois de tê-lo espancado?

Será que também esse sócio, um homem impudente, demasiado seguro de si, divertira-se desorientando seu anjo, ou teriam os africanos em geral o azar de ser mal guardados, seus anjos sofrendo de incompetência e de inércia?

O trabalho sujo de defender a mãe era coisa que ninguém mais podia fazer exceto ele, ninguém mais...

– Acalme-se, Rudy. Ninguém atacou sua mãe – dizia a voz de Cathie, cheia de censura e decepção.

– Tá bom, tá bom.

Falava entre dentes, incapaz de separar-se da dor física, absorto nela a ponto de perder o fôlego.

Tinha a impressão de que a dor se encarnara em luz, a do camisão rosa de Cathie, e de que pelo resto da vida se banharia nessa incandescência atroz.

– Precisa se acalmar, Rudy – ela disse outra vez, obstinada, monocórdia.

E ele repetiu, quase inaudível:

– Tá bom, tá bom.

– Se não se acalmar, Rudy, terá sérios problemas. O senhor Manille está começando a se aborrecer, você sabe, e nós também. Precisa se acalmar e trabalhar.

– Mas quem rabiscou o desenho da minha mãe? – perguntou em voz baixa. – É tão... maldoso!

Ouviu abrir-se a porta envidraçada, e alguns segundos depois Manille estava ali, diante dele, os punhos apoiados na mesa de Rudy como que contidos para não lhe saltarem ao rosto; no entanto, a expressão profissional do seu olhar era amável e quase carinhosa, embora vagamente cansada.

E Rudy sentiu escorrer entre os dois, tão palpável como um fino véu de chuva, um constrangimento mútuo, mistura de vergonha e rancor igualmente partilhados por Manille e ele, pensou, que tinha a vantagem de ainda ter Fanta a seu lado, enquanto Manille a perdera.

Mas logo percebeu também algo que o embaraçava quase da mesma forma, mas que era mais doce, uma estranha e indizível comunhão nascida da consciência de terem amado ao mesmo tempo a mesma mulher.

Viu os olhos de Manille pousarem no desenho da mãe.

– Você viu isso? – perguntou Rudy num tom febril, agudo, cujo eco pareceu horrível a seus próprios ouvidos.

Ao ouvir essa acrimoniosa voz de falsete, Manille não se perguntaria com incredulidade como era possível que Fanta tivesse finalmente preferido esse homem mesquinho e desengonçado, amargo e sofredor, como era possível que tivesse voltado para ele, para esse Rudy Descas que havia muito perdera toda honra?

Era exatamente o que ele próprio, Rudy, pensaria se estivesse na pele de Manille.

Por que Fanta voltara para ele, triste, desesperada, como se, cativa de um sonho implacável e sem saída, tivesse se imposto a aberrante responsabilidade de continuar vivendo numa casa que não amava, ao lado de um homem que evitava e que, desde o início, a enganava quanto ao que era realmente, fazendo-se passar por um homem íntegro e clemente quando havia permitido à mentira alojar-se no seu coração?

Por quê, afinal, ela não ficara com Manille?

Este fez um gesto de desdém para o maço de brochuras, dando a entender que o que via não tinha importância nenhuma.

– Eu gostaria de saber quem fez essa brincadeira de mau gosto com a minha mãe – disse Rudy, um pouco ofegante.

– Não é nada grave – disse Manille.

Seu hálito cheirava a café.

Rudy pensou então que nada lhe daria mais prazer, nesse instante, do que um cafezinho encorpado com açúcar.

Ele se torcia na cadeira, encontrando aos poucos um ritmo que, sem eliminar a dor, a compensava pelo alívio simultâneo de um coçar bem cadenciado.

– Por acaso não foi você? – lançou no momento em que Manille ia continuar a falar.

– Se há alguém de quem eu nunca zombaria é da sua mãe – murmurou Manille.

Um sorriso distendeu seus lábios.

Ele tirou os punhos da mesa, enganchou os dois polegares no cinto de couro escuro cravejado de tachas que parecia, para Rudy, a quintessência da classe ao mesmo tempo máscula e contida de Manille.

– Por certo você não se lembra – disse Manille com uma voz baixa o suficiente para ser ouvido apenas por Rudy –, pois era muito pequeno na época, mas eu sim, muito bem. Seus pais e os meus eram vizinhos, morávamos no campo, longe de tudo, e às quartas-feiras meus pais me deixavam sozinho para ir trabalhar e pediam à sua mãe que passasse de vez em quando para ver se estava tudo bem comigo; então sua mãe vinha, conforme o combinado, e me via triste e solitário, e me levava para a casa de vocês e me oferecia uma bela merenda e eu passava uma ótima tarde. Infelizmente isso acabou, com a partida de vocês para a África. O que não impede que eu me lembre sempre daqueles bons momentos quando vejo sua mãe, portanto nunca faria, mesmo pelas costas, nada que pudesse magoá-la, nunca.

– Sei – disse Rudy.

E fingia um tom de troça, mas sentindo bruscamente quase o mesmo ciúme que sentia quando, com três ou quatro anos de idade, via toda quarta-feira a mãe chegar com aquele garoto mais velho, de quem nada sabia e que ignorava até o presente ser Manille, um garoto cuja sombra gigantesca fora obrigado a suportar, com suas pernas douradas saindo de um short, dois pilares que lhe barravam o caminho em direção à mãe – então era ele, era Manille!

Não reconhecia os traços do garoto, somente aquelas duas pernas fortes à altura do rosto dele, Rudy, e entre as quais quase não avistava o da mãe. Por que lhe parecera sempre que a atmosfera da casa se modificava com a chegada do garoto, ficava mais carregada e elétrica, uma secreta excitação acelerando os gestos e a conversa da mãe quando ela sugeria, como se fosse uma inspiração, que preparassem crepes para o lanche, por que sempre lhe parecera que o garoto de pernas sólidas, de voz baixa, tirava a mãe de um tédio que a simples presença de Rudy não chegava a desfazer, talvez até acentuasse e aumentasse?

De Rudy ela não podia subtrair-se, e Rudy era às vezes um verdadeiro chato, enquanto o vizinho de nove ou dez anos, que não pedia nada, a mãe o salvava, sem notar que Rudy tinha constantemente diante dos olhos as pernas firmes do garoto e que essas pernas davam a impressão de se deslocarem sempre ao mesmo tempo que Rudy para impedi-lo de chegar à mãe.

Então era ele, era Manille!

Desconcertado, Rudy estava cada vez mais agitado na cadeira.

O sol o atingia em pleno rosto através do vidro, sempre com aquele reflexo rosa propagado pelo camisão de Cathie.

Sentia calor, um calor terrível.

Pareceu-lhe que Manille o olhava inquieto.

Não era extraordinário que a mãe nunca tivesse evocado essa época em que um garotão implacável e discreto enchia a cozinha com sua presença fatídica nas tardes de quarta-feira, e que nunca tivesse lhe dito que esse garoto era Manille?

Os dois, a mãe e Manille, haviam compartilhado essa lembrança secreta sem que Rudy soubesse – e com que finalidade, meu Deus?

Manille recomeçou a falar.

Que ele representava exatamente o tipo de filho que sua mãe teria gostado de ter, Rudy não duvidava, mas seria isso uma razão para...

Ah, o que importava, afinal?

Fez um esforço para compreender o que Manille lhe dizia com sua voz discreta e aveludada, mas um violento sentimento de injustiça lhe apertou o coração ao pensar que ele sempre protegera a mãe, e que ela...

Como estava quente!

Manille se colocara na sombra, enquanto o sol ofuscava Rudy.

Ele teve então consciência de que se esfregava desesperadamente no assento que agora rangia, chamando a atenção dos colegas no fundo da sala.

O que era mesmo que Manille lhe dizia a propósito dessa cliente, a sra. Menotti?

Sem compreender exatamente o motivo, o nome da mulher provocou-lhe um mal-estar acompanhado de medo, como se ele soubesse ter cometido um erro com ela, embora fosse incapaz de adivinhar qual era.

Acreditava ter resolvido o caso da sra. Menotti e sua cozinha pretensiosa, cuja realização acompanhara desde o início, tendo ele mesmo feito o projeto, ajudando a escolher a cor da madeira, refletindo longamente com ela sobre a forma do exaustor, mas, ao perguntar-se por que Manille confiara a suas mãos pouco habilidosas aquele projeto complicado, não tardara a compreender o motivo quando, certa noite, já bem tarde, a sra. Menotti telefonara para sua casa, queixando-se de uma terrível angústia, não, pior ainda, de uma crise de sufocação como nunca havia sentido, só de pensar que o projeto que vinham desenvolvendo talvez não fosse o que lhe convinha, e por que não voltar simplesmente ao projeto inicial e dispor ao longo das paredes os elementos principais, por que não rever a concepção inteira dessa cozinha que ela mesma confessou, com um soluço de aflição, não estar mais certa de querer, sentada ali, de camisola, na sua velha cozinha tão simpática, por que não passar um apagador em toda a história, ela se sentia tão mal, tão mal.

E Rudy dedicara cerca de uma hora a lembrar à sra. Menotti que ela fora até a loja de Manille precisamente porque não suportava mais o mobiliário antiquado e disparatado de sua cozinha atual, e depois, quase morto de tédio e cansaço, garantira que a esperança dela de ver a vida transformada, alegre, graças à instalação de armários bem concebidos e de um exaustor telescópico, que essa esperança não era absurda – a sra. Menotti não confiava nele?

Desligara o telefone exausto, mas nervoso demais para tentar dormir de novo.

Uma lufada de ódio contra a sra. Menotti o invadira, não porque ela o tivesse despertado, mas simplesmente porque pensara em anular semanas de um trabalho fastidioso, maçante, que ele empreendera tentando adaptar os desejos complicados e temerários da mulher ao pequeno orçamento de que ela dispunha.

Ah, quanto tempo perdera diante do computador buscando o meio de integrar um balcão americano ou um cesto de lixo com abertura automática aos projetos que ela aprovara antes de mudar de ideia, o desgosto que sentira várias vezes ao constatar que devia aplicar a questões tão vulgares sua inteligência e todas as suas faculdades de concentração e todo o seu talento!

Fora ali, talvez, pela primeira vez de uma forma tão dolorosa, quando no meio da noite acabava de tranquilizar a sra. Menotti, que ele pudera avaliar toda a dimensão do seu fracasso.

Fizera então com a cliente uma revisão geral dessa cozinha que ele achava grotesca, inútil (equipada como para receber diariamente inúmeros e requintados comensais, quando a sra. Menotti vivia sozinha e, como ela mesma admitira, não gostava de fazer comida), pois era esse o seu trabalho agora, era essa a sua vida, e a sra. Menotti não podia imaginar que ele havia sonhado com um cargo de professor na universidade nem que havia se considerado por algum tempo um especialista em literatura da Idade Média, e que agora nada mais deixava adivinhar nele essa bela erudição que docemente se esfumava, docemente sepultada sob a cinza das dificuldades que não cessavam de aumentar. *Os que se casam se assemelham ao peixe nadando em liberdade numa grande água...*

Como sair, ele se perguntara com uma lucidez friamente desesperada, desse sonho infinito, implacável, que não era senão a própria vida?... *que vai e vem onde lhe apraz e vai e vem até encontrar uma armadilha...*

– Ela está esperando, vá logo – dizia Manille.

Seria possível que ele estivesse falando de Fanta?

Rudy estava certo de uma coisa: se Fanta não o esperava mais, a ele, seu marido, tampouco esperava Manille, que, por razões que Rudy ignorava, a decepcionara.

Manille se afastou.

– Tenho que passar na casa da senhora Menotti, é isso? – gritou Rudy.

Manille fez que sim com a cabeça sem olhar para ele, depois retornou ao *showroom*, onde, enquanto falava com Rudy, deixara os dois clientes empoleirados em bancos altos de balcão, com as pernas grossas pendendo desajeitadas rente ao chão.

O homem, de longe, sorria vagamente para Rudy.

Ele mantinha a boina pousada sobre os joelhos e Rudy pôde ver, mesmo à distância, o brilho pálido da careca acima da testa avermelhada.

Eles estão entre nós!

Como saber, perguntou-se, se o casal interessado numa cozinha completa em madeira escura, à moda antiga, com puxadores em ferro forjado e falsos buraquinhos de vermes xilófagos, não fazia parte dos anjos que a mãe tinha certeza de que nos visitavam regularmente e que poderíamos reconhecer se nossa alma estivesse alerta (graças às brochuras dela)?

Como Rudy devolveu o sorriso, o homem logo dirigiu o olhar para outra parte, de rosto fechado... *onde há vários peixes que morderam a isca que havia dentro, que acharam boa e cheirosa, e quando esse peixe a vê se esforça muito para entrar ali...*

Rudy levantou-se, foi até a mesa de Cathie, fingindo um ar indiferente.

Seu ânus continuava a arder terrivelmente.

Pegou o telefone de Cathie, que franziu os lábios mas não disse nada.

Vendedor subalterno, ele não tinha direito a uma linha direta.

Digitou o número de casa, deixou tocar uma dezena de vezes.

Uma repentina onda de transpiração umedeceu-lhe as mãos, as têmporas.

Fanta não ouvia ou escolhera não atender, ou então, pensou, estava impossibilitada de atender porque ausente ou...

Quando recolocou o aparelho na base, deu com o olhar confuso, embaraçado de Cathie.

– Parece que a senhora Menotti quer me ver – observou num tom divertido.

Mas a dor era tanta que sentiu o ricto costumeiro de arregaçar o canto do lábio superior. Não conseguiu mais aguentar, coçou rapidamente o ânus, com frenesi.

– Rudy, acho que a senhora Menotti está uma fera – disse Cathie em voz baixa, como que contra a vontade.

– Ora, por quê?

A velha e confusa impressão de que faltara com seu dever para com a sra. Menotti, não de propósito mas por um descuido culposo, lhe secou ligeiramente a boca.

O que fizera ou deixara de fazer?

A sra. Menotti, pequena funcionária de banco, não tinha muito dinheiro.

Conseguira um crédito de vinte mil euros para financiar sua cozinha, e Rudy tivera de combinar diversas peças tiradas de vários modelos de cozinha, algumas em promoção, para contentar as exigências da sra. Menotti, que eram grandes, e essa mulher pragmática, acostumada aos cálculos, fingia de repente não compreender que a lista de suas vontades excedia amplamente a soma do crédito que obtivera.

Podia-se dizer que aquela cozinha fora uma incomodação!

Mas ele se mostrara também dedicado, disponível, sagaz.

No entanto, uma vez tudo encomendado, ficara como que um ressaibo desagradável, o pressentimento de uma ameaça... *e anda tanto ao redor que acha a entrada e entra, imaginando estar em delícias e prazeres, como imagina que os outros estão, e, quando está ali, não consegue mais sair...*

Ó meu Deus, que mais ele fizera?

Não tinha lembrança, nos quatro anos em que trabalhava com Manille (quatro anos da sua vida!), de alguma vez ter feito rigorosamente tudo como devia.

Por tédio e ressentimento, acumulara pequenos erros, pecadilhos dos quais alguns clientes, porém, se lembravam bem para declarar a Manille que não queriam Rudy Descas quando voltassem para uma nova compra.

Mas, no caso da sra. Menotti, ele tivera problemas de verdade.

– Como vai sua mulher? – perguntou Cathie.

Levou um susto, piscou e ao mesmo tempo se agitou involuntariamente.

– Bem, bem.

– E o menino?

– Djibril? Vai bem, eu acho.

Pareceu-lhe então que ela o fitava com o mesmo sorriso malicioso, um pouco distante, prudente, do homem da boina, pouco antes.

Começou a entrar em pânico.

Do que ela sorria, no centro do seu halo avermelhado? *E, quando está ali, não consegue mais sair.*

– Você sabe afinal o que essa senhora Menotti quer comigo? – perguntou ainda com ar desenvolto, compreendendo bem a inutilidade da sua insistência mas não conseguindo decidir-se a partir antes de receber algum esclarecimento, e não apenas acerca dos aborrecimentos da sra. Menotti, mas das incompreensíveis provações da vida dele mesmo, da sua vida inteira. *Não consegue mais sair.*

Cathie fixou o olhar na tela do computador, ignorando-o ostensivamente.

Então ele teve a forte impressão de que, uma vez que deixasse a sala, não retornaria mais, não lhe permitiriam mais retornar, e de que, por uma razão que ainda não podia entrever, preferiam não avisá-lo desde já – porque tinham medo dele?

– Fiz tudo o que pude pela senhora Menotti, você sabe, não é? Desde que trabalho aqui, nunca dei tanto de mim por essa droga de cozinha. Até perdi a conta das horas extras.

Estava calmo e podia sentir no rosto o calor de sua calma, de seu ligeiro sorriso.

Os pruridos no ânus diminuíram.

Como Cathie insistia em fingir não perceber sua presença e porque pensou de repente que, se não voltasse ao escritório, talvez nunca mais tornasse a vê-la, inclinou-se suavemente sobre o lobo minúsculo e rosado da orelha quase translúcida da colega.

Sussurrou, calmo e suave – tão calmo e suave, pensou, como o jovem que ele fora:

– Eu devia matar Manille, não é?

Ela inclinou vigorosamente a cabeça para o lado para afastar-se dele.

– Sai, Rudy, cai fora!

Ele ergueu os olhos e fitou mais uma vez, através da janela envidraçada, a casa ensolarada de Manille com sua entrada imponente, desproporcional, muito semelhante, essa grande casa baixa, às que faziam construir no bairro de Almadies os ricos empresários, de fato muito semelhante, pensou com um violento solavanco de toda a sua alma, sim, muito semelhante à casa de campo que Abel Descas construíra em Dara Salam, seu pai, que então preferira para as janelas não esse azul-provençal hoje comum em toda parte, mas um vermelho escuro que lhe lembrava o País Basco de onde viera, sem suspeitar, mas como teria suspeitado se *não consegue mais sair*?, que o vermelho um pouco menos escuro do sangue do amigo, do sócio e amigo, mancharia para sempre aquela pedra muito branca e porosa que escolhera para o amplo terraço.

Sim, pensou Rudy, os homens ambiciosos de pernas fortes plantadas com firmeza no chão, sem a menor flexão graciosa do joelho, como Manille ou Abel Descas, edificavam casas semelhantes porque eram homens do mesmo tipo, se bem que o pai de Rudy teria achado ofensivo ou cômico ser comparado a um vendedor de cozinhas, ele, que soubera muito cedo abandonar sua província, atravessar a Espanha e um trecho do Mediterrâneo, depois o Marrocos e a Mauritânia, até estacionar o velho e valoroso Ford à margem do rio Senegal, lá onde, ele pensara então, querendo já forjar uma pequena lenda familiar, fundaria um condomínio de férias como jamais existira.

Sim, pensou Rudy, essa espécie muito particular de homem com desejos pragmáticos, mas que não seriam menos ardentes se fossem intelectuais, não conhecia o sentimento de ter de lutar dia após dia contra as figuras glaciais de um sonho infinito, monótono e sutilmente degradante.

Antes de se afastar da mesa de Cathie, e porque a sentia rígida e amedrontada, com seus olhinhos imóveis tentando desesperadamente evitar encontrar os dele, não pôde deixar de dizer ainda, com uma voz um tanto trêmula:

– Se você soubesse a doçura que tenho no fundo de mim!

Ela deu uma risadinha nervosa, rouca, involuntária.

O pai ou Manille, embora temíveis no seu modo de ser, não eram desses homens dos quais as mulheres têm medo, enquanto ele, meu Deus, como havia chegado a isso?...

Recolheu sobre sua mesa as brochuras da mãe, enrolou-as e enfiou-as no bolso da calça.

Atravessou a grande sala banhada de luz, não duvidando que os colegas o seguiam com um olhar de alívio, desdém ou alguma outra coisa da qual não fazia ideia.

No entanto, quando se aproximava da porta envidraçada com o passo sempre travado pelas ferroadas no ânus, com as coxas afastadas uma da outra embora nenhuma musculatura excessiva as obrigasse a isso (pois tinha as pernas finas ou pelo menos magras, e não é que andava um pouco como o pai ou Manille, homens a quem as coxas maciças obrigavam a manter os joelhos afastados?), divertiu-se em pensar que os colegas talvez tivessem encontrado nele o seu anjo.

Avançou, aureolado de cintilantes cabelos louros, como outrora quando deixava seu pequeno apartamento do Plateau e descia a avenida vibrante de calor, tranquilo, perfeitamente consciente da inteira honestidade do seu coração, da plenitude da sua honra.

Gostaria de ter dito aos colegas, alegre, amável, sedutor, de um modo naturalmente gentil: Sou o ministro de quem minha mãe falou!

Não houvera uma época, lembrou-se com certo mal-estar, em que a mãe descoloria com água oxigenada os cabelos cor de linho claro do pequeno Rudy, a fim de que parecessem ainda mais louros, quase brancos?

Recordou o desagradável cheiro do produto que acabava por lhe dar sonolência, sentado num banquinho da cozinha daquela casa onde Manille dissera havia pouco ter passado tantas quartas-feiras, de modo que ele devia ser muito jovem quando a mãe enfiara na cabeça atribuir-lhe o elemento mais convencional da figura angélica, pois essas sessões se interromperam quando eles partiram para a África ao encontro do pai de Rudy.

Talvez, pensou, a mãe tivesse julgado que na África o louro natural dos seus cabelos seria suficiente para marcá-lo como serafim, ou quem sabe não tivesse ousado continuar essa prática em presença do pai de Rudy, que, incrédulo, zombeteiro, brutal, plantara lá seu próprio anjo da guarda e, para fazê-lo brotar, lançara-se sempre mais longe nas sombras de seus cálculos cínicos, de suas táticas e planos mais ou menos secretos, mais ou menos lícitos.

Sou o mensageiro dos Tronos!, quis gritar, mas conteve-se, não querendo virar a cabeça para os colegas.

Sentiu um súbito prazer ao imaginar que estes últimos talvez acolhessem naquele instante preciso uma revelação desse tipo ao vê-lo passar ali, diante deles, com as pernas separadas de um jeito meio estranho, o andar um tanto rígido, mas apesar de tudo aureolado de uma formidável, luminosa majestade, de um resplendor solar.

Ele não soubera defender Fanta.

Quisera ser o protetor, na França, da sua fragilidade social, e a abandonara.

Empurrou a porta, entrou no *showroom*.

Os dois clientes de Manille estavam agora escolhendo os banquinhos do bar americano no qual, Rudy apostava, nunca fariam refeição nenhuma, nem sequer se apoiariam para tomar um café, preferindo a mesinha incômoda que sempre lhes servira até então e que dariam um jeito de reintroduzir aos poucos na nova cozinha proposta por Manille; e quando, por ocasião de uma visita dos filhos, estes se surpreendessem e os criticassem por manter a velha mesa engordurada, com ranhuras cheias de migalhas, junto ao balcão, prejudicando o acesso à geladeira, eles se justificariam, pensou Rudy, argumentando ser provisório, dizendo que eliminariam a velha mesa tão logo encontrassem um móvel pequeno, que ainda lhes fazia falta para depositar sacolas e caixas na volta das compras.

Manille os fazia passar a mão na pelica castanha de um par de banquinhos de madeira escura.

Esperava junto deles, com a maior paciência, sem insistir, sem pressa de fechar negócio.

Ao ouvir os passos de Rudy, o homem, de longe, levantou os olhos.

Observou-o com mais vagar, pensou Rudy com emoção, do que se costuma fazer, com um olhar ameno, acolhedor.

Rudy teve a impressão de que o outro esboçava o gesto de erguer a boina para cumprimentá-lo.

E se um movimento como esse acompanhado do olhar insistente, ainda na véspera, o teria inquietado e constrangido, fazendo-o logo perguntar-se que tipo de aborrecimento viria em seguida, desta vez ele pensou com satisfação que na certa o sujeito simplesmente o reconhecera.

Sou o espírito das Dominações!

Sim, o sujeito talvez tivesse tido nas mãos uma das brochuras da mãe e, vendo Rudy passar assim constelado, um sentimento de evidência e de beatitude atingia em cheio seu coração.

Você é aquele que deve cuidar de mim?, parecia perguntar o olhar.

Que responder?

Rudy sorriu abertamente, o que em geral evitava fazer pois não ignorava que, da mesma forma que o medo, o enlevo distorcia seus lábios e dava-lhe um aspecto desagradável.

Olhando o indivíduo bem nos olhos, pronunciou em silêncio com um movimento da boca: Sou o pequeno Mestre das Virtudes!

Apressou o passo e saiu da loja.

O calor do estacionamento o abateu, acabou com suas ilusões.

Não, resmungou, não podia ser criticado por ter deliberadamente abandonado Fanta em sua solidão de exilada, e também não era responsável pelo fato de ela não ter as qualificações exigidas para lecionar na França.

Mas nunca o abandonava a certeza de que a enganara ao trazê-la, e de que depois desconversara, rejeitara a missão, implicitamente aceita antes de virem, de cuidar dela.

É que estava saindo de uma grande mortificação!

Que surra havia tomado, que surra!

Parecia às vezes senti-la ainda quando erguia bem alto os braços, mas era sobretudo quando o asfalto ardente do estacionamento de Manille exalava aquele cheiro de petróleo que ele se revia com penosa nitidez estendido de barriga no chão numa superfície do mesmo tipo, de asfalto amolecido pelo calor, os ombros e rins esmagados por joelhos pontudos, o rosto intumescido lutando para se erguer, para evitar o contato com o asfalto poeirento e colante.

Anos mais tarde, essa visão ainda o fazia corar de vergonha e estupefação.

No entanto sentiu ali, pela primeira vez, tudo o que havia de maquinal em sua reação.

Inspirou fundo, impregnando-se do bafo áspero.

Percebeu então que a desonra o deixara.

Sim, era ele, Rudy Descas, que adolescentes do colégio Mermoz haviam agredido a pontapés, antes de jogá-lo no chão e esmagar-lhe as costelas contra o asfalto, acabando por achatar-lhe o rosto, que ele tentara manter erguido, contra o piso do pátio; era na face dele que estavam agora marcadas para sempre finas cicatrizes, e esses ombros levemente doloridos eram ainda os dele – no entanto não havia mais a abjeção, não que pudesse ou desejasse transferi-la a outrem, apenas sentia que a aceitava e que isso lhe dava ao mesmo tempo a possibilidade de livrar-se dela, como de um sonho sempiterno, glacial, de um interminável sonho aterrorizante ao qual, mesmo resistindo, nos submetemos, sentindo que é a única maneira de escapar.

Ele, Rudy Descas, ex-professor de literatura no colégio Mermoz e especialista em Idade Média, não se identificava mais com a infâmia.

Havia perdido a reputação e a dignidade e voltado para a França levando consigo Fanta, sabendo que a desonra o perseguiria porque estava dentro dele, porque ele se convencera de que se identificava com ela, embora a odiasse e a combatesse.

E eis que agora a admitia e isso o aliviava.

Agora podia calmamente repassar na memória as imagens da violenta humilhação – e a humilhação não se relacionava mais a ele do jeito como estava naquele momento, de pé no ar quente e seco, e o volume que lhe pesara no coração e que enchera seu peito de uma matéria densa, opressiva, ele a via dissolver-se e abandoná-lo ao evocar com precisão o rosto dos três jovens que o haviam agredido, podendo mesmo sentir na nuca o hálito um pouco ácido (medo, excitação?) daquele que pressionara seu rosto contra o asfalto – esses três rostos, negros e belos na sua perfeita juventude, que ainda na véspera se voltavam para ele entre os outros da sala de aula para ouvi-lo, concentrados, inocentes, falar de Rutebeuf.

Ele revia esses rostos e não se afligia mais com eles.

Perguntou-se: Afinal, o que aqueles três podem fazer hoje?

Pôs-se a andar em direção ao carro, apoiando cada pé com firmeza pelo prazer de senti-lo lambuzar-se no asfalto e de ouvi-lo desprender-se com um estalido que lembrava o de um beijo.

Revia tudo aquilo e não se afligia mais.

Como estava quente!

O prurido no ânus recomeçara.

Ah, revia tudo aquilo e...

Que felicidade, pensou.

Coçou-se, não sem prazer, consciente de que o prurido não mais o lançaria nos abismos de cólera e desânimo, de que não havia mais razão para considerar esses males comuns como um castigo ou um exemplo da sua inferioridade.

Agora era capaz de...

Pôs a mão na maçaneta superaquecida da porta do carro.

Não tirou os dedos de imediato.

Ardia e era desagradável, mas parecia perceber melhor ainda, por contraste, a leveza nova de seu espírito, o vazio do peito, o dilatar do coração – livre enfim!, gritou em pensamento.

E como foi isso?

Como aconteceu?

Olhou longamente, ao redor, os carrões cinza e pretos dos colegas e a estrada diante do estacionamento com suas fileiras de depósitos e pequenas construções, e levantou a testa para oferecê-la deliciosamente ao sol infernal – enfim livre!

E agora, era capaz de quê?

Podia muito bem ir até o fim, apesar do leve rubor, do embaraço que sentia na testa alçada para o céu, podia perfeitamente ir até o fim e pôr à prova sua nova liberdade reconhecendo, pela primeira vez, que os três adolescentes não o haviam agredido.

O que restava nele do antigo Rudy Descas protestou.

Mas ele se manteve firme, embora um começo de pânico, de confusão o fizesse agora estremecer.

Abriu a porta, deixou-se cair no assento.

O interior do carro era sufocante.

Mesmo assim procurou inspirar fundo o ar espesso para apaziguar-se e afugentar o medo, o terrível medo que avançava em sua direção só de pensar que, se admitisse que os rapazes não o haviam atacado, deveria admitir igualmente que fora ele, Rudy Descas, então professor de literatura no colégio Mermoz de Dakar, que se lançara contra um deles, fazendo que os outros dois viessem socorrer o companheiro.

Era verdade?

Sim, foi assim que as coisas aconteceram, não é verdade, Rudy?

Lágrimas ácidas vieram-lhe aos olhos.

Fizera tamanho esforço para se convencer do contrário que ainda não estava certo do caráter real da verdade.

Ainda não estava seguro.

Estendeu o braço para o banco de trás, pegou o paninho velho, enxugou as pálpebras.

Mas podia entrever essa verdade e não se afligir com ela?

O pátio do colégio oferecia ao sol do meio-dia sua vasta extensão de asfalto crepitante.

Rudy Descas saía do estabelecimento com seu passo ágil, feliz, de jovem professor amado e brilhante, amado tanto pelos alunos como pelos colegas e por sua mulher, Fanta, que era também uma das professoras, e portanto não havia a menor necessidade, Rudy pensou sem amargura, de se acreditar ministro dos desígnios divinos para sentir ao redor de si um halo de benevolência, de triunfo sutil, de ambições refinadas.

O asfalto aderia ligeiramente à sola dos seus mocassins.

O contato o deixara alegre e ele sorria ainda para si mesmo quando chegou ao portão do colégio, e essa lembrança espalhou-se como um gesto involuntário de bênção em direção aos três adolescentes que estavam ali, esperando na minguada sombra de uma mangueira, com o rosto brilhando ao sol do meio-dia.

Os três eram seus alunos.

Rudy os conhecia bem.

Sentia uma afeição particular por eles, pois eram negros e provinham de meios modestos, sendo que um deles, segundo ficara sabendo, tinha pai pescador em Dara Salam, a aldeia onde Rudy e os pais haviam vivido outrora.

Sentado no carro, no estacionamento da loja de Manille, Rudy lembrou o que sempre sentia quando seu olhar pousava no filho do pescador: uma amizade excessiva, deliberada, ansiosa, sem relação com as qualidades próprias do rapaz e que teria podido subitamente transformar-se em ódio sem que Rudy se desse conta, sem que pudesse nem mesmo compreender que era ódio e não mais amizade o que sentia pelo aluno.

Pois o rosto do rapaz o obrigava a pensar em Dara Salam.

Ele lutava com horror contra qualquer visão de Dara Salam.

E essa luta se transformava em afeição desproporcional pelo adolescente, afeição que talvez fosse ódio.

Mas, em pleno meio-dia daquele dia parado, ardente, da estação seca, quando saía do colégio com o espírito tranquilo e feliz, seu sorriso envolvera os três rapazes do mesmo modo, escorrera em direção a eles, impessoal, satisfeito, com o requinte de uma unção.

Teria o filho do pescador adivinhado bruscamente que a extrema gentileza de Rudy Descas para com ele era apenas um meio desesperado de conter a hostilidade que lhe inspirava seu rosto ou a lembrança de Dara Salam?

Era isso, ódio enfim revelado, que animava visivelmente o sorriso do professor, na claridade branca do meio-dia?

O ar quente tremeluzia.

Nenhuma aragem agitava as folhas cinzentas da mangueira.

Rudy Descas sentia-se tão afortunado naquela época, tão próspero.

O pequeno Djibril nascera dois anos antes e era um menino sorridente e falante em quem nenhum medo, nenhum incômodo diante do pai punha então uma ruga de perplexidade na testa, como acontecia hoje.

Rudy havia solicitado um cargo em uma universidade estrangeira e sua última conversa com o diretor do departamento de literatura medieval se desenrolara da melhor maneira possível e ele não duvidava que a resposta seria positiva, tanto que já a anunciara à mãe, num telefonema, de pura vaidade.

Seu filho, guardião da sua velhice, professor universitário, assistente de letras clássicas.

Ah, como a vida era boa.

Ainda que não fosse muito do temperamento de sua mulher exprimir isso, ele sentia que Fanta o amava e que amava através dele a vida que levavam no belo apartamento recém-alugado no Plateau.

Acontecia-lhe às vezes de pensar que Fanta amava o filho ainda mais que a ele próprio – que ela amava o filho com um amor semelhante, porém mais forte, embora tivesse acreditado que esse amor seria de natureza diferente e não seria uma perda.

Achava que perdera, e que ela se afastara um pouco dele.

Mas isso não tinha muita importância.

Na época estava tão preocupado com o contentamento de Fanta que aceitava, quase se alegrava, que ela estivesse feliz um pouco em detrimento dele.

Então, sim, nessa vida perfeita, somente as reminiscências de Dara Salam, que ele precisava combater sempre que via o rapaz, lançavam a sombra de uma derrota possível.

O jovem saíra de sob a mangueira devagar, com esforço, como se devesse enfrentar o terrível sorriso de Rudy.

Com voz calma, distinta, definitiva, pronunciara:

– Filho de assassino.

E, como Rudy pensara depois, como pensava ainda agora no estacionamento de Manille, o que literalmente o apunhalara não fora tanto o sentido dessas palavras, mas o tranquilo descaramento dessa voz que nem se dava ao trabalho, que nem tinha vontade de insultá-lo.

Pelos lábios do filho do pescador a simples verdade se enunciava, sem intenção, porque devia ser assim, e talvez o próprio sorriso do professor tivesse permitido à verdade expor-se, aquele sorriso falso, suave, cheio de ódio e de medo.

Rudy deixara cair a pasta.

Sem saber nem compreender o que fazia, o que ia fazer, pulou no pescoço do rapaz.

Que impressão perturbadora sentir sob os polegares o tubo anelado, morno, úmido, da traqueia – Rudy se lembrava mais disso que do resto, e se lembrava de ter pensado, ao pressionar o pescoço do rapaz, na carne tenra do pequeno Djibril, o filho em quem dava banho todo fim de tarde.

Virou maquinalmente as mãos, examinou-as.

Pareceu reencontrar na ponta dos dedos, na gordura das primeiras falanges, aquela sensação de doçura resistente, a protuberância móvel e firme do jovem pomo de adão que ele pressionara tomado de uma cólera exultante, embriagada de si mesma.

Era a primeira vez na vida que tamanha fúria o possuía, a primeira vez que se lançava contra alguém, e era como se descobrisse enfim sua verdadeira individualidade, aquilo para o que fora feito e que lhe dava prazer.

Ouviu-se gemer, resfolegar com o esforço – a menos que fossem os grunhidos do rapaz que ele tomava por seus.

Arrastou o adolescente pelo pátio do colégio, sempre pregado ao pescoço, que apertava com toda a força.

O rapaz começou a transpirar abundantemente.

Sem essa de ser gentil, repetia uma vozinha impertinentemente triunfante na cabeça de Rudy.

O que ele dissera, o miserável?

– Que foi que você disse, hein? Filho de assassino? Então vamos fazer jus ao nosso sangue, não é?

Seriam da mesma natureza o sangue do sócio do pai, que manchara irremediavelmente o belo piso poroso do terraço, e o próprio sangue de Abel Descas, salpicando a parede da cela na prisão de Reubeuss, e o sangue desse rapaz, o filho do pescador de Dara Salam, que não deixaria de jorrar de sua cabeça se Rudy conseguisse derrubá-lo e arrebentar seu crânio no piso do pátio?

– Miserável! – gritara mecanicamente, sem saber muito bem, em sua satisfação colérica, por que ofendia quem lhe causava tamanho prazer.

Uma dor violenta atravessara-lhe as costas, os ombros.

Sentira deslizar entre suas mãos o pescoço do rapaz, molhado de suor.

Seus joelhos, depois seu peito, haviam batido forte no chão, ficara sem ar.

Tentara conservar a cabeça o mais erguida possível antes que um braço a achatasse contra o asfalto, ferindo-lhe a face, arranhando-lhe a têmpora com as pedrinhas minúsculas do chão.

Ouvira os rapazes arquejarem e xingarem.

As vozes eram febris, desconcertadas, sem cólera, como se as palavras que lhe diziam fizessem parte do tratamento que deviam lhe dar em troca do que fizera.

Eles se perguntavam o que fazer dele, o professor de literatura em cujas costas afundavam os joelhos pontudos, sem perceber, Rudy compreendia, quanta dor causavam.

Temiam que ele os atacasse de novo caso o soltassem?

Tentara balbuciar que estava acabado, que não precisavam ter medo.

Só conseguira babar no asfalto.

Ao tentar mexer os lábios esmagados contra o chão, arranhou-os.

RUDY LIGOU O MOTOR, engatou a marcha a ré e o velho Nevada partiu roncando e soltando fumaça.

Depois de quatro anos alimentando cuidadosamente para si mesmo a teoria da crueldade profunda dos três rapazes que o teriam agredido e brutalizado sem razão, ele sabia agora que era uma mentira – já sabia antes, mas recusara-se a saber, e agora não se recusava mais e lembrava a gentileza, a confusão, o espanto que percebera nos rapazes enquanto o mantinham imobilizado, causando-lhe sem querer uma dor da qual nunca se recuperaria completamente, pois eles buscavam um meio de sair daquela situação protegendo a dignidade e a segurança tanto deles quanto do professor, sem o menor desejo de vingança ou vontade de maltratá-lo, apesar do pavor e do sofrimento que ele causara ao rapaz de Dara Salam.

Compreendera, ouvindo-os falar às suas costas, escutando suas vozes nervosas, assustadas, sem rancor, que eles admitiam perfeitamente, com um bom senso de adolescentes, que o professor perdera as estribeiras, mesmo que isso os surpreendesse, vindo de um professor como ele.

E ele, Rudy, odiava o rapaz de Dara Salam.

E odiara, até aquele instante no estacionamento de Manille, os três alunos, que interiormente responsabilizara por seu retorno forçado à Gironda, a seus aborrecimentos, a sua infelicidade.

Não havia dúvida, pensou ao sair do estacionamento para pegar a estrada, de que o ressentimento geral, a cólera e a mistificação haviam se apoderado dele naquele momento – quando escolhera julgar-se vítima dos rapazes em vez de encarar o ódio revestido de sorrisos e de amizade que provinha diretamente de Dara Salam, onde Abel Descas assassinara o sócio.

Sim, não havia dúvida, pensou, de que sua desgraça atual era parte daquilo, da sua covardia, da complacência consigo mesmo.

Refez em sentido contrário o trajeto percorrido uma hora antes, mas, na rotatória, girou um pouco mais longamente em torno da estátua para tomar uma estrada mais larga, margeada por taludes altos, no fim da qual se achava a casa da sra. Menotti.

No instante em que se perguntava se poderia pedir à sra. Menotti que o deixasse usar o telefone para falar com Fanta (o que ela estará fazendo, meu Deus, e em que estado de espírito?), percebeu o ventre claro, as grandes asas castanhas de uma águia voando baixo, à frente dele.

Tirou o pé do acelerador.

A águia mergulhou sobre o para-brisa.

Prendeu as garras no limpador, o abdome encostado no vidro.

Rudy soltou uma exclamação de surpresa e freou bruscamente.

A águia não se mexeu.

Com as asas abertas em toda a largura do para-brisa, a cabeça voltada para o lado, a ave fixou nele um olhar horrivelmente severo e amarelo.

Rudy buzinou.

A águia teve um estremecimento de todo o peitoral, mas firmou ainda mais a posição das garras e, sem tirar o olhar friamente acusador do rosto de Rudy, deu um grito que pareceu o de um gato furioso.

Ele saiu do carro devagar.

Deixou a porta aberta, não ousando aproximar-se da ave que, para continuar a examiná-lo, deslocara ligeiramente a cabeça e agora o observava, tenaz, glacial, com o outro olho.

E Rudy pensou, invadido de ternura e ansiedade: Bom pequeno deus de minha mãe, meu pai do céu, fazei que nada tenha acontecido a Fanta.

Estendeu em direção à águia o braço que tremia um pouco.

A ave descolou-se do para-brisa, soltou um novo grito de raiva, carregado de uma condenação irrevogável, e levantou voo com dificuldade.

Ao elevar-se e passar por Rudy, uma das garras arranhou sua testa.

Ele sentiu nos cabelos o adejar pesado da asa.

Refugiou-se no carro, bateu a porta.

Arquejava com tanta força que por um instante teve a impressão de que esse ruído vinha de outra pessoa – mas não, era realmente de sua boca que saía aquela expiração cheia de pânico, assustada, sibilante.

Pegou a toalhinha no banco de trás, pressionou-a contra a testa.

Depois contemplou longamente, bestificado, a toalha manchada de sangue.

Como explicar a Fanta sua nova compreensão da situação deles?

Como fazê-la entender que, apesar do que dissera naquela manhã e se realmente lhe haviam saído dos lábios as palavras grotescas de que não estava certo de se lembrar, ele era um homem diferente e que, no coração desse homem, nem a cólera nem a mentira encontrariam mais alimento?

Pensou, assustado, passando prudentemente um dedo na ferida da testa: Não havia mais necessidade, Fanta, de enviar-me essa ave punitiva – não era preciso...

Pôs-se de novo a caminho, dirigindo com uma das mãos, a outra não podendo evitar de subir até a testa para tocar, estupefata, o arranhão em forma de vírgula.

É injusto, repetiu maquinalmente, é realmente injusto.

Um pouco mais adiante, parou diante da casa da sra. Menotti.

Ao longo da estrada viam-se casas rurais modestas que haviam sido compradas e reformadas por proprietários mais abastados que, graças a minuciosas e suntuosas mudanças interiores, queriam fazer esquecer as origens humildes da construção (telhado curto, pé-direito baixo, janelas pequenas) ou pelo menos fazer parecer que resultavam também de uma escolha, assim como o piso marroquino, as tubulações de cobre ou a ampla banheira embutida no chão.

Rudy compreendera que os rendimentos da sra. Menotti não lhe permitiam acompanhar as despesas luxuosas, maníacas, dos vizinhos, e que na casa dela a cozinha continuaria sendo o único sinal de um súbito acesso ao conforto e à riqueza.

Também havia notado, com um misto de inquietude e irritação, que esse era um domínio no qual a sra. Menotti compensava amplamente sua inferioridade econômica.

Era o que chamava para si mesmo de grande devastação conquistadora.

Desceu do carro.

Viu de imediato que a vontade destruidora, selvagem e confusa da sra. Menotti dera um tiro de misericórdia no velho pé de glicínia, com a espessura de um tronco, que devia ter brotado junto à porta de entrada uns cinquenta anos antes.

Quando Rudy viera pela primeira vez, cachos abundantes de flores malva perfumadas pendiam acima da porta, junto às janelas e às calhas, seguindo um fio metálico que os antigos moradores da casa haviam instalado sobre a fachada.

Naquela ocasião ele aspirara o perfume das flores, comovido, encantado por tanta beleza e aroma oferecidos em troca de nada, e depois felicitara a sra. Menotti pela exuberância da glicínia que lhe lembrara, sim, ele deixara escapar, ele que nunca falava do passado, as flores da frangipana de Dara Salam.

Vira então a sra. Menotti contrair os lábios numa mistura de ceticismo e de vaga contrariedade, como, pensou, uma mãe que não ama igualmente os filhos e a quem elogiam um dos que não ama.

Num tom seco, condescendente, ela se queixara do trabalho que davam as folhas no outono – a quantidade de folhas a recolher, as pétalas murchas.

Mostrara a Rudy como já havia acertado as contas, num lado da casa, com uma enorme bignônia que tivera a audácia de encostar suas flores alaranjadas no reboco cinza.

Os ramos finos, as folhas lustrosas, as poderosas raízes, as corolas mortas jaziam no chão, prontos para ser queimados, e a sra. Menotti os apontara com um desprezo orgulhoso, heroína de um combate vencido sem esforço.

Abatido, Rudy dera a volta no jardim atrás dela.

Viam-se apenas os lamentáveis vestígios de uma luta tão absurda e feroz quanto desordenada.

Os entusiasmos devastadores da sra. Menotti, que queria limpar o terreno e pôr grama, haviam atingido a sebe de cupulíferas, eliminada; uma velha nogueira, cortada no pé; numerosas roseiras, retiradas e depois, tendo a sra. Menotti mudado de ideia, replantadas noutra parte, e que agora agonizavam.

Ela parecia satisfeita de afirmar pela destruição seus direitos de proprietária, como se, pensou Rudy ao vê-la rebolar os largos quadris entre dois montes de buxos centenários arrancados, nada demonstrasse melhor a legitimidade da sua onipotência que anular o paciente trabalho, os testemunhos do gosto simples, delicado de todos aqueles, fantasmas inumeráveis, que a haviam precedido nessa casa e plantado, cultivado, ordenado a vegetação.

E agora ele descobria que a sra. Menotti havia cortado a glicínia.

Estava surpreso, desconcertado.

Via a casinha despojada, austera, tristemente reduzida à mediocridade de seus materiais, que as folhas antes ocultavam.

Da planta suntuosa restavam apenas alguns centímetros do caule ao rés do solo.

Com o passo lento, Rudy aproximou-se do portão.

Olhou a fachada nua e começou a chorar.

A sra. Menotti, que abrira a porta ao ouvir o ruído do carro, encontrou-o assim, imóvel diante do portão, o rosto molhado de lágrimas.

Ela vestia um abrigo esportivo roxo.

Tinha os cabelos curtos, grisalhos, e óculos de grossa armação de plástico preto que lhe davam um aspecto perpetuamente enfurecido e sem os quais, Rudy já observara, seu rosto era o de uma mulher perdida, desarmada.

– A senhora não tinha o direito de fazer isso! – ele exclamou.

– Fazer o quê?

A sra. Menotti parecia exasperada.

Ele voltou então a sentir na boca o gosto de ferro, o vago gosto de sangue que lhe subia da garganta quando pensava na sra. Menotti e no que ainda teria de fazer, apesar de tudo o que já fizera, e que obscuramente havia negligenciado, por cansaço, para depois esquecer.

Agora se lembrava apenas do erro, não do objeto desse erro.

– A glicínia! Ela não era sua!

– Como não era minha? – berrou a sra. Menotti.

– Ela pertencia... a si mesma, a todo mundo...

Sua voz cedeu, morreu no embaraço e na consciência do inútil.

Era tarde demais, de qualquer forma era tarde demais.

Essa glicínia admirável, ele não deveria ter tentado salvá-la?

Como pudera imaginar que a sra. Menotti a pouparia?

Como pudera, tendo constatado sua brutalidade com a natureza, que via apenas como inimiga e ameaça de invasão, tranquilamente virar as costas à glicínia cuja sentença de morte caíra dos lábios da sra. Menotti, secamente, quando esta falara do trabalho que davam as folhas?

Empurrou o portão, subiu os poucos degraus da escada.

A casa estava agora solitária em meio a um terreno coberto de grama e o sol castigava severamente a sra. Menotti.

A glicínia sombreava com suavidade esse mesmo terraço, essa mesma entrada de cimento, lembrou-se Rudy, deprimido; e não havia também, no canto, um grande loureiro que exalava pacificamente, no ar aquecido, sua substância aromática?

Desaparecido o loureiro, como o resto.

Percebeu, flutuando em volta da sra. Menotti, um cheiro de fossa séptica.

– Senhor Descas, o senhor é um incompetente, o senhor é um monstro.

Com os olhos ainda úmidos, mas indiferente ao que ela pudesse pensar (era como se, embora buscando ainda atingi-lo, a vergonha não pudesse mais encontrá-lo), ele enfrentou o olhar escandalizado da sra. Menotti.

Compreendeu que ela fora muito além da indignação, que agora vagava numa zona confusa, próxima do desespero e de certa embriaguez na qual o menor obstáculo devia parecer uma agressão determinada.

Compreendeu também que, a sua maneira, ela se mostrava de uma sinceridade absoluta.

Uma vaga piedade lutava com o rancor dentro dele.

De repente se sentiu muito cansado, abatido.

Um novo acesso de agulhadas atacou-lhe o ânus e ele não fez nenhum esforço, pensando na glicínia assassinada, para preservar o eventual pudor da sra. Menotti, e tampouco o seu, incerto e exausto.

Através do tecido grosso do jeans, coçou-se com vigor, com raiva.

A sra. Menotti pareceu não notar.

Ela hesitava agora entre a necessidade de fazê-lo entrar (e ele começou a entrever a natureza desse problema, que a irritava) e uma forte vontade de nunca mais tornar a vê-lo.

Por fim afastou-se, fez no ar um gesto seco para intimá-lo a acompanhá-la.

Ele percebeu que os ombros dela tremiam de nervosismo.

Era a primeira vez que voltava àquela casa desde que tomara as medidas da cozinha, vários meses antes.

E quando se iniciava nele, ao atravessar a entrada e depois a sala de jantar atrás da sra. Menotti, um penoso processo de discernimento, quando uma sensação de frio invadia suas entranhas ao se definirem no seu espírito os contornos do erro que cometera, este saltou-lhe ao rosto com toda a brutalidade da sua evidência.

Estacou na entrada da cozinha.

Tomado de horror, teve dificuldade para conter uma gargalhada histérica.

Coçou-se freneticamente, sem se dar conta, enquanto a sra. Menotti se deixava cair numa cadeira ainda embalada com plástico.

Ela não parava de ajeitar inutilmente com um dedo feroz os óculos sobre o nariz.

Uma trepidação convulsiva agitava seu joelho.

– Meu Deus, meu Deus – Rudy deixou escapar.

E ele sentia agora a humilhação corar e aquecer sua nuca, seu rosto.

Como pudera, ele que havia trabalhado tanto, cometer tamanho erro de cálculo?

Sabia-se pouco capaz nesse domínio, mas em segredo extraíra certo orgulho da sua falta de talento para conceber aquelas cozinhas que desprezava, a tal ponto que, refreado pela arrogância, impedira qualquer melhora notável de suas capacidades.

Não queria tornar-se um bom profissional no ramo.

Acreditava que essa resistência preservava da desagregação completa a erudição adquirida em sua vida antiga, aqueles conhecimentos sutis e raros que, havia muito, não tinha mais a força, a coragem, o desejo de cultivar, de alimentar, e que perdiam segurança e precisão.

Mas um erro como aquele era apenas ridículo, lastimável, e em nada servia ao homem refinado que ele pensava ter sido, ah não, em nada, pensou, aterrorizado.

Avançou com um passo prudente.

Seu olhar e o da sra. Menotti se cruzaram e ele voltou a pensar na glicínia e, ainda cheio de rancor, desviou os olhos, embora os da sra. Menotti lhe parecessem agora vazios do ódio escandalizado de antes.

Mesmo diante do desastre, recuso-me a comungar com ela, se é isso que ela quer.

Pois ele tivera a impressão de que havia nela, nesse momento, uma consternação impessoal que buscava ajuda, apoio, como se ambos observassem as consequências de uma aberração cometida por um terceiro.

Ousou então dirigir-se até o centro da cozinha, até o balcão quadrado munido de uma ampla chapa de fogão e de um exaustor em forma de sino, balcão revestido de mármore e ardósia que devia ser o centro desse espetáculo petrificado, intimidador para os visitantes, que para a sra. Menotti se tornara a própria ideia de cozinha.

O balcão estava no lugar, o tubo do exaustor inserido no teto.

No entanto a chapa do fogão se achava não debaixo do exaustor, mas bastante afastada, e Rudy compreendeu de imediato que, se tentassem deslocar o balcão para posicionar a chapa no lugar correto, seria impossível circular em volta com facilidade.

Rudy Descas, nos cálculos que haviam exigido o investimento de toda a sua inteligência, de toda a sua energia mental, simplesmente não fora capaz de determinar com exatidão a posição de um exaustor e de quatro queimadores.

– Você vai ser despedido – disse a sra. Menotti com voz neutra.

– É, acho que sim – murmurou Rudy.

– Eu ia reunir alguns amigos amanhã para mostrar minha cozinha, vou ter de cancelar tudo.

– É melhor – disse Rudy.

Aniquilado, ele puxou para si uma cadeira ainda embalada e deixou-se cair nela.

Como convencer a si próprio de que a demissão da loja de Manille não era uma catástrofe?

O que seria deles, dos três?

Sentia-se ainda mais inepto ao perceber que, se tivesse tido a coragem de explorar essa consciência difusa, subterrânea, incômoda que havia algum tempo lhe indicava um mau procedimento em relação à sra. Menotti, teria podido recuperar-se a tempo, corrigir o erro antes do início dos trabalhos.

Mas rechaçara sua impressão para bem longe a fim de não se envolver mais com ela, assim como, pensou, pusera fora de alcance até hoje a verdade sobre o rapaz de Dara Salam, sobre toda a história de Dara Salam.

O que seria dos três se ele perdesse seu salário?

– E no entanto eu sabia – murmurou –, sabia que havia me enganado!

– Ah, é? – disse a sra. Menotti.

– É, é sim... Eu devia ter... enfrentado isso, essa possibilidade de ter me enganado, mas preferi fechar os olhos.

Olhou a sra. Menotti, que tirou os óculos e limpou as lentes na camiseta; notou que o rosto dela estava calmo, como se, tudo tendo sido dito sobre o caso, não houvesse mais motivo nenhum para ela ficar nervosa.

Percebeu também que os traços do rosto da mulher eram bem desenhados sob a grossa armação dos óculos, que habitualmente dissimulavam sua delicadeza.

Mas o que seria deles?

Todo mês ele pagava quinhentos euros pela casa – o que faria da casa, da vida em família?

– Quer um café? – perguntou a sra. Menotti.

Ele aceitou, surpreso.

Lembrou o cheiro forte de café no hálito de Manille.

– Faz um tempão que estou querendo tomar um café – disse, acompanhando com os olhos a sra. Menotti, que se levantou pesadamente, pegou uma cafeteira, encheu de água, depois apoiou uma nádega no balcão novo para dosar o pó no filtro.

– Mesmo assim – ele não conseguiu deixar de dizer – aquela glicínia não fazia mal a ninguém, e era tão bonita.

A sra. Menotti não se virou nem respondeu, ainda meio sentada no balcão, atenta a sua tarefa.

Os pés calçados de tênis não tocavam o chão.

Ele teve então a súbita lembrança de outros pés que não tocavam o chão ou que pareciam apenas roçá-lo, os pés alertas e infatigáveis de Fanta pairando acima das calçadas de Dakar, e pensou: Cortei essa glicínia!, e também pensou, banhado num suor amargo: É a glicínia que cortei, não fazia mal a ninguém e era tão bonita!, e deixou no fundo da garganta as palavras severas que reservara à sra. Menotti acerca da glicínia que ela cortara.

Na testa um suor amargo e frio.

Pareceu, porém, à luz das confissões que aceitava fazer a si mesmo, que começava a emergir do sonho antigo, do velho e insuportável sonho no qual, não importava o que pudesse dizer, não importava o que pudesse fazer...

– O café – disse a sra. Menotti, estendendo uma xícara cheia.

Ela também se serviu e voltou a sentar-se.

O plástico da embalagem rangia ao menor movimento.

Beberam em pequenos goles, sem dizer nada, e Rudy sentiu-se apaziguado, honrado, e o suor amargo e frio na testa secou, muito embora, pensou, sua situação objetiva nunca tivesse sido tão aflitiva.

– Vai ser difícil achar outro emprego – disse com a voz tranquila, como se falasse com outra pessoa.

E a sra. Menotti respondeu no mesmo tom indiferente, tranquilo, estalando os lábios para indicar que terminara o café e que estava uma delícia.

– É verdade, as oportunidades são poucas, não tem mais trabalho por aqui.

– Posso usar seu telefone? – ele perguntou, um tanto embaraçado.

Ela foi na frente até a sala, até o telefone que ficava numa mesinha de canto.

Permaneceu junto dele, imóvel (mexendo-se apenas para ajeitar inutilmente os óculos sobre o nariz), não tanto para vigiá-lo, ele julgou compreender, mas para não ficar sozinha na cozinha fracassada.

– Não tem celular?

– Não – ele disse –, é muito caro.

A vergonha lançou um novo ataque contra a carapaça ainda tenra da sua dignidade, da sua lucidez, mas ele sentiu que mesmo os assaltos da vergonha vinham de um hábito e que o dever dele, Rudy, era não se entregar a esse sofrimento, não ceder ao conforto paradoxal dessa sensação familiar.

– Realmente é muito caro – ele insistiu –, e não é indispensável.

– Então faz bem – disse a sra. Menotti.

– Como a sua cozinha – ele acrescentou –, muito cara, e não é indispensável.

Ela ficou muda, fitando o espaço à frente com um olhar ligeiramente dolorido.

Ele sentiu que ainda era muito cedo, que ainda estava acima das forças da sra. Menotti renunciar às esperanças de felicidade, de leveza, de coerência e de paz contidas na suposta perfeição da cozinha comprada na loja de Manille.

Aliás, não fora isso que ele prometera implicitamente, quando ela lhe telefonara numa noite de aflição e ele a sentira ceder na sua resolução, não fora ele que dissera a ela que uma vida harmoniosa, bem conduzida e invejável não tinha a menor possibilidade de transcorrer numa cozinha velha com móveis desemparelhados?

Digitou mais uma vez o número de casa.

Deixou tocar por muito tempo, por tanto tempo que, se Fanta tivesse atendido, ele teria ficado mais inquieto que aliviado.

Enquanto esperava, como havia junto ao telefone uma lista de assinantes da região, ele a folheou com uma das mãos e a mão foi diretamente, arrastada por vontade própria, até o nome Gauquelan, o escultor; Rudy observou com certo mal-estar que ele morava ali perto, num bairro recentemente ocupado por ex-moradores ricos da cidade que compravam, a exemplo dos vizinhos da sra. Menottti e, em certa medida, da própria sra. Menotti, propriedades rurais que transformavam, mediante grandes despesas, em moradias residenciais.

Ao sair, na escada, preparando-se para se despedir da sra. Menotti, teve a impressão de aspirar o cheiro das flores da glicínia.

Estava de pé sob o sol forte quando o perfume intenso, inebriante dos cachos malva nos quais mergulhara o nariz semanas antes, cheio de gratidão, veio surpreendê-lo e perturbá-lo de novo.

Esses eflúvios emanavam provavelmente, pensou, dos restos da glicínia amontoados ao lado da casa, da glicínia que emitia sua fragrância pela última vez – e não lhe dizia, ela, à sua maneira, isto? Você falhou, não fez nada por mim, e agora é tarde demais e estou morrendo, me decompondo lentamente em meus perfumes.

Uma onda de ressentimento o entristeceu.

Para disfarçar, baixou a cabeça, enfiou as mãos nos bolsos de trás.

De um deles tirou uma brochura da mãe, que estendeu à sra. Menotti com um gesto repentino.

– Eles estão entre nós – ela leu em voz baixa.

Ficou perplexa.

– Eles quem?

– Os anjos – disse Rudy, fingindo naturalidade.

Ela riu com escárnio, amassou a brochura sem abrir.

Ferido em lugar da mãe e sentindo surgir de novo a raiva, ele saltou os poucos degraus da escada e quase correu até o carro.

Dirigindo devagar, sem objetivo, pensava que seria inútil voltar a pôr os pés na loja de Manille agora que tinha se ferrado de vez.

Um certo despeito ainda tornava penosa a ideia do fracasso,

pois preferia ter ele mesmo caído fora da loja de Manille em vez de ser despedido por um erro grosseiro de cálculo num projeto em que dera tanto de si, mas ao grande pavor que lhe inspirava a visão do futuro sucedeu, amortecendo o pavor, o sentimento de que tudo se encaixava na ordem das coisas.

Ele não devia se aviltar na loja de Manille.

Sua cabeça rodava ligeiramente.

Como pudera suportar quatro anos dessa vida? Reconheceu que era apenas uma questão teórica, um espanto fingido e puramente formal, pois sabia muito bem, na verdade, como as pessoas costumam suportar longos anos de uma vida mesquinha.

O que ele ignorava mesmo era como teria podido não suportar esses anos ao mesmo tempo pungentes e lastimáveis – que homem teria sido, em que teria se transformado, o que teria acontecido se não tivesse suportado tamanha mediocridade?

Teria sido algo bom, ou teria caído ainda mais baixo que hoje?

E o que teria feito de sua vida?

Não, não era muito difícil habituar-se a viver no desgosto de si, na amargura, na confusão.

Mesmo ao estado de fúria permanente, mal contida, ele se acostumara, mesmo às relações tensas e frias com Fanta e o filho acabara por se acostumar de um jeito ou de outro.

Sentia uma nova vertigem ao pensar que teria de considerar de modo totalmente diferente sua vida com os dois e, embora desejasse tanto reencontrar o amor e a ternura de antes da partida para a França, também se inquietava, de um modo obscuro. Fanta o reconheceria como era agora? Não estaria cansada demais, desconfiada e cética demais para juntar-se a ele no ponto aonde ele pensava ter chegado?

Você chegou tarde demais e estou morrendo.

Onde ela podia estar naquele exato momento?

Ao mesmo tempo que desejava ardentemente rever Fanta, temia voltar para casa.

Levou a mão à testa, apalpou de leve o ferimento.

Não havia necessidade, Fanta, de me enviar essa terrível ave justiceira.

Uma voz grasnava no seu espírito: Você chegou tarde demais, estou morrendo, pés cortados, caída ao chão da sua casa hostil, você chegou tarde demais.

Agora tinha fome e o café da sra. Menotti lhe dera uma terrível sede.

Com os vidros baixados, dirigia devagar pela estradinha silenciosa, entre fileiras de ciprestes e muros brancos para além dos quais aparecia de vez em quando a água azulada de uma piscina.

Deixou para trás o bairro da sra. Menotti e, observando que naquele em que entrava havia casas ainda mais ricas, reformadas mais recentemente e mais luxuosamente, pensou que de novo mentira a si mesmo ao fingir rodar sem objetivo preciso; pensou, descontente e zangado com Rudy Descas, que devia confessar que tivera a intenção de circular perto da casa de Gauquelan desde que o endereço do escultor lhe saltara aos olhos, na sala da sra. Menotti, e que por certo já bem antes tivera essa intenção, ao ler que Gauquelan recebera da cidade cerca de cem mil euros pela estátua da rotatória, aquela cuja figura se assemelhava tanto a Rudy.

Ah, pensou, ardendo de calor e sede, não estaria ele entrando de novo nos perigosos meandros desse sonho áspero e monótono, desse sonho penoso e aviltante do qual, com a força da vontade, mal começava a sair?

Não devia esquecer esse Gauquelan, que lhe inspirara tanto ódio, injusto, deslocado?

Claro que devia, e certamente era o que ia fazer – parar de achar que esse sujeito tinha alguma responsabilidade misteriosa, simbólica, pela má sorte de Rudy Descas, que secretamente havia se utilizado de Rudy e da sua inocência para prosperar, enquanto ele, Rudy...

Ah, era absurdo, mas o simples fato de pensar isso o deixava sombrio, ressentido.

Lembrou-se da foto no jornal local, desse Gauquelan sem um dente na frente, a face gorda, o ar presunçoso, e pareceu-lhe incontestável que o homem lhe roubara alguma coisa, como aqueles que, espertos e cínicos, se alimentam da incapacidade de todos os Rudy Descas de participar do grande festim da fortuna.

Gauquelan, esse artista medíocre, tivera êxito porque Rudy vegetava na pobreza, e não incidentalmente em relação a isso; e o espírito de Rudy não conseguia se livrar dessa relação de causa e consequência.

O outro engordava a sua custa.

Essa ideia o deixava louco.

Além do mais...

Sorriu com dificuldade, sentiu o sorriso amarelo estirar os lábios secos, pegajosos – como tinha sede!

Além do mais... podia ser ridículo mas era assim, e isso tinha a luminosidade perfeita das verdades indemonstráveis: a pequena alma de Rudy esvoaçava, sem desconfiar, e o outro se apoderara dela para criar uma obra abjeta, a estátua de um homem que se assemelhava a Rudy até mesmo na sua postura de submissão furiosa e de pavor.

Sim, era enlouquecedor imaginar que Gauquelan, mesmo sem nunca tê-lo visto, servira-se dele, que sujeitos como ele utilizavam para seu proveito a confiança, a fraqueza, a ignorância dos que não tomam o cuidado de vedar a própria consciência.

Parou o carro diante de um pórtico recém-instalado, de ferro forjado preto ornado de pontas douradas.

Então é aí, pensou, ligeiramente atordoado, que mora Gauquelan, nessa grande casa de pedras aparentes lixadas e assentadas recentemente.

O telhado era novo, e cintilante a pintura branca das janelas, dos postigos; um amplo terraço abrigava uma mesa e assentos de madeira clara que um guarda-sol amarelo mantinha na sombra.

Impossível viver infeliz numa casa dessas, pensou Rudy dolorosamente.

Como gostaria de morar ali com Fanta e o filho!

O pórtico era apenas um emblema, pois, detalhe que considerou particularmente refinado, não protegia nada: de cada lado dos dois pilares de pedra até a sebe de alfenas uma abertura permitia passar com toda a facilidade.

Desceu do carro, fechou a porta sem ruído.

Introduziu-se na passagem, chegou ao terraço com uns poucos passos rápidos.

Silêncio completo.

Como adivinhar, nessas propriedades equipadas de garagens gigantescas, se no momento há alguém ou não?

No lugar onde Rudy ou sua mãe moravam, a presença de um carro diante da casa era sinal infalível da presença do proprietário.

Curvou-se, contornou a casa.

Nos fundos havia uma porta que ele supôs daria na cozinha.

Pressionou tranquilo a maçaneta.

Como se entrasse em minha casa, pensou.

E a porta se abriu e ele entrou e tornou a fechá-la com naturalidade.

No entanto deteve-se, à espreita.

Depois, mais seguro, pegou uma garrafa de água mineral em cima do balcão, certificou-se de que não fora aberta e bebeu toda a água, embora estivesse quase morna.

Enquanto bebia, passeou o olhar pela espaçosa cozinha de Gauquelan.

Logo notou que não podia ser da loja de Manille, que não tinha nada tão luxuoso; isso o irritou, como se Gauquelan tivesse encontrado um modo suplementar de esmagá-lo, a ele, Rudy, comprando sua cozinha de um concorrente mais elegante.

Mas, apreciando como especialista, viu que era de fato uma bela cozinha, e tão sofisticada que, de qualquer maneira, ele jamais teria podido concebê-la.

O plano central, todo em mármore rosa, apoiava-se numa série de armários laqueados de branco que se curvavam elegantemente para acompanhar o contorno oval da bancada de mármore.

Em cima, um cubo de vidro, provavelmente o exaustor, parecia suspenso no ar apenas pelo milagre de seu refinamento.

O piso era de lajotas de grés avermelhado, à moda antiga.

Brilhava discretamente na cozinha luminosa e devia ser encerado muitas e muitas vezes.

Sim, que cozinha maravilhosa, ele pensou com raiva, feita para receber diariamente uma família numerosa em volta de pratos preparados com muita antecedência – e quase julgou ouvir a fervura de uma carne ao molho no fogão suntuoso, do tipo profissional, oito bocas, todo em metal fundido e esmaltado de branco, resplandecente.

Mas a cozinha parecia inutilizada.

Era visível a poeira na bancada de mármore e, com exceção da garrafa d'água e de algumas bananas num prato, nada fazia supor que cozinhassem ou fizessem a menor refeição nessa grande peça com vigas envernizadas no teto.

Rudy atravessou a cozinha, depois o *hall*.

Tinha consciência de seu desembaraço, de sua leveza, de seu eu renovado e invencível.

O ar condicionado reforçava sua segurança, pois toda a transpiração excessiva cessara.

Sentia no peito, nas costas, o algodão quase seco da camiseta.

Agora não tenho mais medo de nada, pensou, surpreso.

Parou na entrada da sala, que se abria no *hall* do lado oposto à cozinha.

Percebeu, distinto, sonoro, um ronco.

Espiou, viu uma poltrona e nela um homem gordo, envelhecido, em quem reconheceu o Gauquelan da foto.

Com uma face apoiada na aba do encosto, o homem ressonava suavemente.

As mãos repousavam nas coxas, palmas viradas para cima, numa atitude de confiança, de abandono.

Nos lábios entreabertos formava-se às vezes uma bolha de saliva que a expiração seguinte fazia rebentar.

Não era grotesco?, pensou Rudy, contendo a respiração.

Dormir tranquilo assim enquanto...

Enquanto o quê?, perguntou-se, oprimido por uma alegria maldosa, atordoante.

Enquanto ronda, na casa desprotegida, seu assassino com pés ligeiros?

Com braços rancorosos?

Sentia-se pensar em alta velocidade, com clareza.

Na certa haveria numa gaveta dessa cozinha perfeita (gaveta de abertura total, com amortecedor integrado) um conjunto de facas de açougueiro, sendo que a mais terrível poderia perfurar de um golpe o coração de Gauquelan - atravessar a pele espessa, o músculo, a camada gordurosa dura e densa semelhante à que envolve o coraçãozinho minúsculo do coelho, pensou Rudy, que às vezes comprava da sra. Pulmaire um dos coelhos gordos que ela criava em gaiolas pouco maiores que eles e que ele mesmo devia, em função do preço camarada, esfolar e limpar, embora tivesse horror a fazer isso.

Ia voltar até a cozinha, pegar essa faca fantástica e golpear o peito de Gauquelan.

Como se sentia calmo, poderoso, decidido, que delícia de sensação!

E depois?

Quem estabeleceria uma ligação entre aquele sujeito e ele?

Era o único que conhecia as razões que o faziam odiar todos os Gauquelan do mundo.

Pensou no velho Nevada estacionado diante da casa, conteve o riso.

Aquele carro horroroso o incriminaria na hora, mas era bem provável que, naquele bairro tranquilo e àquela hora, ninguém ainda tivesse reparado nele.

E mesmo que tivesse, e daí?

Agora não temia mais nada.

Olhou Gauquelan atentamente, da entrada da sala ficou vendo dormir o homem que ganhava tanto dinheiro tão descaradamente.

As mãos dele em repouso, grossas, abandonadas, confiantes.

Uma nova comichão atacou o ânus de Rudy.

Coçou-se maquinalmente.

Seu pai, Abel Descas, tinha o hábito de fazer a sesta numa sala grande e meio escura da casa de Dara Salam, e ficava em sua cadeira de vime do mesmo jeito que Gauquelan em sua poltrona – abandonado, confiante, desconhecendo os crimes que se tramavam a seu redor, desconhecendo também os crimes que sua própria razão criaria, por ora abandonada, confiante.

Rudy enxugou na calça as mãos de repente úmidas.

Se o sócio do pai, Salif, tivesse aproveitado o sono de Abel, sono cheio de abandono e confiança depois do almoço, para apunhalá-lo, ele, Salif, certamente ainda viveria hoje, e o fato de Abel ter morrido em nada mudaria o destino de morte de Abel já que ele, Abel, se matara algumas semanas após o assassinato de Salif.

Este último, Rudy lembrou, fora um homem alto e seco, de membros lentos, passo prudente.

Teria ele contemplado, da entrada da sala grande e meio escura, o sono de Abel, pensando que este ignorava, entregue aos sonhos estranhos da tarde, tudo sobre os crimes que se tramavam a seu redor?

Teria Salif odiado o pai de Rudy a ponto de desejar matá-lo ali, de palmas abertas sobre as coxas, ou teria tido por Abel uma afeição não obstante as tentativas de trapaça cometidas contra o mesmo Abel, essas duas ocorrências, a afeição e a trapaça, seguindo caminhos distintos no coração e nas intenções de Salif, de modo que uma nunca interferia na outra?

Rudy não conhecia os sentimentos que Salif, o sócio do pai, nutrira em relação a este, não sabia se Salif tentara realmente roubar Abel ou se Abel se convencera erroneamente disso, mas agora refletia e se lembrava do pai adormecido na cadeira de vime, e agora suas coxas ficavam úmidas, pegajosas, e a comichão voltava e ele recomeçava a se contorcer, contraindo e descontraindo as nádegas, confuso, irritado e perturbado.

Gauquelan não se mexia.

Quando despertasse, quando esfregasse uma na outra as mãos não mais inocentes e abandonadas mas impacientes, já prontas a retomar o trabalho desprezível que lhe rendia tanto, quando se levantasse pesadamente da poltrona forrada de veludo verde-escuro e, com seu olhar astuto e frio, avistasse Rudy Descas imóvel na soleira da porta, compreenderia que sua morte, sua morte brutal, incompreendida, se forjara no espírito daquele desconhecido, ou quem sabe julgaria descobrir o rosto inesperado de um amigo? Poderia tomar o rosto rancoroso por benevolente?

Devia ter havido uma tarde, pensou Rudy numa espécie de pânico, em que o pai despertara da sesta e de um sonho talvez recorrente, monótono e glacial, em que esfregara os olhos e as faces com mãos não mais confiantes mas atarefadas, em que se levantara da cadeira de vime com a agilidade pesada do homem musculoso e compacto que era, em que saíra da sala meio escura e da casa tranquila para ir até o escritório de Salif, uma cabana um pouco afastada da casa, e talvez flutuassem ainda em seus pensamentos brumosos os vestígios de um sonho penoso, vagamente aviltante, no qual o sócio tentava roubá-lo criando orçamentos superfaturados para a construção do condomínio de férias que Abel projetava, e talvez ele não tivesse se desembaraçado, ao caminhar até a cabana de Salif, da convicção enganadora trazida por certos sonhos, segundo a qual os africanos que o cercavam não tinham outro objetivo senão trapacear, muito embora lhe mostrassem um rosto amigo ou cordial, muito embora sentissem por ele, como Salif, uma afeição verdadeira, já que essas duas ocorrências, a amizade e a trapaça, nunca se misturavam, mas conviviam de forma independente no coração e nas intenções deles.

Rudy sabia que estava presente em algum lugar da propriedade naquela tarde em que o pai, talvez possuído pela certeza ilusória de um sonho humilhante, golpeara Salif diante da cabana.

Sabia também que devia ter cerca de oito ou nove anos e que, passados três anos desde que a mãe e ele haviam se reunido a Abel em Dara Salam, um único temor empanava às vezes a plenitude da sua felicidade, o de ter de um dia voltar, embora a mãe garantisse que isso não aconteceria, à França, à pequena casa onde, toda quarta-feira, um rapazinho de pernas retas e lisas como troncos jovens de faia açambarcara a atenção, o amor e o riso da mãe, e com sua simples presença adorável lançara Rudy na nulidade dos seus cinco anos.

O que ele não conseguia discernir, porém, era...

Sem pensar, deu um passo na sala em direção a Gauquelan.

Podia ouvir agora o ruído da própria respiração, opressiva, à qual os roncos do outro pareciam responder com uma discrição cheia de solicitude, como para encorajá-lo a acalmar-se, a respirar com menos força.

O que ele ainda não conseguia discernir era se assistira à cena entre o pai e Salif ou se a mãe lhe descrevera com tanta precisão a cena que em seguida ele acreditara ter visto tudo.

Mas por quê, de que maneira a mãe teria descrito o que já lhe haviam contado, a ela, que não estava presente?

Rudy não tinha necessidade de fechar os olhos para ver como se estivesse ainda lá ou como se pudesse ouvir o pai gritar alguma coisa a Salif, para em seguida, antes que este tivesse tempo de responder, desferir-lhe um soco em pleno rosto.

Abel Descas fora um homem forte, de mãos grandes e maciças que, por mais abandonadas, confiantes e doces que pudessem parecer durante o sono, estavam habituadas a manejar ferramentas, a lidar com materiais difíceis, a transportar sacos de cimento, e o único soco que dera em Salif fora suficiente para derrubá-lo.

Mas Rudy vira realmente o corpo alto e magro do sócio do pai se estatelar na poeira, ou imaginara e sonhara o salto para trás, quase cômico, que Salif parecera executar sob o impacto do golpe?

De repente era insuportável não saber isso.

Olhou as mãos de Gauquelan, o pescoço gordo, pensando que seria difícil sentir sob os polegares os anéis da traqueia através de tanta carne e tanta pele flácida, se lhe desse vontade de estrangular o sujeito.

E pensou que o pai devia às vezes, como ele, sentir prazer nos seus ímpetos de raiva, envolventes, inebriantes, mas que fora um implacável autocontrole e não a raiva que animara Abel quando ele embarcara em sua caminhonete estacionada junto à cabana e, devagar, calmamente, como se saísse para fazer compras na aldeia, dirigira as rodas enormes para o corpo de Salif, para o corpo estendido, inconsciente do sócio e amigo que nunca confundia, no seu coração, a afeição e um possível gosto pela malversação, e que portanto, se havia enganado Abel, não causara dano ao amigo nem mesmo à ideia da amizade, mas talvez a uma simples e neutra imagem de colega, uma figura inexpressiva.

Sem deixar de fixar Gauquelan, Rudy recuou, tornou a cruzar a soleira da porta e parou novamente no vestíbulo.

Cobriu a boca com uma das mãos.

Lambeu a palma, mordiscou-a.

Tinha vontade de rir, de berrar, de dizer impropérios.

Como faria para saber?

O que aconteceria, para que enfim soubesse?

Meu Deus, meu Deus, repetiu, doce e amoroso pequeno deus de minha mãe, como saber e compreender?

Pois a própria mãe, que não estava presente, o que ela sabia com certeza da presença ou da ausência de Rudy naquela tarde diante da cabana, no momento em que Abel, tão tranquilamente como se fosse comprar pão na aldeia, passara com o carro por cima da cabeça de Salif?

Seria possível que a mãe tivesse contado a Rudy do ruído seco e breve, como de um grande inseto esmagado, que a cabeça produzira sob a roda da caminhonete, e que a seguir Rudy tivesse sonhado com isso até acreditar que ele mesmo ouvira?

A mãe era bem capaz, pensou, de ter descrito esse ruído e o sangue de Salif escorrendo na poeira, alcançando as primeiras lajes do terraço, manchando para sempre a pedra porosa.

É, ela era bem capaz.

Mas será que tinha feito isso?

Coçou-se freneticamente, sem alívio.

Podia imaginar, de olhos bem abertos, o pátio diante da cabana de madeira com telhado de chapas metálicas, o estreito terraço de pedras claras, e o grande veículo cinza do pai esmagando a cabeça de Salif no silêncio espesso, opressivo, de uma tarde quente e branca, podia imaginar nos menores detalhes, arquejando de dor e de incredulidade, uma cena em que cores e sons não variavam nunca, mas era também capaz de ver, em espírito, essa cena imutável a partir de diferentes ângulos, como se tivesse estado presente em vários lugares ao mesmo tempo.

E sabia, no mais íntimo de si, quais tinham sido as intenções do pai.

Pois Abel negara, depois, ter atropelado deliberadamente Salif, alegando o nervosismo e a cólera para explicar a condução desgovernada, o acidente, dizendo que entrara no carro com a única finalidade de dar uma volta para se acalmar.

Rudy sabia que não era verdade.

Sempre soubera que o pai devia ter tentado esquecer seu ato, convencendo-se de que não quisera matar dessa maneira ignóbil o sócio e amigo em cujo coração nunca se misturavam...

Sabia que Abel, ao sentar no banco do carro, ao ligar o motor, queria vingar-se de Salif e alimentar a febre que exaltava sua raiva esmagando aquele homem no chão, sabia tanto e melhor ainda como se ele próprio tivesse vivido aquilo, pois para ele, Rudy, não havia necessidade de contestar esse fato para se salvar.

Mas de onde vinha essa convicção?

Era porque, presente diante da cabana, vira o movimento das rodas do carro e compreendera que uma vontade precisa, furiosa, apaixonada dirigia o veículo exatamente para a cabeça de Salif?

Rudy atravessou a cozinha correndo.

Saiu pela porta dos fundos, correu até o pórtico, lançou-se através dele.

Sua camiseta enganchou nos espinhos da sebe, livrou-se deles com um safanão.

Só se permitiu voltar a respirar quando caiu no assento do Nevada.

Agarrou-se ao volante, pousou a testa no meio.

Gemia devagar.

– Pouco importa, pouco importa – murmurou, engolindo com dificuldade a saliva.

Pois o importante não era isso, era?

Como pudera deixar-se cegar pela ideia de que a questão fundamental era saber se naquela terrível tarde ele estava presente ou não?

O importante não era isso.

Parecia agora que essa interrogação se introduzira no primeiro plano dos seus pensamentos apenas para distraí-lo, mesmo no sofrimento, e para dissimular a insidiosa progressão da mentira e do crime, do prazer perverso e da desrazão.

Tremendo, deu a partida e no cruzamento seguinte virou à direita para se afastar o mais depressa possível da casa de Gauquelan.

Por que deveria, até no pior, assemelhar-se ao pai?

Quem esperava isso dele?

Reviu o rosto adormecido de Gauquelan e as mãos sem defesa e a si mesmo na soleira da porta, e pôde ver o próprio rosto falsamente calmo e recordar suas reflexões falsamente claras quando se perguntara em que gaveta encontraria a arma mais eficiente para matar Gauquelan – ele, Rudy, com suas aspirações à piedade, à bondade, de pé na entrada da sala daquele desconhecido e, sob o enganador semblante doce e calmo de homem culto, arquitetando um ato indesculpável do ponto de vista da piedade, da bondade.

Batia os dentes.

Quem esperava dele que fosse tão violento e abjeto como o pai, e o que ele, Rudy, tinha a ver com Abel Descas?

Fora um especialista em literatura medieval e um professor honesto.

O simples fato de imaginar ganhar dinheiro construindo um condomínio de férias era algo que o incomodava e repugnava.

Então (agarrado ao volante, tinha consciência de dirigir muito rápido e sem cuidado pela estrada que adentrava agora o campo, longe do bairro de Gauquelan), por qual herança se sentia responsável?

E por que deveria impedir que Gauquelan se levantasse da poltrona depois de levar até o rosto mãos de repente não mais vulneráveis, infantis?...

Ah, pensava Rudy, entrando com tudo nas curvas, não era Gauquelan que teria sido útil impedir para sempre de despertar da sesta, com a cabeça ainda cheia de sonhos falaciosos que o esfregar das mãos nos olhos não dissipava, mas sim o pai dele, Rudy, com suas intenções mortíferas nitidamente, fanaticamente estabelecidas no coração, onde não cessavam de se misturar a amizade e a cólera, a dedicação aos outros e a necessidade de destruir.

E não tinha sido o digno filho daquele homem que apertara com prazer o pescoço do rapaz de Dara Salam e, ainda há pouco, espiara o sono desprotegido de um estranho?

Ele que, pensou, transbordando de desgosto consigo mesmo, chorara pela glicínia massacrada, lembrou-se de que o pai manifestara um sentimentalismo sedutor em relação aos animais, falando às vezes, após as refeições, em virar vegetariano, ou afastando-se ostensivamente dos gritos das galinhas que a mãe costumava degolar nos fundos da casa.

Reduziu a velocidade ao entrar numa aldeia, parou na frente de uma mercearia que já conhecia.

Um sininho tocou quando empurrou a porta envidraçada.

O cheiro de carne fria, pão, doces aquecidos ao sol na vitrine o fez perceber o quanto estava com fome.

Risos e exclamações na televisão filtravam-se através da cortina de tiras de plástico que separava da parte comercial o alojamento dos donos, e os clamores aumentaram quando a mulher abriu uma passagem entre as tiras, mas afastando-as o menos possível para evitar a entrada de moscas.

Rudy tossiu para limpar a garganta.

A mulher esperava, com a cabeça levemente inclinada para os seus aposentos a fim de ver ainda um pouco do programa.

Com a voz levemente rouca, ele pediu uma baguete e uma porção de presunto.

Ela ergueu a pesada peça de presunto, colocou-a na máquina de fatiar, cortou uma fatia que jogou em seguida para a balança com mãos ágeis, confiantes e não lavadas, ele pensava maquinalmente; depois pegou uma baguete de aspecto mole num grande saco de papel pousado diretamente no chão, apalpou-a, deixou cair de volta e pegou outra.

Ele percebia o olhar distraído da mulher apesar da precisão dos gestos rotineiros, a maneira como mantinha sempre um ouvido voltado para os rumores da tevê embora não desse para ouvir nada muito bem, como se ela pudesse acompanhar o desenrolar do programa pelas simples variações de intensidade dos ruídos e dos clamores.

– Quatro euros e sessenta – ela disse sem olhar para ele.

E então ele se sentiu de repente cansado dessa França provinciana que conhecia tão bem, ah, cansado demais, pensou, do pão ruim deixado à altura dos pés, do presunto pálido e molhado, das mãos que, como via naquele instante, manuseavam sucessivamente o alimento e o dinheiro, o pão e as notas de euro.

As mãos indiferentes à sujeira do dinheiro, pensou, repousavam às vezes abandonadas e frágeis, de palmas para cima...

Depois o desgosto passou.

Mas ficou-lhe no coração a fisgada de uma saudade que vinha do fato de lembrar que, durante os vários anos que passara em Dara Salam ou depois, na capital, no Plateau, não se lembrava de ter sentido nenhuma repugnância quando as mãos que o serviam tocavam sucessivamente a carne e notas de dinheiro.

Na verdade nunca sentira, quando estava lá, repulsa pelo que quer que fosse, como se sua alegria, seu bem-estar, sua gratidão pelo lugar tivessem purificado no fogo os gestos usuais.

Enquanto aqui, na sua terra natal...

Ao sair da mercearia ouviu chacoalhar atrás de si as tiras de plástico e tilintar o sininho da porta, e depois o pesado silêncio do começo da tarde o envolveu, com o calor denso e seco.

As calçadas eram estreitas de um lado e de outro da rua, casas cinzentas de janelas fechadas.

Voltou a entrar no carro.

A temperatura ali dentro o deixou ligeiramente atordoado.

Sentia o interior da cabeça quente e frágil sem que isso fosse inteiramente desagradável, sem que isso se assemelhasse, nos efeitos, àquela fornalha que se tornara o interior da sua cabeça quando, estendido no pátio do colégio, com o rosto esmagado contra o asfalto, sentira que mãos prudentes, inabilidosas, assustadas, tentavam erguê-lo, suspendendo-o pelas axilas, depois pela cintura, com dificuldade, enquanto ele pensava, confuso: Mas eu não sou muito pesado, antes de compreender que aquelas mãos finas e aterrorizadas eram as da diretora do colégio, a sra. Plat.

Tratara então de ajudá-la apesar da grande dor nos ombros e ficara constrangido pelos dois, como se a sra. Plat o descobrisse numa intimidade que nada em suas relações justificava que pudessem partilhar.

Os três rapazes continuavam ali, de pé, juntos e silenciosos, calmos, parecendo esperar um pronunciamento da justiça, tão seguros da sua causa que não tinham pressa de se explicar.

Rudy cruzou o olhar com o rapaz de Dara Salam.

Este o encarou com neutralidade, frieza, desinteresse.

Tocou levemente o pomo de adão, certamente para indicar que ainda estava doendo.

– Quer que eu chame a enfermeira? – perguntou a sra. Plat a Rudy, que recusou.

E, embora o interior da cabeça lhe ardesse tanto que não podia saber exatamente, antes de pronunciá-las, que palavras lhe sairiam dos lábios, encetara um discurso confuso, arrebatado, para desculpar inteiramente os rapazes.

O olhar perplexo e desconfiado da sra. Plat fixava o rosto e a têmpora ensanguentados de Rudy.

Era uma mulher bem jovem, descontraída, com quem ele sempre se entendera bem.

Mas ela o olhava agora com suspeita e uma ponta de pavor, e Rudy sentia, à medida que falava, que sua defesa transtornada dos três rapazes depunha tanto contra si quanto contra eles, percebeu que a sra. Plat começava a farejar entre os quatro uma cumplicidade baixa, incompreensível, ou, pior ainda, uma reação de pânico nele, Rudy, diante de alunos cuja vingança temeria.

Naquele momento ele já havia ocultado dentro de si o que se passara realmente.

A verdade que aceitara descobrir havia pouco, no estacionamento da loja de Manille, naquele momento já a desconhecia.

Assim, estava convencido de mentir ao isentar os rapazes de toda responsabilidade no início do confronto.

Foram eles que me agrediram, pensava, pois seus dedos já haviam esquecido o pescoço fino do rapaz de Dara Salam - no entanto o que dizia à sra. Plat era o contrário, por pudor, por vergonha de parecer vítima.

Mais tarde, na sala da sra. Plat, repetira a mesma história: os rapazes o haviam jogado ao chão porque ele os ofendera de forma absurda e deliberada.

É mentira, mentira, pensava, não fiz nada para ninguém, e o sangue lhe fervia na cabeça e os ombros lhe doíam terrivelmente.

– Mas por que eles fizeram isso? Que foi que você disse a eles? – a sra. Plat perguntou, desorientada.

Ele ficara calado.

Ela repetira a pergunta.

Ele continuara calado.

Quando voltara a falar, fora para afirmar que os rapazes haviam tido razão de bater nele, pois o que lhes dissera era indesculpável.

Interrogados por sua vez, os rapazes nada haviam dito.

Ninguém falou do professor Rudy Descas se atirando enfurecido contra o rapaz de Dara Salam.

O que restara da história fora a versão de Rudy proferindo uma ofensa que havia provocado uma reação brutal.

A sra. Plat aconselhara Rudy a pedir um afastamento por motivo de doença.

O caso fora discutido no conselho disciplinar, que considerara o xingamento "Negros filhos da puta!", que ele nunca soubera de onde havia saído, como o que Rudy teria dito aos três rapazes.

Alguém lembrara que o pai de Descas, vinte e cinco anos antes, humilhara e assassinara seu sócio africano.

O conselho disciplinar decidira, assim, pela suspensão de Rudy.

ELE ARQUEJAVA, como sob o efeito de um soco.

Podia hoje, pela primeira vez, recordar aquele período, podia lembrar-se do cheiro do asfalto e da pressão de seus dedos na traqueia do rapaz, mas a dor antiga ressurgira.

Enquanto esperava a sentença do conselho, passara um mês no apartamento do Plateau.

E começara a odiar o belo apartamento de três quartos num prédio novo, situado numa avenida com frondosos flamboaiãs.

Saía apenas para levar o filho a passeio e fazer compras o mais perto possível de casa, convencido de que todo mundo sabia da sua desonra, do seu ato ridículo.

Não fora naquele momento, pensou, que surgira também sua antipatia pelo filho, nunca confessada e cuja hipótese ele teria rechaçado enfaticamente, na época?

DEU A PARTIDA, rodou até sair da aldeia.

Parou num caminho de terra entre dois campos de milho e, sem sair do carro, pôs-se a devorar o pão e o presunto, mordendo alternadamente um e outro.

Embora o presunto fosse insípido, aguado, e a baguete estivesse murcha, era tão bom comer, enfim, que quase lhe brotaram lágrimas nos olhos.

Mas por quê?, por que nunca pudera sentir por Djibril o amor evidente, profundo, alegre e orgulhoso que outros pais pareciam sentir pelos filhos?

Sempre se esforçara por amar o filho, e esses esforços antes mascarados pela boa vontade e pelo tempo restrito passado em companhia do pequeno haviam sido desmascarados naquelas longas semanas durante as quais se recolhera no apartamento.

Queria então esconder-se de todos e Djibril estava ali, perpetuamente ali, testemunha da desonra de Rudy, da sua degradação, do aniquilamento do esforço que fizera para ser um homem estimado e amado.

Que a criança tivesse apenas dois anos não alterava em nada a situação.

Aquele anjinho se tornara o guardião terrível e perscrutador, o juiz mudo, maldoso, da sua desgraça.

Rudy amassou o papel da embalagem do presunto e o jogou para trás.

Engoliu o último pedaço da baguete.

Depois saiu do carro e se aproximou de uma fileira de pés de milho para urinar.

Ao ouvir uma batida de asas acima da cabeça, um suave roçar de plumas e de ar quente no silêncio, levantou os olhos.

Como a um sinal convencionado, a águia veio em sua direção.

Ele ergueu os dois braços para proteger a cabeça.

A águia tornou a subir pouco antes de tocá-lo.

Emitiu um único grito cheio de cólera.

Rudy precipitou-se para dentro do carro, abandonou o caminho de terra em marcha a ré, retomou a estrada em velocidade baixa.

Embora se sentisse pronto, depois da refeição, para voltar para casa e reencontrar Fanta, tomou deliberadamente a direção oposta, gelado de medo e despeito.

Ocorreu-lhe que a ave podia estar querendo dizer que devia voltar para casa sem demora, mas rejeitou a ideia, intimamente convencido de que a águia furiosa desejava, ao contrário, impedir que voltasse.

Sentia o sangue lhe pulsar nas têmporas.

– Por que isso, Fanta, por quê? – murmurou.

Pois não era ele, em certo sentido, mais digno de ser amado agora do que na manhã daquele mesmo dia?

E será que ela, da posição suprema onde se encontrava, capaz de lançar contra ele os ataques de uma ave que tomava seu partido, não podia compreendê-lo?

Assim como nunca mais proferiria certas palavras absurdas e cruéis que somente a raiva o fazia dizer, assim como não se deixaria mais dominar por esse tipo particular de raiva humilhada, impotente, reconfortante, também não tentaria mais envolver Fanta com frases sedutoras e falsas, pois as palavras que lhe dissera no apartamento do Plateau não visavam nenhuma verdade mas unicamente levá-la consigo para a França, com o risco (ele não pensava nisso então, quase zombava dessa possibilidade) de privá-la, de fazê-la perder suas mais legítimas ambições.

Lembrava-se dos acentos persuasivos e doces que soubera imprimir a sua voz, ele que, após um mês de solidão com Djibril, se exprimia numa espécie de grasnado reticente.

Mesmo quando Fanta voltava no fim da tarde, ele só falava por monossílabos, fatigado.

Discreta, viva, cheia de uma alegria contida de rever o filho, ela o substituía junto deste, como para libertar finalmente Rudy, embora os dois soubessem que de todo modo ele nada tinha a fazer, e ela se ocupava de maneira tão conscienciosa do pequeno que Rudy podia fingir não ter a ocasião de falar, pois a situação não se prestava a isso.

Ele ficava aliviado.

Ia apoiar-se no beiral da sacada, ficava olhando o anoitecer na avenida tranquila.

Carrões cinza ou pretos traziam de volta ao lar homens de negócios e diplomatas, cruzando algumas empregadas que iam para casa, a pé, carregadas de sacolas de plástico, algumas com o andar lento e exausto, outras parecendo quase flutuar acima da calçada como ainda fazia Fanta, servindo-se do chão apenas como ponto de apoio para levantar voo.

Depois eles comiam, um diante do outro, a refeição que Rudy havia preparado, e, depois que a criança ia dormir, o som do rádio e o suposto interesse de ouvir as informações autorizavam-nos a não dizer nada.

Ele a observava às vezes, furtivo – a cabeça pequena e quase raspada, a forma harmoniosa do crânio, a graça desenvolta dos gestos, as mãos estreitas e longas que, em repouso, pendiam em ângulo reto do punho como se um excesso de delicadeza o tivesse partido, o ar sério, pensativo, diligente.

Uma onda de amor o inundava.

Mas ele estava muito cansado e deprimido para deixar transparecer qualquer coisa.

Talvez se ressentisse também, obscuramente, por ela trazer consigo a animação do dia e das imagens do colégio que ele agora ignorava, e por mover-se ainda num meio que o havia excluído.

Talvez, obscuramente, tivesse muito ciúme dela.

Nos primeiros momentos do seu abandono, quando estava afastado supostamente por doença, ele escutava com ar sombrio as noticiazinhas que ela julgava conveniente lhe dar sobre colegas e alunos, depois se habituou a deixar a sala nessa hora, interrompendo-a de forma tão ostensiva com sua fuga que era como se lhe desse um tapa na boca.

Não era para evitar chegar a esse gesto que ele saía?

Mas, quando recebeu o anúncio da condenação, demissão do colégio e proibição de lecionar, a suavidade da fala voltou e pôs-se a serviço da deslealdade, do seu coração desonesto, invejoso e infeliz.

Garantira a ela que os dois só teriam futuro na França e que, graças ao casamento, ela tinha a chance de poder viver naquele país.

Quanto ao que ela faria lá, não havia problema: ele trataria de arranjar-lhe um cargo de professora num ginásio ou colégio.

Nada era menos certo, ele sabia, no entanto seu tom de voz fazia-se mais eloquente à medida que as dúvidas afloravam à consciência, e Fanta, naturalmente honesta, não suspeitara de nada, tanto menos, talvez, porque ele parecia assim voltar a ser o jovem de rosto alegre, amoroso e bronzeado, sempre com uma mecha de cabelos claros pendendo na testa e que uma rajada de vento ou uma rápida torção do pescoço levantavam, e se Fanta conhecia diversos rostos hábeis em dissimular a mentira, e dos quais desconfiaria, não podia reconhecer aquele, amoroso, bronzeado, aberto, de olhos tão límpidos e claros que era improvável que pudessem ocultar alguma coisa lá dentro.

Fizeram então longas visitas aos numerosos parentes de Fanta.

Rudy ficava na entrada do apartamento de paredes verdes onde conhecera pela primeira vez, alguns anos antes, o tio e a tia que haviam educado Fanta.

Alegava, para não entrar, uma indisposição qualquer, mas a verdade era que não podia enfrentar o olhar dos dois velhos, não porque temesse ter seu rosto mentiroso desmascarado, mas porque temia trair a si mesmo e, na sala de luz glauca, ao lado de Fanta, que falaria com orgulho, confiante e decidida, do que os esperava de bom na França, ser tentado a abrir o jogo, dizendo a ela: Você não conseguirá emprego nenhum de professora lá, contando enfim o que Abel Descas cometera outrora e como havia morrido, e por que os rapazes o haviam jogado no chão, a ele, Rudy, pois Fanta, sem chegar a acreditar na hipótese de um insulto aos alunos da maneira como diziam, devia achar que ele lhes faltara ao respeito de uma maneira ou de outra.

Ficava ali, não ousando transpor a entrada do apartamento.

Não ia embora nem entrava.

Limitava-se a proteger seus interesses, mantendo-se a salvo de qualquer risco de sinceridade.

TOMADO DE UM CANSAÇO súbito, saiu da estrada e enveredou por uma plantação de álamos.

Estacionou num caminho cheio de relva, onde a última fileira de álamos dava lugar a um bosque.

Estava tão quente dentro do carro que ele se sentia à beira de um desmaio.

O presunto e o pão murcho pesavam no estômago.

Saiu do carro e jogou-se na relva.

A terra estava fresca, impregnada de um cheiro de limo.

Girou o corpo de um lado para outro, embriagado de alegria.

Estendeu-se de costas, com os braços cruzados acima da cabeça, e, oferecendo a face ao sol, franziu as pálpebras e viu os troncos brancos e as pequenas folhas prateadas dos álamos ficando avermelhados entre seus cílios.

Não havia necessidade, Fanta.

Primeiro ela fora apenas uma mancha negra entre outras, distante acima dele no céu leitoso, depois ouvira e reconhecera seu grito rabugento, veemente, e compreendera, ao vê-la mergulhar em sua direção, que ela também o reconhecera.

Ergueu-se de um salto.

Correu para o carro, fechou a porta no instante em que a águia pousava no teto.

Ouviu o clap-clap das garras no metal.

Deu a partida brutalmente em marcha a ré.

A águia levantou voo, ele a viu empoleirar-se no ramo de um álamo.

De perfil, ela o observava, inflexível e rígida, o olho cor de jaspe, maligno.

Ele deu meia-volta e se afastou o mais rápido que pôde.

A angústia, o calor o ofuscavam.

Será que agora, perguntou-se, nunca mais poderia sair do carro sem que a ave vingadora e obstinada viesse fazê-lo pagar pelos erros passados?

E o que teria sido dele se não tivesse tomado consciência, precisamente hoje, desses erros?

Teria a águia aparecido, se mostrado?

Era muito injusto, ele pensou, quase chorando.

Quando chegou diante da escolinha, os alunos estavam saindo das salas de aula, todas situadas no térreo.

Uma após a outra as portas se abriam para o pátio e, como se tivessem se amontoado contra o batente para forçá-lo a se abrir, as crianças se precipitavam titubeantes, um pouco selvagens, e piscavam os olhos na luz dourada do fim da tarde.

Rudy saiu do carro, lançou um olhar para o céu.

Tranquilizado temporariamente, aproximou-se da grade.

Em meio a todas as crianças que pareciam de longe se assemelhar, se confundir a ponto de não mais formar senão a massa de um mesmo indivíduo fantasticamente multiplicado, reconheceu a sua, no entanto parecida com as outras, os cabelos castanhos, a camiseta estampada, os tênis - aquela criança, entre todas, era o seu filho, e ele o reconhecia.

Chamou:

- Oi, Djibril!

O menino logo deteve sua corrida e sua boca, aberta em riso, imediatamente se fechou.

E Rudy viu com dor, com tristeza, a inquietação paralisar os traços do rosto móvel, nervoso do filho, no instante em que este o avistou atrás da grade e a esperança de que não fosse a voz do pai se dissipou.

Rudy levantou a mão, acenou para o menino.

Ao mesmo tempo examinava o céu e procurava escutar, para além dos ruídos do pátio, uma eventual imprecação.

Djibril olhava fixamente para ele.

Depois, com um movimento decidido, retomou sua corrida.

Rudy chamou-o de novo, mas o menino não ligava para ele, era como se visse um estranho atrás da grade.

Agora se ocupava, no fundo do pátio, com um jogo de bola que Rudy não conhecia.

Na verdade, ele não devia conhecer os jogos do filho?

Rudy pensou que poderia, como qualquer outro pai, entrar no pátio, andar com um passo irritado até o filho, pegá-lo pelo braço e trazê-lo assim para o carro.

Mas, além do receio de que Djibril começasse a chorar, o que Rudy queria evitar a qualquer preço, ele temia o espaço aberto do pátio.

Se a águia aparecesse, insensível e lúgubre, onde se esconderia?

Voltou para o volante do Nevada.

Viu chegar o ônibus escolar e as crianças formarem uma fila no pátio, preparando-se para embarcar.

No momento em que Djibril saía do pátio, Rudy precipitou-se para fora do carro e foi rapidamente até o ônibus.

– Venha, Djibril! – gritou com uma voz ao mesmo tempo jovial e imperiosa. – Hoje é o pai que veio buscar – disse também à mulher que se ocupava de vigiar as crianças no ônibus e que ele deveria conhecer, pensou, ao menos de vista, mas não era a primeira vez que ia buscar Djibril na escola?

O menino afastou-se do grupo, de cabeça baixa, e seguiu Rudy com uma falsa desenvoltura, como que envergonhado, sem olhar para nada nem ninguém.

Mantinha as mãos agarradas às alças da mochila na altura das axilas, e Rudy notou que essas mãos tremiam ligeiramente.

Ia pôr o braço no ombro de Djibril, num gesto que nunca tinha o hábito de fazer e sobre o qual devia refletir antes de executá-lo a fim de que parecesse, paradoxalmente, o mais natural possível, quando sua visão lateral captou a imagem de uma forma de cor castanha do lado das acácias junto à calçada.

Virou prudentemente a cabeça.

Percebeu com o canto do olho a águia pousada ali, no alto da árvore, plácida, esperando.

Paralisado de terror, esqueceu o gesto de abraçar Djibril e seus dois braços penderam como tábuas ao longo dos flancos.

Fez um esforço para chegar ao carro.

Deu um gemido ao entrar.

O que você quer de mim, o que ainda quer de mim?

O menino entrou atrás e bateu a porta com uma grosseria estudada.

– Por que veio me buscar? – perguntou, e Rudy compreendeu que a criança estava a ponto de chorar.

Não respondeu de imediato.

Pela janela olhava a águia, sem ter certeza de que ela o vira.

Seu coração apaziguou-se um pouco.

Deu a partida suavemente para não chamar a atenção do pássaro que talvez tivesse aprendido a reconhecer o ronco particular do motor do Nevada.

Quando perderam de vista a escola, ele se virou para espiar o filho, dirigindo com a mão esquerda.

O rosto do menino estava todo contraído de ansiedade e incompreensão.

Assim ele se parecia tanto com Fanta, quando ela punha aquela máscara de indiferença e revelava o que sentia geralmente em relação a Rudy e à vida deles na França, ou seja, ansiedade e incompreensão, que por um momento Rudy ficou irritado com o filho e sentiu renascer, como se o menino não tivesse outro propósito senão julgar o pai, as velhas emoções agressivas e confusas que haviam brotado nele quando, expulso do colégio, passara com Djibril um mês de indignidade, lamentos e mortificação.

Parecia agora que, não importava o que fizesse, o filho o censuraria ou teria muito medo dele.

– Tive vontade de vir buscar você hoje, só isso – disse com sua voz mais amável.

– E a mamãe? – quase gritou a criança.

– E a mamãe o quê?

– Está tudo bem?

– É claro que sim.

Embora ainda desconfiado, o rosto do menino se descontraiu um pouco.

Rudy virou-se todo para a frente para dissimular o dele.

O que sabia de Fanta naquele momento?

– Vamos à casa da vovó – disse. – Você pode passar a noite lá. Faz um bom tempo que não vê a vovó, não é? O que você acha?

Djibril resmungou.

E Rudy compreendeu, com a garganta subitamente apertada, que a criança sentia tamanho alívio com a resposta que ele dera acerca de Fanta que o resto, o que fariam com sua própria pessoa, pouco importava.

– Mamãe está bem mesmo? – perguntou mais uma vez o menino.

Rudy balançou a cabeça sem olhar para ele.

Via pelo retrovisor o pequeno rosto de um castanho pálido, os olhos negros, o nariz achatado com narinas palpitantes como o focinho de um bezerro, a boca carnuda, e reconhecia tudo isso e dizia a si mesmo: Esse é o meu filho, Djibril, e embora essa declaração ainda nada fizesse ressoar, embora ainda caísse dentro dele, pensou, como uma pedra na lama, começava a entrever, a avaliar tanto a inocência quanto a independência do menino, cujos pensamentos e intenções não estavam ligados a Rudy, e que habitava um mundo íntimo, secreto, do qual Rudy não participava.

O sentido da existência de Djibril não se resumia em condenar o pai – ou se resumia?

Ah, aquela sentença de morte que a criança de dois anos, de olhar severo, parecera então pronunciar contra ele, desonrado, aviltado!

Mas quem ele via pelo retrovisor era apenas um estudante pensativo, provisoriamente apaziguado, que naquele momento mergulhava em devaneios infantis muito distantes das preocupações de Rudy – era o seu filho, Djibril, que tinha só sete anos.

– Diga, está com fome?

Ouvia a si mesmo, constrangido: a voz partida.

Como fazia Fanta, Djibril levou um tempo a pesar a resposta.

Não para avaliar o que preferia realmente, pensou Rudy, mas para tentar não fornecer elementos a um possível conhecimento que o outro formaria dele, como se tudo o que dissesse pudesse incriminá-lo.

Como chegamos a isso?

Que espécie de homem me tornei para inspirar tamanha circunspecção neles dois?

Abatido, não repetiu a pergunta, e Djibril continuou em silêncio.

O menino tinha o rosto fechado, grave.

Rudy sentia um grande embaraço entre os dois.

O que devia dizer?

O que diziam os outros pais a um filho de sete anos?

Já fazia muito, muito tempo que não ficava a sós com ele.

Era necessário falar?

Os outros pais achavam isso necessário?

– Você estava jogando o quê no pátio, há pouco?

– Jogando? – repetiu a criança depois de alguns segundos.

– É, você sabe, você estava jogando bola. Não conheço aquele jogo.

Os olhos de Djibril iam de um canto a outro do carro, indecisos, ansiosos.

A boca entreaberta.

Ele se pergunta qual é o objetivo oculto da minha curiosidade súbita, não habitual, e, não percebendo esse objetivo, pensa em que tática adotar, para que lado orientar exatamente sua suspeita.

– É só um jogo – disse a criança devagar, numa voz lenta, baixa.

– Mas como se joga? Quais são as regras?

Rudy procurava dar a sua voz uma amenidade tranquilizadora.

Ergueu a cabeça para esboçar um sorriso no retrovisor.

Mas o menino parecia agora desnorteado.

Está com tanto medo que toda inteligência o abandona, toda capacidade de reflexão.

– Não sei, não sei as regras! – quase gritou Djibril. – É só um jogo, só isso.

– Tudo bem, não faz mal. Em todo caso, estava se divertindo, não?

O menino murmurou alguma coisa breve e incompreensível, ainda inquieto.

Rudy achou que ele parecia quase bobo naquele momento, o que o deixou aflito e descontente.

Por que ele era incapaz de compreender que o pai só queria se aproximar?

Por que não fazia, de seu lado, nenhum esforço nesse sentido?

E a viva inteligência que Rudy, talvez de forma complacente, sempre creditara a ele, ainda existia, realmente existira?

Ou quem sabe, pouco estimulada nessa escola de aldeia cujos professores Rudy no fundo não apreciava muito, achando seus rostos limitados, e bloqueada em casa pela atmosfera de tristeza, rancor e angústia reinante, ela havia definhado e secado, essa inteligência sem a qual Djibril, seu filho, não seria mais que um menino pouco interessante entre tantos outros?

Embora Rudy não tivesse nada contra crianças medíocres, não via razão para amá-las nem achava possível.

Um abismo de aflição amarga abriu-se dentro dele.

Se era incapaz de amar o filho a despeito de tudo, não importava o que ele fosse, então não o amava.

Precisava de razões suficientemente boas – e era isso o amor paterno?

Nunca tinha ouvido dizer que esse amor dependesse de qualidades que o filho possuísse ou não.

Voltou a olhar para ele pelo retrovisor, intensamente, apaixonadamente, até sentir tremer dentro de si a sombra de uma mudança estranha.

Era o seu filho, Djibril, e ele o reconhecia entre todas as crianças.

Por hábito?

Seu coração era uma poça de lama e ali tudo afundava num cicio medonho.

Sua mãe morava numa pequena casa cúbica, de telhado curto, no fim de uma vila num loteamento recente.

Quando voltara para a França com Rudy, logo após a morte de Abel, ela voltara a se instalar na sua antiga casa em pleno campo, e Rudy passara a viver como interno no colégio menos distante.

Fez seus estudos superiores em Bordeaux (lembrava a infinita desolação das ruas escuras, do campus afastado da cidade, perdido na periferia) e era ainda nessa velha casa isolada que ia de vez em quando visitar a mãe.

Depois, ao formar-se, voltara para a África, como professor do colégio Mermoz.

No seu regresso forçado, cinco anos antes, em companhia do filho e de Fanta, constatara que a mãe se mudara, instalando-se nessa casinha com minúsculas janelas quadradas, cujo telhado parecia uma testa muito baixa que dava à moradia um aspecto teimoso e tolo.

Lembrava como, desde o início, se sentira pouco à vontade nesse bairro de habitações iguais, construídas em quadras retangulares e nuas que se enfeitavam agora com alguns pinheiros replantados depois do Natal ou pracinhas cobertas de grama.

Tivera a impressão de que, ao se estabelecer ali, a mãe não só se submetia mas ratificava, antecipando-a com amarga complacência, a constatação de fracasso absoluto que no fim da vida lhe apresentaria alguma autoridade suprema.

Rudy ardia de vontade de dizer a ela: É realmente necessário ilustrar dessa forma o naufrágio? A existência no campo não era mais digna?

Mas, como de hábito com a mãe, não dissera nada.

Sua própria situação lhe parecia carecer totalmente de dignidade!

De resto, não tardou a perceber que a mãe apreciava o bairro e que a abundante vizinhança feminina lhe permitia difundir mais facilmente suas brochuras angélicas.

Ela fizera amizade com mulheres das quais a simples visão inspirava a Rudy uma tristeza cheia de constrangimento.

Com o corpo e o rosto marcados pelos estigmas de uma vida terrível, brutal (cicatrizes, vestígios de pancadas ou de quedas, vermelhidão alcoólica), a maioria dessas mulheres não tinha emprego e abria de bom grado a porta à mãe, que procurava determinar com elas o nome do guardião da sua alma, tentando depois localizar esse anjo que nunca lhes aparecera e que, por não o terem chamado corretamente, nunca viera ajudá-las.

Em suma, Rudy acabara por pensar não sem despeito, a mãe estava perfeitamente bem no seu sinistro loteamento.

Rodou um pouco pelo bairro, perdido como sempre que ia até lá, pegando sucessivamente, sem se dar conta, as mesmas ruas.

O pequeno jardim da mãe era um dos poucos não atulhados de brinquedos de plástico, cadeiras e mesas desmanteladas, peças de carro.

A grama estava alta e amarelada, pois a mãe afirmava que, dedicada por inteiro a seu proselitismo, não tinha tempo para se ocupar dela.

Djibril saiu do carro de má vontade.

Deixou em cima do banco a mochila, que Rudy pegou ao descer.

Ele viu no olhar assustado do menino que ele compreendera com clareza que não tornaria a partir com o pai.

Mas é preciso que ele veja a avó de vez em quando, pensou Rudy, compungido.

Como lhe parecia distante a manhã daquele mesmo dia, quando, ao informar Fanta de que buscaria Djibril e o levaria para dormir na casa da avó, viera-lhe a suspeita de que não desejava tanto agradar a esta última quanto impedir Fanta de ir embora.

Senão, por que razão tivera o súbito desejo de agradar à mãe daquela maneira?

Embora não pudesse dar inteira razão a Fanta, que dizia que a avó não gostava de Djibril, pois teria sido um erro considerar a mãe uma pessoa ordinária que simplesmente gosta ou não gosta de alguém, parecia evidente, desde o nascimento do menino, desde que a mãe, inclinada sobre o berço, examinara suas particularidades físicas, que Djibril não correspondia de modo algum e jamais corresponderia à ideia que a mãe fazia de um mensageiro divino, de modo que ela não se dera ao trabalho de afeiçoar-se à criança e era isso, essa amável indiferença, que Fanta entendia como antipatia.

Rudy pôs a mão no ombro de Djibril.

Podia sentir sob os dedos os ossos miúdos, pontudos.

Djibril apoiou a cabeça na barriga do pai e Rudy remexeu com os dedos os cabelos encaracoladas e sedosos, tocando a cabeça lisa, perfeita, milagrosa.

Seus olhos se encheram de lágrimas ácidas.

Então ouviu um grito acima deles, um único grito furioso e ameaçador.

Retirou a mão, empurrou Djibril em direção ao portão do jardim, tão bruscamente que o menino estremeceu.

Rudy o segurou pelo braço enquanto cruzavam o espaço de grama seca até a porta da casa, sentindo que desse modo dava a impressão de levar o menino à força.

Mas, aterrorizado, selvagem, sem ousar erguer os olhos para o céu, não pensou em afrouxar a pressão dos dedos.

Djibril gemeu, se sacudiu.

Rudy o soltou.

O menino olhava para ele perplexo, assustado.

Rudy forçou um sorriso, bateu várias vezes com o punho na porta.

Se a águia o atacasse antes de a mãe abrir, o que seria das tentativas de restauração da sua honra?

Tudo estaria perdido!

A porta se abriu quase em seguida.

Rudy puxou Djibril para dentro e fechou a porta.

– Olhe quem está aí! – disse a mãe com voz jovial. – Que surpresa!

– Trouxe o pequeno para te ver – murmurou Rudy, ainda chocado.

Não havia necessidade, Fanta, não havia mais necessidade agora...

A mãe inclinou-se até a altura do rosto de Djibril e examinou-o atenta antes de aplicar a ponta dos lábios à testa da criança.

Djibril, constrangido, retorcia-se.

Depois ela se ergueu para beijar Rudy e ele sentiu pelo frêmito da boca que ela estava feliz, excitada.

Ficou ligeiramente inquieto com isso.

Adivinhou que aquela febrilidade alegre não se devia à presença deles, mas a algo que os precedera, e que a visita em nada ia alterar, pois era sem importância, supérflua, comparada à misteriosa fonte de exultação.

Sentiu-se como enciumado, ao mesmo tempo por ele e por Djibril.

Pôs as duas mãos, pesadas, nos ombros do filho.

– Achei que a senhora gostaria de ficar com ele à noite.

– Ah!

A mãe cruzou os braços, balançou a cabeça, o olhar inquisidor de novo pousado no rosto da criança como para fazer uma estimativa do seu valor.

– Devia ter me avisado. Mas tudo bem, damos um jeito.

Rudy notou sem prazer que ela parecia particularmente jovial e graciosa naquele dia.

Tinha os cabelos curtos recém-tingidos de um belo louro acinzentado.

A pele maquiada, muito branca, bem esticada nas maçãs do rosto.

Vestia um jeans e uma camisa polo rosa, e quando se afastou para ir até a cozinha, ele viu que o jeans, bem justo, moldava seus quadris estreitos, as nádegas pequenas, as pernas finas.

Na minúscula cozinha com móveis de madeira escura, um garoto estava sentado à mesa exígua.

Ele fazia um lanche.

Molhava num copo de leite um biscoito de polvilho que Rudy reconheceu como os que a mãe preparava para as ocasiões especiais.

Sua idade era mais ou menos a de Djibril.

Era um belo menino de olhos claros, cabelos louros cacheados.

Rudy sentiu uma espécie de náusea.

Tinha na boca o gosto do presunto, do pão branco e murcho.

– Venha, sente-se aqui – disse a mãe a Djibril, indicando a outra cadeira junto da pequena mesa. – Está com fome?

Perguntou como quem deseja uma resposta negativa. Djibril balançou a cabeça e também não quis sentar.

– É um vizinho, fiz um novo amigo – disse a mãe.

O menino louro não olhava para ninguém.

Comia com aplicação e felicidade, os lábios úmidos de leite, seguro de si, confiante.

Rudy teve certeza então de que não havia outra causa para a ávida bem-aventurança, o brilho duro e feliz do rosto da mãe, senão a presença daquele garoto na sua cozinha, regalando-se com os biscoitos que ela fizera para ele.

Não, nenhuma outra causa para a palpitação da sua pele, dos seus lábios, senão aquele garoto mesmo.

Também compreendeu com clareza que não deixaria Djibril com a mãe naquela noite e em nenhuma outra, e sentiu um alívio imenso ao tomar essa resolução.

Apertou o filho contra si, sussurrou ao seu ouvido:

– Nós dois voltaremos para casa, você não vai ficar aqui, certo?

Depois, como Djibril devia estar com fome e ele podia afinal, por alguns minutos, pôr-se à mesa na casa da mãe, Rudy preparou um copo de leite para o filho e puxou a cadeira para que se sentasse.

– Venha cá, quero lhe mostrar uma coisa – disse a mãe a Rudy.

Ele a acompanhou até a sala repleta de móveis pesados, inúteis, que reduziam o espaço de circulação a corredores estreitos com ângulos complicados.

– Como é que você está? – perguntou a mãe com uma voz falsamente natural.

Pois ele sentia essa voz vibrar de cobiça, de impaciência, de encantamento.

– O garoto já me serve de modelo, ele posa muito bem. Esse eu não vou perder.

Ela deu uma risada alta e breve.

– De qualquer maneira, na casa dele ninguém lhe dá atenção. Meu Deus, como é lindo! Você não acha?

Em cima da mesa coberta de papéis e canetas, pacotes de brochuras presos com elástico, ela pegou um cartão que mostrou a Rudy.

Era o esboço de um desenho.

Vestindo uma túnica branca, o pequeno vizinho da mãe voava canhestro acima de um grupo de adultos imobilizados no que devia significar o temor ou a ignorância.

A mãe explicou, com uma voz tensa, arrebatada, cortante:

– Ele está aí, acima deles, e eles ainda não o reconheceram, ainda não lhes foi dado ver a luz, mas no desenho seguinte eles serão iluminados, terão os olhos abertos e o anjo poderá viver no meio deles.

Rudy sentia-se invadido pelo desgosto e pelo cansaço.

Ela é louca, e da maneira mais estúpida, e não quero mais, não devo proteger isso. Ah, meu pequeno Djibril, coitadinho, não vamos mais pôr os pés aqui!

Nesse instante, e Rudy acreditou que ela adivinhara seus pensamentos, a mãe acariciou seu rosto, sua nuca, sorrindo ternamente, e o contato da mão fria, úmida, era desagradável.

Como ela era baixa, ele percebeu seus seios um pouco pesados no decote da camisa polo.

Pareceram-lhe inchados de leite ou de prazer.

Desviou os olhos, recuou suavemente para que ela retirasse a mão.

Ela só me fala do que me aborrece ou me irrita, nunca me dirá espontaneamente o que ainda preciso saber, há muito tempo não dá mais a mínima para isso.

– Descobriram – ele começou, rígido, lento – quem foi que entregou a arma ao meu pai?

Ela ficou paralisada de surpresa, embora isso só se adivinhasse pelo tempo que levou para recolocar o cartão em cima da mesa e voltar-se para ele, com um sorriso contraído, contrariado, que lhe estirou em parte os lábios secos.

– Ah, essa velha história – disse.

– Descobriram? – ele insistiu.

Ela suspirou com ostentação, importunada, charmosa.

Deixou-se cair numa poltrona e pareceu quase desaparecer no estofamento flácido, desproporcional, coberto de uma imitação de couro rosado.

– Não, evidentemente ninguém ficou sabendo quem foi, nem tenho certeza de ter havido algum inquérito, você conhece aquele país, pode imaginar. Mas afinal o que importa? Pode-se arranjar tudo nas prisões, é só pagar.

E a voz da mãe adquiria de novo aquela acidez rancorosa, geral, teimosa, que Rudy ouvira desde que ela voltara à França uns trinta anos antes, e que a paixão pelos anjos e o empenho quase profissional da sua propaganda a haviam feito aos poucos abandonar.

Reconheceu essa acidez, idêntica, intacta, como se a lembrança daquele período devesse ser acompanhada da voz e dos sentimentos a ele associados.

– Seu pai tinha como pagar, esse não era o problema. Fazia apenas seis semanas que estava em Reubeuss e já descobrira um meio de conseguir um revólver, ele era bom nisso, conhecia as pessoas, o país, você sabe. Decidiu que preferia morrer a ter de viver na miséria em Reubeuss e enfrentar um processo em que de qualquer modo não teria nenhuma chance.

– Ele disse isso? Que preferia morrer?

– Disse, mais ou menos. Enfim, existe um jeito de dizer sem dizer, mas eu nunca teria imaginado, na época, que ele conseguiria que alguém lhe entregasse uma arma na cela. Não, isso eu não podia imaginar.

E sempre, na voz da mãe, aquela aspereza rabugenta, vagamente choramingona que, no passado, desolava Rudy e o fazia sentir-se culpado de não conseguir contentar a mãe com o sim-

QUANDO OS PAIS DO MARIDO e as irmãs do marido disseram o que esperavam dela, quando disseram o que ela seria obrigada a fazer, Khady já sabia.

Ela ignorara que forma tomaria a vontade deles de desembaraçar-se dela, mas que chegaria o dia em que a mandariam embora, isso ela soubera ou compreendera ou sentira (ou seja, a compreensão silenciosa e os sentimentos nunca revelados haviam se transformado aos poucos em saber e certeza) já nos primeiros meses da sua inserção na família do marido, após a morte dele.

Ela se lembrava dos três anos de casamento não como de um período sereno, pois a espera, o terrível desejo de engravidar haviam feito de cada novo mês uma ascensão desvairada rumo a uma possível bênção e depois, quando vinha a menstruação, uma queda acompanhada de um triste desânimo, antes de a esperança voltar e, com ela, essa escalada progressiva, cega, palpitante ao longo dos dias, ao longo do tempo todo, até o instante cruel em que uma dor imperceptível no baixo-ventre lhe dissesse que ainda não seria dessa vez – não, aquela época certamente não fora nem tranquila nem feliz, pois Khady nunca engravidara.

Mas ela se imaginava, então, como uma corda esticada ao máximo, vibrante, sólida, no espaço limitado e ardente dessa espera.

Parecia não ter se preocupado com outra coisa, durante três anos, senão submeter seu espírito ao ritmo da esperança e da desilusão, a fim de que esta última (a fisgada no alto da virilha) fosse logo sucedida pela retomada quase absurda, obstinada, da confiança.

– Quem sabe no mês que vem – ela dizia ao marido.

E ele respondia, amável: "Claro, com certeza", atento em não demonstrar a própria decepção.

Pois o marido que ela tivera fora muito gentil.

No interior da existência comum dos dois, ele a deixara ser essa corda loucamente esticada que a menor emoção fazia vibrar, e a cercara de atenções e palavras prudentes, delicadas, exatamente como se, ocupada em criar, ela tivesse necessidade, para realizar sua arte e dar forma a sua obsessão, de uma atmosfera de deferência muda em torno de si.

Ele nunca protestara contra a presença invasora, na vida dos dois, dessa gravidez que não vinha.

Desempenhara seu papel com certa abnegação, ela concluiria mais tarde.

Não teria ele o direito de queixar-se da pouca consideração com que, à noite, ela o atraía para si ou o rechaçava conforme julgasse útil ou inútil o sêmen do marido naquele período, do pouco cuidado com que dizia não querer fazer amor com ele, quando o momento era infecundo, como se tamanho desperdício de energia pudesse prejudicar o único propósito que tinha então, como se o sêmen do marido constituísse uma reserva única, preciosa, da qual ela era a guardiã e que não deveria em hipótese nenhuma ser explorada para o prazer, o simples prazer?

O marido nunca se queixara.

Khady não vira então nem um pingo de bravura nisso, pois não teria compreendido que ele pudesse queixar-se ou simplesmente não achar legítima, exaltante a ascese à qual em certo sentido, e embora o número de suas relações sexuais fosse elevado, essa loucura de engendrar os forçava.

Não, seguramente ela não teria compreendido isso na época.

Só depois da morte do marido, daquele homem tão bom, tão pacífico que fora o seu marido durante três anos, ela pudera avaliar a paciência desse homem, quando, arrancada da sua obsessão, voltou a ser ela mesma, a que era antes do casamento e que soubera precisamente apreciar as qualidades de coragem e de devotamento desse homem.

Ela sentiu então um enorme pesar e remorso e quase um ódio contra sua vontade alucinada de engravidar, que a deixara cega para tudo que não servia a essa vontade, em particular para o mal de que padecia o marido.

Pois não devia ele já estar doente havia algum tempo para morrer daquela maneira brutal, na pálida manhã de um dia da estação das chuvas, tão logo se levantara como de costume para ir abrir o bar onde ele e Khady trabalhavam, numa ruela da parte muçulmana da cidade?

Levantara-se e, num suspiro estrangulado, quase um soluço, mas contido e discreto como era esse homem, desabou ao pé da cama.

Recém-acordada e ainda deitada, Khady não imaginou de início, nem por um segundo, que o marido tinha morrido.

Por muito tempo ela se acusaria de uma sombra de pensamento que teve – na verdade, ainda se acusava disso mais de um ano depois: que desgosto se ele viesse a adoecer naquele momento preciso, pois Khady menstruara havia duas semanas e sentia os seios ligeiramente mais duros e sensíveis, supondo assim que seu ventre estava fértil, mas, se o marido estivesse indisposto e não pudesse fazer amor com ela aquela noite, que desperdício e que ocasião perdida, que terrível desapontamento!

Khady logo se levantara, aproximara-se dele e, ao compreender que já não respirava, encolhido, com os joelhos quase no queixo, um braço preso sob a cabeça e a mão aberta, a palma no ar, inocente, vulnerável, como o menino miúdo e corajoso, pensou, que ele devia ter sido, nunca birrento, mas correto, solitário e secreto sob a aparência afável, ela pegara essa palma cândida, pressionara-a contra os lábios, a testa, devastada por tanta honestidade - no entanto mesmo naquele momento a dor estupefata o disputava, no seu coração, com a exultação que ainda não cedera, ainda não informada, que a envolvia por inteiro quando ela pensava estar no período de ovulação, e ao mesmo tempo que corria para buscar ajuda, invadindo a casa de uma vizinha, com o rosto banhado em lágrimas que não sentia, essa parte de si mesma que só pensava na gravidez começava febrilmente a perguntar-se que homem poderia, dessa vez, substituir o marido, evitar que se perdesse a chance de talvez engravidar naquele mês e de interromper assim a extenuante cadência da esperança e do desespero, desespero que já imaginava, enquanto ia gritando que o marido morrera, se deixasse passar essa ocasião.

E a razão abria seu caminho e ela compreendia que esse mês fértil seria desperdiçado e os vindouros também, e uma grande desilusão, o sentimento de que havia suportado tudo isso, esperança e desespero, durante três anos por nada, adulterava seu desgosto pela morte desse homem com uma acidez quase rancorosa.

Ele não podia ter morrido depois de amanhã, três dias depois?

Esses pensamentos, Khady ainda se reprovava por eles.

Viúva, o proprietário do bar a despedira para instalar outro casal, e Khady não tivera outro recurso senão ir viver com a família do marido.

Seus próprios pais a tinham entregado para que fosse criada pela avó, falecida muitos anos antes, e Khady perdera qualquer rastro deles depois das parcas visitas de quando era criança.

E, embora tivesse se tornado uma moça alta e esguia de ossos delicados, carnuda, rosto oval e liso, embora tivesse vivido três anos com esse homem que sempre lhe dirigira apenas boas palavras e que soubera igualmente, no bar, fazer-se respeitar por uma atitude inconscientemente altiva, prudente, um tanto fria, que de antemão desencorajava alusões brincalhonas ou arrogantes à ausência de filhos, a infância dela, inquieta e abandonada, e posteriormente os esforços vãos para engravidar que, mesmo que a tivessem mantido num estado de emoção intensa, quase fanática, desferiram golpes pouco sensíveis mas fatais à sua precária segurança em sociedade, tudo isso a predispusera a não julgar anormal ser humilhada.

De modo que, quando se viu na família dos sogros, que não podia perdoar o fato de ela não ter apoio nem dote nenhum e que a desprezava abertamente e com raiva por nunca ter concebido, ela aceitou tornar-se uma pobre coisa, apagar-se, passando a alimentar apenas pensamentos impessoais, sonhos inconsistentes e esbranquiçados ao abrigo dos quais vagava com passos lentos, mecânicos, indiferente a si mesma e, acreditava, sem sofrer muito.

Vivia com os pais do marido, duas cunhadas e os filhos pequenos de uma delas, nos três cômodos de uma casa em mau estado.

Os fundos da casa davam para um terreiro que os moradores das casas vizinhas compartilhavam.

Khady evitava mostrar-se no terreiro pois temia ainda as palavras sarcásticas sobre a nulidade, o absurdo da sua existência de viúva sem bens nem filhos, e quando era obrigada a ficar ali para descascar os legumes ou preparar o peixe punha-se num canto, não deixando perceber do corpo delgado coberto por uma tanga, agachado e concentrado em si mesmo, senão os dedos ligeiros e, do rosto abaixado, a superfície da testa, tão discretamente que logo deixaram de lhe dar atenção e a esqueceram, como se esse bloco de silêncio e desafeição já não valesse o esforço de uma apóstrofe, de um gracejo.

Trabalhando sem cessar, ela entrava num estado de estupor mental que a impedia de compreender o que diziam a seu redor.

Sentia-se então quase bem.

Tinha a impressão de dormir um sono branco, leve, desprovido tanto de alegria quanto de angústia.

Todo dia, de manhã cedo, saía de casa em companhia das duas cunhadas, as três carregando na cabeça bacias de plástico de tamanhos diversos que venderiam no mercado.

Lá ocupavam o lugar habitual.

Khady agachava-se um pouco afastada das outras duas, que fingiam não perceber sua presença, e ficava assim durante horas, respondendo com três ou quatro dedos levantados quando perguntavam o preço das bacias, imóvel na ruidosa animação do mercado que, ao atordoá-la vagamente, a ajudava a reencontrar aquela sensação de torpor percorrida por devaneios leitosos, inofensivos, agradáveis, semelhantes a amplas velas agitadas pelo vento nas quais apareciam de quando em quando o rosto vaporoso do marido sorrindo seu eterno e caridoso sorriso ou, menos frequentemente, o da avó que a educara e protegera e soubera reconhecer, embora a tivesse tratado com rudeza, que ela era uma menina provida de atributos próprios e não uma criança qualquer.

De tal forma que ela sempre tivera consciência de ser única enquanto pessoa e, de um modo indemonstrável mas não contestável, de que não podiam substituí-la, a ela, Khady Demba, mesmo que os pais não a tivessem desejado junto deles e a avó só a tivesse recolhido por obrigação – mesmo até que nenhum ser na Terra inteira tivesse necessidade ou vontade de que ela existisse.

Estava satisfeita de ser Khady, não havia interstício nenhum de dúvida entre ela e a implacável realidade da personagem de Khady Demba.

Chegara mesmo a sentir orgulho de ser Khady, pois, como pensara várias vezes com assombro, as crianças cuja vida parecia alegre, que comiam diariamente um bom pedaço de frango ou de peixe e na escola usavam roupas sem manchas nem rasgos, essas crianças não eram mais humanas que Khady, que no entanto conhecia apenas uma ínfima porção de vida boa.

Mesmo agora isso era uma coisa da qual não duvidava – que ela era indivisível e preciosa, e que só podia ser ela mesma.

Sentia-se apenas fatigada de existir e cansada das humilhações, ainda que estas não causassem uma dor real.

As duas irmãs do marido não lhe dirigiam a palavra o tempo todo que passavam juntas vendendo as bacias.

No caminho de volta elas vibravam com a excitação própria do mercado, como se toda a atmosfera febril, todo o ardente burburinho da multidão lhes tivessem penetrado o corpo e elas precisassem aliviar-se antes de chegar em casa, e então não paravam de mexer com Khady, de empurrá-la ou beliscá-la, incitadas e excitadas pela rigidez da sua carne insensível, pela frieza contraída da sua expressão, sabendo ou adivinhando que ela desligaria toda faculdade de entendimento tão logo a atormentassem, sabendo ou adivinhando que as piores ferroadas se transformavam no seu espírito em velas avermelhadas que vinham temporariamente misturar-se às outras, seus devaneios brancos, benfazejos – elas sabiam, adivinhavam e secretamente se irritavam com isso.

Khady dava às vezes bruscamente um passo para o lado, ou então se punha a andar com uma lentidão desanimadora e as duas irmãs acabavam por desinteressar-se dela.

– O que é que há com você, sua muda? – gritou certa vez uma delas, ao se virar e constatar a distância que aumentava entre as duas e Khady.

E aquela foi uma palavra que Khady não teve tempo de impedir que seu espírito compreendesse, e essa palavra a surpreendeu ao revelar o que sabia sem se dar conta – que ela não abria a boca havia muito tempo.

O rumor que animava seus devaneios, vagamente formado pelas vozes do marido, dela mesma, mais algumas outras, anônimas, oriundas do passado, dava-lhe a ilusão de que falava de vez em quando.

Um breve mas vívido pavor apoderou-se dela.

Se esquecesse como se formam as palavras e a maneira como as extraímos de nós, com que futuro, mesmo penoso, poderia contar?

O torpor e a indiferença a dominaram de novo.

Mesmo assim ela não tentou pronunciar o que quer que fosse, por medo de não conseguir ou de que um som inquietante, estranho, chegasse ao seu ouvido.

Quando os sogros, acompanhados das duas filhas que dessa vez se limitavam a escutar em silêncio, anunciaram a Khady que ela devia ir embora, eles não esperavam dela nenhuma resposta, pois não era uma proposta que faziam mas uma ordem que davam, e embora a inquietação viesse outra vez perturbar sua apatia, Khady não falou, não perguntou nada, talvez acreditando assim proteger-se do risco de ver concretizadas as intenções a seu respeito, de tornar real sua partida, como se os pais do marido não tivessem a menor necessidade de que as palavras dela respondessem às deles para confirmá-las na razão de ser ou na realidade do que diziam.

Disso eles não tinham a menor necessidade.

Khady sabia que não existia para eles.

Porque seu único filho homem a desposara a despeito das objeções deles, porque ela não tivera filhos e não gozava de nenhuma proteção, eles a haviam afastado, de maneira tácita, natural, sem ódio nem segundas intenções, da comunidade humana, e seus olhos duros, apertados, olhos de pessoas idosas que passavam por ela, não faziam distinção entre a forma chamada Khady e as outras, inumeráveis, dos bichos e das coisas que circunstancialmente habitavam também o mundo.

Khady sabia que eles estavam errados mas não tinha meio algum de lhes mostrar isso, a não ser estando presente na evidência de uma semelhança comum, e, sabendo que isso não era suficiente, deixara de tentar provar a eles sua humanidade.

Assim ela escutou sem dizer nada, olhando alternadamente as saias estampadas das duas cunhadas sentadas no velho sofá de um lado e de outro dos pais e cujas mãos repousavam entre as coxas com as palmas viradas para cima, marcadas de uma ingenuidade, de uma fragilidade que não pertenciam ao caráter daquelas mulheres mas que denunciavam, para Khady, as da morte delas, antecipando e revelando a vulnerabilidade inocente do rosto das duas quando estivessem mortas, e essas mãos indefesas se assemelhavam tanto às do marido, o irmão daquelas mulheres, quando a vida subitamente o deixara, que Khady sentiu um aperto na garganta.

A voz da sogra, seca, ameaçadora, monótona, continuava a desfiar o que deviam ser, pensou Khady vagamente, desagradáveis recomendações, mas ela não fazia mais nenhum esforço para compreender.

Ouviu apenas o nome de Fanta, uma prima que casara com um branco e vivia agora na França.

Ela abria de novo o espírito às pálidas quimeras que lhe serviam de pensamentos quando passara a morar com aquelas pessoas, esquecendo, incapaz mesmo de lembrar o medo violento que sentira alguns minutos antes só de pensar que teria de ir embora, não porque tivesse o menor desejo de ficar (ela não desejava nada), mas porque percebera que esses devaneios não sobreviveriam a tamanha mudança de situação, pois ela precisaria refletir, tomar iniciativas, decidir nem que fosse a direção de seus passos e, no estado de langor a que se habituara, nada era mais terrível do que essa perspectiva.

As serpentes mordendo a própria cauda, cinzas sobre fundo amarelo, e os alegres rostos femininos, morenos sobre fundo vermelho, tendo acima a inscrição "Ano da Mulher Africana", que ornavam os tecidos com os quais as cunhadas haviam feito suas saias, serpentes e rostos multiplicados às dezenas, monstruosamente esmagados ali onde o tecido se franzia, giravam numa dança de roda ruim no seu espírito, suplantando o rosto bom e nebuloso do marido.

Pareceu-lhe que as duas irmãs, que ela normalmente evitava olhar, a fitavam com ar de troça.

Uma delas ajeitou a saia sobre as coxas sem tirar os olhos de Khady, e as mãos que alisavam o tecido com insistência pareceram agora a Khady perigosas, provocadoras, indecifráveis, não mais ingênuas e desarmadas como antes, quando repousavam ociosas e viradas para cima.

Sentiu um alívio profundo quando a sogra, varrendo o ar com os dedos, deu a entender que estava terminado e que Khady podia deixar o aposento.

Ela não tinha a menor ideia do que acabava de ser dito acerca das condições da sua partida – quando iria embora, para onde, com que objetivo e com que meios – e, como nos dias seguintes ninguém falou com ela de novo e ela foi ao mercado como de costume e não deram nenhuma atenção à sua pessoa, a inquietante possibilidade de uma mudança em sua existência misturou-se na sua lembrança às serpentes e aos rostos estampados, adquiriu um caráter fantasmagórico e absurdo, afundou no esquecimento onde desaparecem os sonhos estúpidos.

Uma noite, a sogra lhe deu um tapinha nas costas.

– Arrume as suas coisas – disse.

Depois, como se temesse que Khady levasse o que não lhe pertencia, ela mesma colocou no chão do quarto uma das tangas de Khady, pôs por cima a outra tanga que ela possuía, uma velha camiseta azul desbotada e um pedaço de pão embrulhado numa folha de jornal.

Dobrou com cuidado a tanga, atando as quatro pontas.

Em seguida tirou do sutiã, bem devagar, numa solenidade cheia de pesar e despeito, um maço de dinheiro que enfiou (sabendo que Khady não usava sutiã?) no elástico da calcinha de Khady, passando brutalmente os dedos na cintura da tanga e prendendo as notas entre a pele, que arranhou com suas unhas amarelas, e a calcinha.

Acrescentou um pedaço de papel dobrado em quatro que continha, ela disse, o endereço da prima.

– Quando estiver lá, na casa de Fanta, você nos enviará dinheiro. Fanta deve estar rica agora, ela é professora.

Khady deitou-se no colchão que dividia com os filhos da cunhada.

Era tão grande o seu pavor que sentia náuseas.

Fechou os olhos e tentou chamar para si os sonhos esbranquiçados e ondulantes que a protegiam do intolerável contato com a realidade da qual ela mesma fazia parte com seu coração aflito, cheio de dúvidas e remorso, tentou desesperadamente livrar-se da própria pessoa, medrosa e fraca, mas os devaneios daquela noite não eram capazes de lutar contra as intrusões da existência, e Khady permaneceu com seu pavor num confronto que nenhum movimento de indiferença podia evitar.

A sogra veio buscá-la ao raiar do dia, intimou-a mudamente a levantar-se.

Ela passou as pernas sobre os corpos das cunhadas estendidos num segundo colchão e, embora não desejasse ouvir suas vozes sarcásticas e duras nem ver brilhar, na aurora cinzenta, seus olhos sem piedade, o fato de as duas mulheres fingirem dormir no instante em que ela ia embora rumo ao desconhecido pareceu-lhe uma mensagem fatal.

Era porque estavam certas de nunca mais tornar a ver Khady que elas preferiam poupar-se da dor de saudá-la, de lhe dirigir um olhar, de erguer a mão e voltar para ela uma palma angélica e honesta?

Certamente era isso – Khady marchando para a morte, e elas preferiam desde agora não se ocupar mais com ela, movidas pela apreensão muito compreensível de se ligar, por menos que fosse, a sua sorte funesta.

Khady abafou um gemido.

Na rua um homem esperava.

Estava vestido à ocidental, jeans e camisa xadrez, óculos de sol espelhados embora o dia mal estivesse começando, de modo que, quando Khady apareceu diante dele, empurrada pela sogra com mão impaciente, nervosa, irritada, não conseguiu decifrar se ele olhava para ela, ali, insignificante e atormentada, a trouxa apertada contra o peito, tal como podia se ver nos dois espelhos das lentes.

Ela notou a maneira como ele mordiscava o lábio inferior, fazendo que a parte de baixo do rosto, como a mandíbula de um roedor, estivesse sempre em movimento.

A sogra estendeu ligeiro ao homem algumas notas de dinheiro. Ele as pôs no bolso sem sequer examinar.

– Você não deve mais voltar – ela murmurou ao ouvido de Khady. – Mande dinheiro quando estiver lá. Se não conseguir chegar, não volte mais aqui.

Khady esboçou o gesto de agarrar-se ao braço da velha, mas esta rapidamente entrou na casa e fechou a porta atrás de si.

– Venha, é por aqui – disse o homem com voz neutra, baixa.

E pôs-se a descer a rua sem procurar certificar-se de que Khady o acompanhava, como se, ela pensou, adiantando-se para alcançá-lo, inábil e trepidante nos chinelos de plástico rosa enquanto o homem parecia saltar sobre a sola espessa e leve de seus tênis, ele não pudesse duvidar por um segundo do interesse dela em segui-lo, ou como se, já tendo sido pago, pouco lhe importasse saber o que ela decidiria fazer.

Essa indiferença a seu respeito tranquilizou um pouco Khady.

Seus pensamentos logo abandonaram a reflexão, e ao mesmo tempo que procurava não ficar para trás e não deixar escapar do pé um dos chinelos, ela sentiu o espírito invadido pela bruma familiar, porém não mais acompanhada do rosto do marido morto ou da avó, e sim de imagens que seus olhos iam captando ao longo do trajeto, nas ruas por onde a levava esse homem e por onde ela não se lembrava de ter passado, muito embora, pensou de repente, pudesse ter percorrido em seu estado habitual de torpor, de prostração mental, e não recordar – isso enquanto as cenas modestas que se sucediam ao longo do caminho, naquela manhã, lhe pareciam delicadamente insistir para fixar-se em transparência atrás da tela dos seus devaneios.

Estaria ela, sem querer, sendo protegida, arrancada daquela sonolência perigosa, agora que se via entregue ao desconhecido?

Surpreendeu-a ainda mais a espécie de dor, de fisgada que sentiu ao passar diante de uma mulher grávida que, sentada debaixo de uma mangueira, dava de comer uma papinha de arroz ao filho pequeno.

Essa grande desolação de não ter tido um bebê, esse imenso e amargo sofrimento, independente de qualquer vergonha em relação aos que a cercavam, ela não sentia havia muito tempo, desde que, abrigada pela família dos sogros, tudo se imobilizara e se congelara dentro dela.

E agora ela olhava essa mulher em vez de deixar simplesmente os olhos passarem por ela, olhava a barriga inchada e os lábios lambuzados do garotinho, e pensava com tristeza: Então eu, Khady, nunca terei um filho?, no entanto menos triste do que surpresa ao ver-se triste, ao identificar esse sentimento que remexia, de forma confusa e quase doce, uma parte de si mesma que se acostumara a ser apenas letárgica ou aterrorizada.

Apressou o passo, pois o homem à frente andava depressa.

Uma moça que poderia ter sido ela, Khady, em sua vida de outrora, saiu à calçada e retirou o painel de madeira que fechava a única janela do seu bar, e, ao ver esse corpo alto e delgado, estreito nos quadris e nos ombros, com a cintura apenas levemente marcada mas tão densa e elástica como o corpo de uma serpente, ela reconheceu um perfil semelhante ao dela e tomou consciência da ação dos músculos que a faziam andar com passo ligeiro, do seu vigor, da sua indefectível presença que ela esquecera, de todo o seu corpo jovem e sólido no qual não prestava mais atenção e que voltava a lembrar, a reconhecer no andar da desconhecida que nesse momento alinhava no balcão exterior do bar as garrafas de soda à venda, dessa desconhecida que, com seu ar concentrado, tranquilo, reservado, poderia ter sido ela, Khady, em sua vida de outrora.

O homem a fazia agora percorrer a avenue de l'Indépendance.

Escolares de calção azul e camiseta branca avançavam lentamente pela calçada, segurando entre os dedos um pedaço de baguete que mordiam vez ou outra, deixando cair migalhas no chão.

Corvos os seguiam quase junto aos calcanhares.

Khady apressou-se, alcançou seu guia e passou a andar mais rápido para acompanhá-lo, batendo com tanta força os chinelos no asfalto que os corvos, assustados, voaram.

– Estamos quase chegando – disse o homem com sua voz neutra, menos para tranquilizar ou encorajar Khady do que para antecipar uma eventual pergunta.

Ela se perguntou então se ele estaria aborrecido de que a vissem andar a seu lado, essa mulher de tanga desbotada, cabelos curtos sem enfeite, pés brancos de poeira, perto dele que, de camisa alinhada e tênis verdes, mostrava um cuidado evidente com a aparência e com a opinião dos outros a seu respeito, de todos os que punham os olhos nele.

Ele atravessou a avenida e entrou no boulevard de la République em direção ao mar.

No céu de um azul claro e suave Khady via voarem gralhas e gaivotas, consciente de vê-las voar e surpresa, quase amedrontada por essa consciência, pensando, não de forma nítida mas confusa e frouxa, com o pensamento ainda preso nas brumas dos devaneios, pensando: Há muito tempo não venho até aqui – até a beira do mar aonde a avó a enviava, em criança, para comprar peixe dos pescadores recém-desembarcados.

E então ela sentiu tão plenamente o fato indiscutível de que a menina magra, arisca e valente que regateava com firmeza o preço da tainha, e a mulher que era agora, que seguia um estranho rumo a uma praia semelhante, formavam uma só e a mesma pessoa com um destino coerente e único, que ficou comovida, satisfeita, plena, e sentiu uma ardência nos olhos, e esqueceu a incerteza da sua situação, ou melhor, essa precariedade deixou de parecer tão grave comparada ao brilho exaltante de tamanha verdade.

Sentiu nos lábios a sombra, a lembrança de um sorriso.

Oi, Khady, pensou.

E lembrou como, em menina, apreciava sua própria companhia e que, quando sofria com o isolamento, nunca era sozinha consigo mesma, mas em meio a outras crianças ou nas numerosas famílias em cujas casas trabalhara como doméstica.

Lembrou também que o marido, com seu caráter bom e taciturno, plácido e ligeiramente retirado do mundo, lhe dera a impressão tranquilizadora de que ela não precisava sacrificar em nada sua solidão, ele não pedia nada disso e tampouco imaginava que ela pudesse querer interferir na dele.

E talvez pela primeira vez desde que ele morrera, no momento em que quase corria pela avenida, ofegante, com os dedões curvados na ponta dos chinelos para conservá-los nos pés, no momento em que sentia na testa o calor ainda clemente do céu azul e ouvia os gritos das gaivotas na sua cólera de eternas esfomeadas e distinguia à margem de seu campo de visão os traços escuros dos voos irregulares, em círculo, pela primeira vez desde que o marido morrera sentiu falta dele, daquele homem, precisamente por aquilo que ele fora.

Sentiu o peito oprimido.

Pois para ela era um sentimento novo.

Muito longe da vertiginosa e rancorosa desilusão em que a haviam lançado a certeza, por causa dessa morte inesperada, de que tão cedo não teria um filho e a amarga evidência de que se esforçara em vão, muito longe também da tristeza não menos amarga de ter perdido uma existência que lhe convinha sob medida, essa dor da ausência apoderou-se inesperadamente dela, perturbou-a e, com sua mão livre, enquanto a outra segurava a trouxa, ela deu pequenas batidas entre os seios, como para convencer-se de que sofria de uma dor física.

Ah, mas era exatamente isso: ela teria gostado que o marido estivesse ali, perto dela, ou simplesmente em alguma parte do vasto país do qual ela conhecia apenas essa cidade, e mesmo só uma parte dessa cidade, cujos limites, extensão e forma ela mal percebia, enfim, ela gostaria de poder lembrar do rosto calmo, liso, escuro do marido e saber que esse rosto continuava inalterado, quente, animado, e que ondulava, como uma pesada flor na ponta de um galho, em algum lugar daquela terra junto com o dela, o rosto dela, Khady, que agora se voltava maquinalmente em direção ao do estranho ("É ali que vamos pegar a van, ela já vai chegar"), esse rosto desconhecido e desdenhoso, com tiques inquietantes, cuja presença próxima Khady devia, no entanto, reconhecer, da qual podia sentir o calor perto do próprio rosto junto com um leve cheiro de suor, enquanto aquilo a que podia agora assemelhar-se o rosto do marido, ela não queria nem era capaz de imaginar.

Esse rosto amado, ela teria aceitado nunca mais rever, se soubesse que ele estava, mesmo longe dela, intacto, quente, úmido de suor.

Mas que para sempre ele já não existisse a não ser na memória de um punhado de pessoas era algo que subitamente a enchia de tristeza e piedade pelo marido, e, embora sofresse e continuasse a bater no peito, não pôde deixar de se sentir afortunada.

O homem havia parado na parte baixa da avenida, perto de um grupo de pessoas carregadas de pertences.

Khady depôs a trouxa no chão e sentou-se em cima.

Os músculos relaxaram, os dedos dos pés se abriram sobre a sola estreita do chinelo de plástico.

Ela suspendeu um pouco a tanga, quase até os joelhos, a fim de deixar o sol bater na pele seca, rachada, empoeirada, da tíbia, da barriga da perna.

Pouco importava que ela não significasse nada para ninguém, que ninguém nunca pensasse nela.

Estava tranquila, bem-disposta, ainda era jovem e era ela mesma, o corpo em plena saúde saboreava em todas as suas fibras o calor indulgente do começo da manhã e as narinas aspiravam com gratidão o cheiro bom que vinha do mar que ela não podia ver, mas cujo rumor chegava até a parte baixa da avenida, do mar que ela percebia como uma luminosidade glauca espalhada na luz matinal, como um reflexo de bronze no suave azul do céu.

Fechou os olhos pela metade, deixando apenas uma fenda pela qual podia ver, andando de lá para cá com passo nervoso, o homem encarregado de conduzi-la.

Para qual destino?

Ela nunca ousaria perguntar, e, aliás, nem queria saber por enquanto, pois o que faria seu pobre cérebro com uma informação dessas, pensou, ele que sabia tão pouco do mundo, que só conhecia uma quantidade muito pequena de nomes, nomes esses que se referiam a coisas que se usam todo dia, não ao que não se pode ver, nem utilizar, nem compreender.

Quando lembranças da escola para onde a avó a enviara por algum tempo se insinuavam nos seus devaneios, eram só ruídos, zombarias, brigas e confusão, e algumas vagas imagens de uma menina ossuda, desconfiada, pronta a arranhar para se defender e que, encolhida no piso de lajotas porque não havia cadeiras suficientes, ouvia sem poder separar umas das outras as palavras rápidas, secas, impacientes, contrariadas de uma professora que, por sorte, não lhe dava a menor atenção, cujo olhar perpetuamente ultrajado ou à espreita de um ultraje apenas passava pela menina sem vê-la, e, se a menina preferia que a deixassem em paz, nem por isso tinha medo daquela mulher nem das outras crianças, e ainda que aceitasse as humilhações, não tinha medo de ninguém.

Khady sorriu por dentro.

Essa menina minúscula e tinhosa era ela.

Tocou de forma involuntária a orelha direita, sorriu de novo ao sentir nos dedos os dois pedaços distintos do lobo: uma criança se lançara sobre ela durante a aula e lhe arrancara o brinco da orelha.

Não, ela nunca compreendera nem aprendera nada na escola.

Deixava que a litania de palavras indiscerníveis proferidas numa voz sem timbre pela mulher de rosto brutal, aborrecido, flutuasse acima dela, sem fazer a menor ideia da ordem de coisas a que essas palavras se referiam, sabendo que se tratava de uma língua, o francês, que ela era capaz de falar um pouco e de entender, mas incapaz de reconhecer nessa fluência apressada, colérica, enquanto uma parte do seu espírito continuava sempre vigilante, voltada para o grupo das outras crianças do qual a todo momento podia partir um ataque sorrateiro, pontapé ou bofetada, quando a professora se virasse para o quadro-negro.

Eis por que, hoje, ela sabia da existência apenas o que tinha vivido.

Assim, preferia que o homem que lhe havia sido imposto como guia ou companheiro ou guardião não infligisse a seu espírito o tormento inútil de um nome fatalmente desconhecido dele (do espírito ignorante de Khady) se ela lhe perguntasse para onde iam, pois, mesmo que acolhesse esse nome obscuro, talvez extravagante e difícil de memorizar, não poderia ignorar que sua própria sorte estava ligada a ele.

Não que se preocupasse excessivamente com sua sorte, não era isso; mas para que alterar essa sensação nova e benfazeja de prazer na atmosfera cálida (leve cheiro de fermentação ou de apodrecimento natural vindo da calçada, os pés em repouso, felizes, todo o corpo concentrado e abandonado no estado de imobilidade completa que sabia atingir), por que arriscar-se a alterar isso inutilmente?

As pessoas esperavam como ela, sentadas sobre grossos sacos de plástico xadrez ou sobre caixas de papelão amarradas com cordões, e embora Khady olhasse um ponto distante à frente pela fenda das pálpebras semicerradas, podia adivinhar pela ausência de vibrações, por uma certa qualidade estagnada do ar ao redor, que o homem, pastor ou carcereiro, protetor ou secreto causador de malefícios, era o único a agitar-se, percorrendo de um lado para outro, febril, o asfalto arenoso e danificado, dando pequenos saltos involuntários com seus tênis verdes, exatamente, pensou Khady, como saltitavam não longe dali os corvos pretos e brancos, pretos no pescoço com uma larga franja branca, dos quais ele talvez, talvez, fosse o irmão transformado em homem durante o tempo de conduzir Khady.

Um arrepio de angústia perturbou sua impassibilidade.

Mais tarde, quando o calor ficou tão forte que Khady cobriu a cabeça e os ombros com a tanga colocada na véspera na trouxa e o pequeno grupo se transformou numa multidão tumultuosa, o homem a pegou pelo braço, ergueu-a e a empurrou até a parte de trás de uma van já ocupada por várias pessoas, na qual também se instalou ao mesmo tempo que protestava com indignação e desprezo, e Khady achou que ele estava furioso por encontrar tanta gente na van, quando lhe haviam dito que não estaria cheia e ele havia inclusive pagado para que não fosse assim.

Parou de escutá-lo, constrangida, sentindo já contra o flanco o calor raivoso desse homem, o estremecimento de seus músculos inquietos, exasperados.

Será que ele escondia atrás dos óculos espelhados os olhinhos redondos, duros e fixos dos corvos, escondia sob a camisa xadrez estranhamente fechada no pescoço aquela zona de plumas esbranquiçadas que todos tinham na parte dianteira?

Ela lhe dirigiu um olhar enviesado enquanto a van partia, deixando com dificuldade a praça agora atulhada de micro-ônibus e outros veículos grandes e pesados como o deles, nos quais subiam ou tentavam subir inúmeras pessoas cujas palavras e às vezes cujos apelos e exclamações se misturavam aos gritos belicosos dos corvos pretos e brancos que voavam junto à calçada, ela olhou para a boca do homem que não parava de contrair-se e para os frêmitos nervosos de seu pescoço, e pensou que os corvos abriam e fechavam do mesmo modo, sem trégua, o bico preto, que uma idêntica pulsação irregular lhes agitava o pescoço preto e branco, preto franjado de branco, como se a vida frágil devesse assinalar, avisar de sua delicadeza, de sua vulnerabilidade.

Por nada no mundo ela teria perguntado o que quer que fosse.

Pois agora temia, não mais que ele lhe jogasse ao rosto uma palavra que nada tivesse a ver com o pouco que conhecia, mas, ao contrário, que evocasse seus irmãos corvos e o lugar tenebroso e distante para onde talvez retornava levando-a consigo, ela, Khady, que não ganhava, vivendo com a família do marido, o que custava em comida, e de quem se desembaraçavam daquele modo, e será que o dinheiro enfiado no elástico de sua calcinha serviria para pagar sua passagem para esse lugar certamente funesto, terrível?

Seu espírito se agitava, voltando à confusão evanescente na qual se banhara, mas sem a suavidade e a lentidão que o protegiam.

O que ela devia pensar, o que podia entender?

Como interpretar os indícios da má sorte?

Lembrou-se de maneira bastante indistinta de uma história de serpente contada pela avó, sobre um animal violento e invisível que tentara várias vezes pegar a avó de Khady e que um vizinho conseguira matar embora ninguém chegasse a vê-la, mas não se lembrava de nada relacionado a corvos, e isso a apavorava.

Deveria ter se lembrado de alguma coisa?

Já não haviam, no passado, lhe dado um aviso?

Tentou afastar-se um pouco do companheiro comprimindo-se contra as duas velhas sentadas à sua esquerda, mas a mais próxima lhe deu uma cotovelada significativa, sem sequer virar a cabeça.

Khady procurou então reduzir o volume do corpo, pressionando fortemente a trouxa contra o peito.

Fixou os olhos na nuca raspada e franzida do motorista e fez um esforço para não pensar em nada, permitindo-se apenas observar que agora tinha fome e sede e queria comer o pedaço de pão que a sogra embrulhara e cujas bordas duras sentia contra o peito, e sua cabeça ia e vinha da direita para a esquerda, sacudida ao ritmo dos solavancos do carro, que entrava agora numa estrada de terra larga com sulcos deixados pelas rodas, cujo rápido desenrolar, embalador apesar das chacoalhadas, Khady podia perceber entre a cabeça do motorista e a do passageiro da frente, através do para-brisa rachado, e essa estrada era toda margeada de casas feitas de blocos de cimento e cobertas com telhas metálicas, diante das quais ciscavam galinhas brancas e brincavam crianças alertas, casa e crianças como as que Khady havia sonhado ter com o marido de rosto doce, telha metálica brilhante, blocos de cimento bem encaixados, pátio limpo e crianças de olhos vivos, pele saudável, que seriam seus filhos e se divertiriam sem medo junto à estrada, embora Khady tivesse a impressão de que o capô da van, veloz e largo, fosse devorá-las assim como engolia a estrada com sulcos deixados pelas rodas, e algo dentro dela quisesse gritar para avisar do perigo e suplicar ao motorista que não devorasse seus filhos que tinham todos o rosto doce do marido, mas no instante em que as palavras iam sair da sua boca ela as reteve, horrivelmente envergonhada e desconcertada, pois tomou consciência de que seus filhos não eram senão corvos de plumagem hirsuta que ciscavam diante das casas e às vezes voavam, rabugentos, à passagem dos carros, pretos e brancos e belicosos, até o ramo baixo de uma árvore frutífera, e o que diriam se ela quisesse proteger seus filhos-corvos, ela que, por sorte, ainda tinha o aspecto e o nome de Khady Demba e conservaria seu rosto humano enquanto estivesse nesse veículo, enquanto continuasse a fixar a nuca raspada e gorda do motorista, mantendo-se assim fora do domínio daquele homem, daquela ave feroz de pé ligeiro, o que diriam de Khady Demba, Khady Demba?

Teve um sobressalto violento ao contato da mão do homem no seu ombro.

Tendo já saído da van, ele a puxou para fazê-la descer enquanto as mulheres a empurravam sem a menor delicadeza.

Uma delas resmungou que a porta estava bloqueada.

Khady pôs os pés no chão, ainda adormecida, desajeitada, deixando o sufocante calor do carro e sentindo o bafo quente e úmido de um lugar que, se não lhe lembrava nada de preciso, era suficientemente parecido com o bairro no qual vivera, ruas arenosas, paredes rosa ou azul-claras ou de cimento bruto, para que se afastasse dela o medo de ter sido levada até o antro dos corvos.

Com um gesto impaciente o homem lhe fez sinal para que o seguisse.

Khady olhou vivamente ao redor.

Quitandas cercavam a pequena praça onde a van estacionara em meio a outras do mesmo tipo, compridas, bojudas, e uma multidão de homens e mulheres circulava entre os veículos discutindo o preço do trajeto.

Khady avistou numa esquina as letras wc pintadas numa parede.

Mostrou-as ao homem, que se virara para verificar se ela continuava ali, e foi até lá.

Quando saiu da latrina, o homem desaparecera.

Ela se deteve no mesmo lugar onde ele estivera minutos antes.

Abriu seu embrulho com precaução, arrancou um pedaço de pão, começou a comê-lo em pequenas mordidas.

Deixava cada pedaço se dissolver lentamente na língua para assim extrair todo o seu sabor, embora o sabor fosse insípido e um pouco picante, pois o pão era velho, e achava bom comer, enquanto seus olhos iam de uma ponta para outra da praça tentando localizar aquele de quem dependia sua sorte.

Pois, agora que os corvos não se mostravam mais (ali só esvoaçavam pombos e pardais cinzentos), ela temia menos um eventual parentesco do homem com eles que ficar abandonada naquele lugar, ela, Khady Demba, que não sabia onde estava e não queria perguntar.

O céu estava opaco, encoberto.

Pelo brilho velado da luz, pela posição já baixa do halo rosado atrás do cinza pálido do céu, Khady adivinhou, não sem surpresa, que o dia chegava ao fim e que, portanto, eles haviam rodado várias horas.

De repente, o homem apareceu de novo diante dela.

Estendeu-lhe bruscamente uma garrafa de soda laranja.

"Vamos, venha, venha", ele disse com voz irritada, impaciente, e Khady se pôs a andar ligeiro atrás dele, raspando os chinelos na poeira, bebendo a soda em grandes goles, captando brevemente, num estado de pavor concentrado, lúcido, os longínquos odores de putrefação marítima, as fachadas em ruínas, de um jeito como nunca tinha visto, de enormes casas com sacadas caindo aos pedaços, ornadas de colunetas decrépitas que, à luz declinante, no crepúsculo violeta, pareciam ter o aspecto de velhíssimos ossos a sustentar um grande corpo animal devastado; depois o leve fedor de peixe podre ficou mais forte no instante em que o homem tomou a direção de um desses monstros semitombados, empurrou uma porta e fez Khady entrar num pátio onde de início ela não viu senão um monte de sacolas e pacotes só um pouco mais escuro que a luz declinante, que o crepúsculo violeta.

Em seguida ela distinguiu, emergindo do amontoado de bagagens, os rostos apagados pelo anoitecer, sem feições nem idade, de mulheres, homens, crianças sentados num silêncio só interrompido, de quando em quando, por uma tosse, um suspiro.

O homem lhe cochichou que sentasse, mas Khady continuou de pé o mais perto possível da porta que acabavam de transpor, não porque quisesse resistir ao que ele ordenava e sim porque, no esforço terrível que fazia para obrigar seu espírito indomado, volátil, temeroso a registrar e depois a tentar interpretar, com os magros recursos que possuía, com as referências reduzidas de que dispunha, o que seus olhos captavam, nesse terrível esforço da vontade e da inteligência seu corpo se imobilizara, as pernas enrijecidas, os joelhos transformados em duas protuberâncias contraídas duras e inflexíveis como os nós de um bastão.

Havia entre ela e aquelas pessoas uma relação simples, já que estavam todas juntas naquele pátio.

Mas quais eram a natureza e o motivo dessa relação, e seria essa situação boa tanto para essa gente quanto para ela, e como ela identificaria uma situação ruim, e podia ela dispor livremente da sua pessoa?

Que fosse capaz de formular interiormente tais perguntas era algo que a surpreendia e perturbava.

Seu espírito trabalhava, buscava entender e sofria por submeter-se assim à reflexão, mas a progressão desse trabalho dentro de si a fascinava e não lhe desagradava.

O homem não insistiu para que se sentasse.

Ela podia sentir o cheiro ferruginoso do suor e também as vibrações quase elétricas da excitação inquieta dele.

Pela primeira vez ele ergueu na testa os óculos de sol.

Na penumbra, seus olhos negros pareciam muito redondos e luzidios.

Khady sentiu de novo o antigo temor, de que o homem tivesse a ver com os corvos.

Dirigiu um olhar para o grupo indistinto de pacotes e pessoas sentadas ou estendidas; quase não teria se surpreendido se visse elevar-se dali asas identificáveis na noite por sua franja branca, nem se ouvisse bater contra flancos invisíveis essas asas franjadas de branco, mas ao sentir que nesse medo mesmo se tramava uma escapada, uma tentativa de fuga do seu espírito rumo às regiões esbranquiçadas e solitárias abandonadas havia pouco, na manhã daquele dia, e obrigando-se a rechaçar sua apreensão e a ocupar-se apenas dessa realidade imediata, dessa ameaça iminente que entrevia por lampejos no olhar brilhante do homem, no sibilar voraz da sua voz que pedia, que exigia dinheiro.

– Pague agora, você tem que me pagar!

E que ele atribuísse a imobilidade, a ausência de reação de Khady a uma recusa de lhe dar o que queria foi o que ela subitamente compreendeu – deixando fraquejar os joelhos, inclinando o rosto e abrindo ligeiramente a boca numa espécie de sorriso conciliador que, no entanto, ele por certo não podia discernir.

Ouviu-se, como de muito longe, grasnar – e não era um pouco a voz desse homem que ela imitava?

– Pagar? Por que tenho que pagar?

– É o que foi combinado, eu trouxe você até aqui!

Bruscamente ela lhe virou as costas, enfiou a mão ao longo do ventre, tateou e extraiu cinco notas quentes e úmidas, tão usadas e macias que pareciam pedaços de roupa.

Virou-se de novo e pôs as notas entre os dedos do homem.

Ele contou sem examinar.

Deu um resmungo satisfeito, pôs o dinheiro no bolso do jeans, e Khady logo lamentou, ao vê-lo se acalmar tão depressa, ter dado tanto.

Ela sentia obscuramente que agora estaria pronta para perguntar não o nome da cidade para onde ele a levava nem mesmo o nome do lugar onde estavam, mas a razão daquela viagem, seria capaz de entender e de tentar obter uma informação, mas uma repugnância a retinha só de pensar em falar de novo, em perceber a própria voz, e depois a dele, com aquele ruído de taquara rachada que lembrava o grito de aves rabugentas, pretas e brancas, com asas franjadas de branco.

Porém ele já dera meia-volta e deixara o pátio.

E então, para ela, que havia ignorado ao longo daquele dia todo se ele era carcereiro ou anjo da guarda, terrível ou benevolente, para ela, que temera descobrir seu olhar, o desaparecimento do homem interrompeu o curso apaziguado, estudioso, absorto do seu pensamento recém-controlado e canalizado, e Khady recaiu nas brumas vagamente angustiadas de seus monótonos devaneios.

Deixou-se cair no chão, encolheu-se em cima da trouxa.

Nem desperta nem sonolenta, permaneceu assim prostrada, quase inconsciente em relação ao que a cercava e acessível apenas às sensações de calor e depois de fome e de sede no fundo da sua inércia entrecortada de sobressaltos ansiosos, até que uma súbita movimentação a obrigou a erguer a cabeça, a pôr-se de pé.

Todos os ocupantes do pátio haviam se levantado à entrada, supôs Khady rapidamente, de um pequeno grupo de homens.

Cochichos agitaram a multidão antes silenciosa.

A escuridão era profunda, pesada.

Khady podia sentir o suor escorrer sob seus braços, entre seus seios, na parte de trás de seus joelhos, que manteve dobrados.

Fragmentos de vozes breves, não muito altas, chegavam do lado dos três ou quatro indivíduos que acabavam de entrar e, embora ela não tivesse captado o que eles diziam, fosse porque estava muito afastada, fosse porque eles se exprimiam numa língua desconhecida, Khady compreendeu que se passava enfim o que as pessoas do pátio esperavam, pelo rumor atarefado, preocupado, abafado que percorreu a multidão.

Um zumbido encheu sua cabeça.

Ela catou a trouxa do chão e seguiu, cambaleando um pouco, o lento movimento em direção à porta.

Assim que chegou à rua arenosa, frouxamente iluminada por um risco de lua crescente, o silêncio abateu-se de novo sobre o grupo que marchava agora numa fila espontaneamente organizada e discreta, pois mesmo as crianças pequenas se mantinham tranquilas às costas das mães, atrás dos homens que conduziam a marcha, aqueles que haviam rompido a longa espera no pátio.

Cachorros latiam ao longe.

Com o roçar dos tecidos, com o arrastar dos chinelos na areia, era o único ruído da noite.

As últimas casas desapareceram.

Ela sentiu então a fina sola dos chinelos de plástico afundar na areia fofa, ainda morna na superfície e fria embaixo, e a marcha dos que a acompanhavam diminuiu o ritmo, dificultado pela massa de areia fina que fazia pesar chinelos e sapatos e de repente esfriava os dedos dos pés e os tornozelos, enquanto o suor ainda escorria nas têmporas.

Percebeu também, como por antecipação, antes mesmo que acontecesse, o fim do silêncio prudente, tácito, que prevalecera na rua, adivinhou, pela imperceptível agitação, pelas respirações acentuadas que faziam estremecer a onda regular do grupo em movimento, que para este o perigo passara, fosse ele qual fosse, de ser ouvido e notado, ou talvez a tensão tivesse atingido um ponto, agora que se aproximavam do mar, em que toda contenção só podia ser esquecida, abandonada.

Irromperam exclamações, das quais Khady nada pôde compreender senão a grande angústia que lhes alterava o tom.

Uma criança começou a chorar, depois outra.

Na dianteira, os homens que conduziam o grupo se detiveram, gritaram ordens com uma voz inflamada, ruim.

Eles haviam acendido lanternas que apontavam sucessivamente para os rostos como à procura de alguém em particular, e ela viu aparecer, por fragmentos fugazes de uma súbita e violenta luz branca, os rostos ofuscados, os olhos semicerrados, os rostos singulares daqueles que até então só pudera considerar em conjunto.

Todos eram jovens, mais ou menos como ela.

Um homem a fez pensar por um instante no marido, com seu ar calmo, um pouco triste.

Seu próprio rosto recebeu o feixe de luz brutal e ela pensou: Sim, eu, Khady Demba, sempre feliz de pronunciar em silêncio seu nome e de senti-lo de acordo com a imagem precisa e satisfatória que tinha do próprio rosto, de acordo com seu coração de Khady, que se aninhava dentro dela e ao qual ninguém mais tinha acesso senão ela mesma.

Mas agora estava com medo.

Podia ouvir o bramido das ondas muito próximas, distinguia outras luzes, menos cruas, mais amarelas e vacilantes, do lado do mar.

Ah, ela estava com muito medo.

Tentou freneticamente, num esforço de memória que lhe deu vertigem, ligar o que via e percebia, luzes vacilantes, bramido da ressaca, homens e mulheres reunidos na areia, a alguma coisa que tivesse ouvido na família do marido, no mercado, no pátio da casa onde vivera, ainda antes, quando trabalhava no bar e só pensava o dia inteiro no filho que tanto queria conceber.

Parecia-lhe que teria podido lembrar-se de um trecho de conversa, de algumas palavras saídas de um rádio, captadas no ar e vagamente ordenadas dentro dela entre as informações desprovidas de interesse mas não da possibilidade de virem a tê-lo, parecia-lhe que soubera, sem prestar atenção, sem dar importância àquilo, em certo período de sua existência, o significado de tamanha reunião de elementos (noite, luzes trêmulas, areia fria, rostos ansiosos), e parecia-lhe que ainda o sabia, mas que o peso do seu espírito recalcitrante a impedia de ter acesso a essa zona de conhecimentos confusos e menores aos quais se relacionava, talvez, a cena que estava vivendo.

Ah, ela estava com muito medo.

Sentiu-se empurrada pelas costas, arrastada por um súbito avanço do grupo em direção ao ruído das ondas.

Os homens que seguravam as lanternas vociferavam, cada vez mais insistentes e nervosos, à medida que as pessoas se aproximavam do mar.

Khady sentiu a água cobrir seus chinelos.

Depois distinguiu com nitidez as luzes móveis diante dela, compreendeu que deviam provir de lâmpadas presas à dianteira de um barco, e discerniu então, como se precisasse primeiro compreender do que se tratava para poder ver, as formas de uma grande embarcação parecida com aquelas cuja chegada ela esperava quando, em menina, a avó a mandava comprar peixe na praia.

As pessoas à frente entravam na água, levantando as bagagens acima da cabeça, depois subiam no barco, puxadas pelos que já estavam a bordo e cujo rosto calmo, preocupado, Khady pôde entrever na claridade frouxa, móvel e amarelada, antes de ela mesma avançar desajeitada na água fria, jogando a trouxa no barco, deixando que braços a içassem para o interior.

O fundo do barco estava cheio de água.

Ela pegou a trouxa e acocorou-se contra um dos lados da embarcação.

Um cheiro indefinido, pútrido, emanava da madeira.

Permaneceu assim, bestificada, estupefata, enquanto no barco continuava a subir um número tão grande de pessoas que ela temeu ser sufocada, esmagada.

Pôs-se de pé, titubeante.

Tomada de terror, ofegava.

Suspendeu a tanga molhada, passou uma perna por cima da borda do barco, pegou a trouxa, levantou a outra perna.

Uma dor terrível percorreu-lhe a panturrilha direita.

Saltou na água.

Alcançou a praia patinhando, pôs-se a correr na areia, na escuridão que crescia à medida que se afastava do barco, e, embora sua panturrilha estivesse doendo muito e seu coração batesse com tanta força que sentia náuseas, a consciência clara, indubitável de que acabara de realizar um gesto que resultara apenas da sua resolução, da ideia que velozmente formara do interesse vital que significava para ela fugir da embarcação, encheu-a de uma alegria ardente, feroz, desvairada, revelando ao mesmo tempo que nunca antes lhe acontecera decidir tão plenamente algo de importante para si mesma, uma vez que, no casamento, fora pressionada a consentir quando aquele homem gentil e tranquilo, um vizinho então, fizera o pedido, permitindo assim que se afastasse da avó, mas certamente não, ela pensou sem parar de correr, certamente não por ter a impressão de que sua vida lhe pertencia, ah, isso não, com certeza, nem que sua vida dependia das escolhas que ela, Khady Demba, pudesse fazer, pois ela fora escolhida por esse homem que por sorte se revelara um homem bom, mas ignorava isso no momento em que a escolha recaíra sobre ela e quando aceitara, agradecida, aliviada, ser escolhida.

Exausta, deixou-se cair na areia.

Estava descalça, os chinelos haviam ficado na água ou talvez no fundo do barco.

Apalpou a panturrilha ferida, sentiu nos dedos o sangue, a carne dilacerada.

Talvez tivesse prendido a perna num prego ao passá-la por cima da borda do barco, pensou.

A noite estava tão escura que não conseguiu sequer discernir o sangue na mão ao aproximá-la bem perto dos olhos.

Esfregou os dedos na areia, longamente.

Tudo o que podia ver era, ao longe, bem mais longe do que parecia ter corrido, as pequenas luzes amareladas que a distância imobilizava e o brilho branco e forte da lanterna que não parava de mover-se na escuridão, com deslocamentos bruscos, enigmáticos.

ANTES MESMO DE ABRIR os olhos, ao clarear o dia, ela compreendeu que não a haviam despertado nem a inquietação nem a dor, embora intensa, da ferida na perna, nem a intensidade ainda pálida da luz, mas um olhar pousado nela cuja insistência e imobilidade sentiu por uma imperceptível comichão na pele, e assim ficou por um momento fingindo que dormia, com todos os sentidos alertas, a fim de ganhar tempo para tomar uma atitude.

Subitamente abriu as pálpebras, sentou-se na areia.

A poucos metros dela estava ajoelhado um jovem que não baixou os olhos quando ela lhe dirigiu os seus, e que se limitou a inclinar levemente a cabeça mostrando as palmas das mãos, dando a entender que ela não precisava ter medo dele, enquanto ela o examinava com um olhar furtivo, prudente, e reconhecia, repassando mentalmente as imagens da véspera com uma coerência e uma velocidade não habituais em seu pensamento, um dos rostos entrevistos, iluminados pelo feixe da lanterna, pouco antes de subir no barco.

Ele parecia ser mais jovem que ela, vinte anos talvez.

E foi quase com uma voz de criança, meio alta, aguda, que ele perguntou:

– Então, como você está?

– Bem, obrigada, e você?

– Também, obrigado. Eu sou o Lamine.

Ela hesitou e depois, sem poder tirar completamente da voz um certo tom de orgulho e quase de arrogância, disse seu nome completo:

– Khady Demba.

Ele se levantou, veio sentar-se mais perto dela.

A praia deserta, de areia cinzenta, estava coberta de detritos, plásticos, garrafas, sacos de lixo arrebentados que Lamine estudava com fria aplicação, os olhos indiferentes detendo-se em cada detrito apenas para avaliar seu uso ainda possível e logo passando a outro, relegando o precedente não apenas ao esquecimento como à inexistência, simplesmente não o vendo mais.

Seu olhar pousou na barriga da perna de Khady, ele teve uma contração de horror que tentou disfarçar sob um vago sorriso.

– Está bem machucada, hein?

Um pouco contrariada, ela também olhou.

A ferida se abria em duas partes com crostas de sangue enegrecido, cobertas de areia.

A dor tenaz, contínua, pareceu despertar sob o olhar dele, e Khady deixou escapar um gemido.

– Sei onde tem água – disse Lamine.

Ele a ajudou a levantar-se.

Ela percebeu a força nervosa, em permanente tensão, do corpo esguio e duro do rapaz, como que enrijecido, aguerrido na desconfiança, na vigilância, exercitado tanto nas privações quanto na capacidade de apagá-las de suas sensações, do mesmo modo como parecia retirar da sua visão, negando-os, os objetos que não lhe interessava recolher na praia.

Khady sabia-se um corpo magro e resistente, mas não, como o do rapaz, temperado no banho glacial dos sacrifícios obrigatórios, e assim pela primeira vez na vida teve a impressão de ter mais sorte que um outro indivíduo em particular.

Verificou, apalpando o alto da tanga, que o maço de dinheiro estava bem apertado no elástico da calcinha.

Depois, dispensando a ajuda de Lamine, caminhou a seu lado até uma fileira de casas e quitandas com telhados de zinco que margeavam a praia um pouco acima da linha de detritos.

A cada passo a dor aumentava.

E como, além do mais, sentia muita fome, ela desejou ardentemente adquirir logo um corpo insensível, mineral, sem desejos nem necessidades, um corpo que fosse apenas um instrumento a serviço de uma intenção da qual ainda ignorava tudo, mas consciente de que seria forçada a descobrir sua natureza.

Ah, ela já sabia uma coisa, e sabia não da maneira como estava antes habituada, isto é, sem saber que sabia, mas de forma consciente e clara.

Não posso voltar para a família, pensou, não se perguntando sequer, pois era inútil, se isso seria uma coisa boa ou uma fonte suplementar de miséria, tendo ao mesmo tempo a impressão, ao pensar assim com calma e clareza, de que fazia de certo modo uma escolha.

E depois que Lamine lhe comunicara sua própria intenção, depois que ele lhe assegurara, com sua voz um pouco estridente entrecortada de risadinhas nervosas no momento em que lhe faltava uma palavra, fazendo-o temer não ser levado a sério, que um dia ele chegaria à Europa ou morreria e que não havia nenhuma outra soluçao ao problema que era sua vida, pareceu evidente a Khady que ele não fazia outra coisa senão tornar explícito o propósito dela.

Assim, ao decidir acompanhá-lo ela não abalava de maneira nenhuma sua própria convicção de que agora ela mesma dirigia o precário, o instável rumo da sua existência.

Muito pelo contrário.

Como ele a conduzira, no centro da aldeia, até uma bica para tirar da ferida a areia que ali se colara, depois lhe explicara que já havia tentado várias vezes partir, e que circunstâncias imprevistas, mais ou menos graves, sempre o haviam impedido (assim, na véspera, o mau estado do barco o fizera desistir), mas que tinha agora um conhecimento suficiente dessas ocorrências para enfrentá-las ou esquivar-se delas ou aceitá-las sem medo, pois não podiam ser infinitas e ele pensava ter experimentado ou compreendido todas pelo espírito, Khady reconheceu simplesmente que ele estava a par de coisas que ela não podia sequer imaginar e que, permanecendo com ele, aproveitaria esses conhecimentos em vez de percorrer pelos próprios meios o inconcebível caminho até eles.

E pareceu muito significativo, nesse instante, que não dissesse a si mesma: Que outra coisa posso fazer senão acompanhar esse rapaz?, mas que pensasse em tirar proveito dessa associação.

Com a vista turvada de dor, ela limpou a ferida na barriga da perna.

Os dois pedaços de carne estavam separados.

Rasgou uma tira da tanga que lhe servia de trouxa e a enrolou bem apertada em volta da panturrilha, a fim de fechar as duas beiradas do corte.

AO LONGO DOS DIAS que se seguiram, estáticos e pesados, o céu permaneceu cinza, mas a luminosidade era intensa, como se o mar de tons de metal cintilante espalhasse um brilho lívido.

Khady teve a sensação de que lhe era concedido um tempo de espera a fim de que pudesse assimilar uma quantidade tão grande de informações como nunca havia assimilado em vinte e cinco anos de existência, e isso discretamente, quase sem dar a impressão de aprender alguma coisa, uma prudência instintiva impedindo-a de mostrar a Lamine a extensão da sua ignorância.

Ele a levara de volta até o pátio de onde o grupo havia partido.

Muitas pessoas se achavam de novo ali reunidas, e o rapaz ia de uma a outra oferecendo água ou comida, que em seguida ia buscar na aldeia.

O que trazia para Khady e para ele, sanduíches com omelete, bananas, peixe grelhado, ele nunca pediu a ela que pagasse, e Khady também não propôs, pois tomara a decisão de não falar de nada que não tivesse sido ainda mencionado, limitando-se a respostas breves a perguntas igualmente lacônicas, e assim não falando de dinheiro do mesmo modo que Lamine não falava, mas em troca interrogando-o, com uma avidez contida, quando ele evocava sua viagem e os meios de realizá-la, uma insistência à qual ela procurava dar um tom melancólico, forçado, entediado, sentindo então o rosto cobrir-se do véu de enfado impenetrável sob cuja proteção, na família do marido, transcorriam seus não pensamentos frouxos e pálidos.

Mas agora seu espírito trabalhava depressa!

Acontecia de atrapalhar-se, como embriagado pelas próprias competências.

Então esse espírito já não sabia muito bem se aquela jovem figura ardorosa logo à frente era a do marido de Khady ou a de um desconhecido chamado Lamine, nem as razões exatas pelas quais não deveria esquecer nada que saísse daquela boca de hálito quente, quase febril, e vinha-lhe a tentação de esvaziar-se, de retornar ao estado anterior, quando nada lhe era pedido exceto que não se envolvesse em nenhuma questão da vida real.

Mas isso acontecia apenas em momentos muito breves.

Khady memorizava e, ao chegar a noite, deitada no pátio, classificava as novas informações por ordem de importância.

O que convinha guardar sempre presente no espírito: a viagem podia durar meses, anos, como acontecera com um vizinho de Lamine, que só chegara à Europa (o que era exatamente isso, a Europa, e onde ficava, ela deixava para saber mais tarde) cinco anos depois de partir de casa.

E mais: era fundamental conseguir um passaporte, Lamine sabia de um meio seguro.

E ainda: o rapaz se recusava agora a enfrentar o mar a partir daquela costa.

O trajeto seria mais longo, bem mais longo, mas passaria pelo deserto e chegaria a um certo lugar que seria preciso transpor para alcançar a Europa.

E além disso, além disso, dissera Lamine várias vezes, com o rosto liso e encovado, brilhando de suor, de repente contraído, teimoso, era indiferente morrer se esse fosse o preço a pagar por perseguir tal objetivo, mas viver como vivera até o presente era o que ele não queria mais.

Embora Khady excluísse espontaneamente dos dados essenciais tudo o que se referia à existência anterior do rapaz, embora procurasse não mais escutá-lo quando tinha a impressão de que aquilo não seria útil, podendo apenas entristecê-la ou embaraçá-la ou mesmo, inexplicavelmente, enchê-la de uma dor surda como se reavivasse assim velhas lembranças mais dela que dele, ela não pôde impedir sua memória de reter que uma madrasta, nova mulher do pai após a morte da mãe, havia espancado Lamine a ponto de enlouquecê-lo, durante anos.

O rapaz levantou a camiseta para mostrar, nas costas, marcas rosadas, ligeiramente salientes.

Ele frequentara o colégio, mas fora reprovado duas vezes no exame de conclusão do secundário.

No entanto tinha, ah, muita ambição pelos estudos, sonhava ser engenheiro; o que isso queria dizer?, perguntou-se Khady involuntariamente, pois não queria se interessar.

Quando, depois de alguns dias, resolveu retirar o pano que protegia a panturrilha, ele estava de tal forma grudado à ferida que foi preciso arrancá-lo, provocando uma dor tão forte no músculo que ela não conseguiu conter um grito.

Enrolou, bem apertada, outra tira de tecido.

Andava de um canto a outro do pátio mancando, e procurava habituar-se e adaptar o corpo àquele entrave, a fim de que a nova situação, o andar mais lento e a dor contínua, fossem uma parte de si mesma que ela pudesse esquecer ou negligenciar, relegada entre as circunstâncias, como as histórias penosas do passado de Lamine que, não podendo servir, ameaçavam apenas frear ou desviar o curso ainda recente, incerto dos seus pensamentos, neles introduzindo elementos de confusão, de sofrimento incontrolável.

Do mesmo modo, deixava seu olhar passear pelo rosto das muitas pessoas que chegavam diariamente ao pátio – e seu olhar, ela sentia, era neutro, frio, privado do menor estímulo a que lhe dirigissem a palavra, não porque tivesse medo de que perguntassem alguma coisa (isso ela não temia de jeito nenhum), mas porque seu espírito se desnorteava diante da simples perspectiva de que lhe narrassem existências dolorosas, complicadas, longas e difíceis de compreender, para ela, Khady, que carecia dos princípios que os outros pareciam possuir naturalmente para interpretar as coisas da vida.

Um dia o rapaz a levou pelas ruas estreitas, arenosas, à casa de um cabeleireiro nos fundos da qual uma mulher tirou fotos do rosto de Khady.

Alguns dias depois ele apareceu com uma caderneta azul usada, dobrada nos cantos, que deu a Khady dizendo que agora ela se chamava Bintou Thiam.

Os olhos do rapaz tinham um ar de orgulho, de triunfo e de segurança que alertou ligeiramente Khady.

Por um momento ela voltou a sentir-se fraca, tributária das determinações e dos conhecimentos de outrem bem como das intenções indecifráveis que tinham a seu respeito, e viu-se tentada, por cansaço de viver, a aceitar essa subordinação, a não mais refletir sobre nada, a deixar de novo sua consciência vogar no fluxo leitoso dos devaneios.

Um tanto nauseada, ela se recuperou.

Agradeceu ao rapaz com um meneio de cabeça.

Sentia na barriga da perna fisgadas terríveis que a deixavam distraída.

Mas, embora continuasse decidida a não falar de dinheiro com ele, não podia mais ignorar essa pergunta, e o fato de Lamine ter comprado para ela um passaporte, de comportar-se como se fosse evidente que ela não tinha dinheiro ou que, de uma forma ou de outra, pagaria mais tarde, a inquietava a ponto de desejar às vezes vê-lo desaparecer, evaporar-se da sua vida.

Contudo, ela se afeiçoara a seu rosto ardoroso, a sua voz adolescente.

Surpreendia-se a olhá-lo com prazer, quase com um terno divertimento, quando, saltitando no pátio como as aves ligeiras de pernas longas, esguias que lembrava ter visto em criança na praia e cujo nome pensava agora que ignorava (pois agora podia considerar que tudo tinha um nome e que ela o ignorava, e descobria, incomodada, ter acreditado que só o que conhecia tivesse um nome), ele passava de um grupo para outro, fazendo seus negócios com uma animação inocente, infantil, que inspirava confiança.

Uma intuição particular o guiava.

Ela começava a achar o tempo longo mas não teria pensado um só instante em se queixar, quando ele anunciou que partiriam no dia seguinte, e foi como se, Khady pensou, ele tivesse adivinhado o tédio que ela começava a sentir sem se dar conta, e tivesse decidido que era uma coisa ruim – mas por que isso? Que importância isso podia ter para ele?

Ah, era certo que ela sentia amizade pelo rapaz.

Naquela noite, na escuridão do pátio onde estavam deitados, ela sentiu que ele se aproximava dela, hesitante, sem saber qual seria sua reação.

Não o rechaçou, encorajou-o virando-se para ele.

Levantou a tanga, tirou a calcinha enrolando cuidadosamente as notas de dinheiro no tecido e colocou debaixo da cabeça.

Havia anos que não fazia amor, nem uma única vez desde que o marido morrera.

E, enquanto acariciava com prudência as costas marcadas do rapaz e se surpreendia ao mesmo tempo com a leveza extrema do seu corpo e a doçura, a delicadeza quase excessivas com que a tocava (pois mal sentia que ele estava ali), voltaram como por reflexo, junto com a sensação de um corpo sobre o seu e embora este fosse muito diferente do corpo denso e pesado do marido, as preces para engravidar que ela não cessava de murmurar na época e que a mantinham afastada de todo prazer possível, que a desviavam da concentração necessária a uma busca do gozo.

Ela as expulsou ferozmente.

Uma espécie de bem-estar, de conforto físico a invadiu então – nada muito mais intenso que isso, nada comparável ao que falavam entre si, com suspiros e risadinhas, as cunhadas, mas Khady sentiu-se feliz e grata ao rapaz.

Ao separar-se, ele esbarrou duramente, sem querer, na sua barriga da perna.

Uma explosão de dor dominou a consciência de Khady.

Ela gemeu, quase perdeu os sentidos.

Ouviu os murmúrios inquietos de Lamine em seu ouvido e pensou, sofrendo a ponto de sentir-se quase desligada e como que surpresa, alheia a si mesma, que sofria tão violentamente, pensou: Quem já se preocupou comigo como ele, esse rapaz tão jovem? Tenho sorte, realmente tenho sorte...

ANTES DA AURORA, eles subiram na caçamba descoberta de um caminhão na qual já se amontoava tanta gente que Khady pensou ser impossível achar um espaço onde se encaixar.

Encarapitou-se num monte de trouxas, na traseira do caminhão, a grande altura acima das rodas.

Lamine recomendou-lhe que se agarrasse com firmeza aos cordões das embalagens para não cair.

Ele estava sentado bem junto dela, a cavaleiro sobre uma caixa, e Khady podia sentir o leve cheiro ácido de suor que se unia ao seu por intermédio dos braços colados um ao outro.

– Se cair, o motorista não para e você morre no deserto – disse baixinho o rapaz.

Ele lhe dera uma cabaça de couro cheia de água morna.

Khady o vira entregar um pequeno maço de dinheiro ao motorista, explicando que pagava também por ela, depois ele a ajudara a subir no caminhão, já que sua perna, que parecia agora muito pesada, a impedia de subir sozinha.

A exaltação reprimida, dissimulada sob gestos meticulosamente precisos (como o de verificar várias vezes se a tampa da cabaça estava bem fechada) e recomendações repetidas, em voz baixa e lenta (Segure-se bem, se cair, o motorista não para e você morre no deserto), exaltação que ela adivinhava em palpitações ínfimas no rosto de Lamine, esse ardor ligeiramente inebriado a conquistara, de tal modo que não estava assustada nem humilhada de se ver assistida pelo rapaz nos gestos mais simples, e esse apoio que ele lhe dava, as duas mãos que entrecruzou a fim de que ela pusesse o pé para depois impulsioná-la com vigor até o alto do caminhão, não colocava de modo nenhum em questão a ideia que ela fazia agora da sua independência, da sua libertação de qualquer vontade de outrem a seu respeito, assim como não via no dinheiro que Lamine dava por ela ao motorista algo que tivesse a ver com sua própria responsabilidade.

Para Khady Demba, isso não devia ter consequência nenhuma.

Se Lamine queria desempenhar um papel crucial no caminho da sua liberdade, ela sentia gratidão para com ele – sim, sua afeição pelo rapaz era grande e sincera, mas não a tornava devedora de nada.

Sua cabeça girava um pouco.

A intensa dor, que agora não diminuía nunca, se misturava à alegria, e era como se esta última também desse um impulso violento à dor.

Quando o caminhão arrancou, a sacudida a fez perder o equilíbrio.

Lamine a reteve por pouco.

– Segure, segure! – ele gritou em seu ouvido, e ela pôde ver de perto seu rosto magro e encovado tingido pela luz rosada da aurora, os lábios pálidos, rachados, que ele não cessava de umedecer com a língua, os olhos algo desvairados, selvagens, semelhantes, ela pensou, aos que vira um dia, escuros e transtornados, de um cachorro que mulheres do mercado haviam encurralado contra um muro e ao qual, armadas de pedaços de pau, se preparavam para fazer pagar o roubo de um frango, semelhantes aos olhos do cachorro repletos de um terror inocente que cruzaram o olhar de Khady e atingiram então seu coração desalentado, entorpecido, fazendo-o por um instante vibrar de simpatia e de vergonha.

Fora por ela que Lamine sentira tanto medo?

Ela se afastou ligeiramente desse rosto inflamado, ah, sentia na pele o seu calor quase insuportável.

Agarrada aos cordões, viu rarearem e depois desaparecerem as últimas casas ao longo da estrada.

Fora por ela que ele sentira tanto medo?

ELA HAVERIA DE SE LEMBRAR, sem amargura, com uma tristeza seca, das atenções que Lamine tivera para com ela.

Haveria de lembrar-se de tudo aquilo sem pensar, no entanto, que ele quisera enganá-la, e a tristeza distante que sentiria ao recordar a inquietação dele por ela teria a ver bem mais com ele do que com ela – é o destino do rapaz que a sensibilizaria a ponto de arrancar dos seus olhos duas lágrimas parcimoniosas e frias, enquanto julgaria sua própria sorte com neutralidade, quase indiferença, como se ela, Khady Demba, nunca tendo apostado na vida a mesma soma de esperança que Lamine, não tivesse motivos de queixas por ter perdido tudo.

Não havia perdido grande coisa, ela pensaria – dizendo também a si mesma, com aquele imponderável orgulho, aquela segurança discreta e inabalável: Eu sou eu, Khady Demba, quando, com os músculos das coxas doloridos, a vulva inchada e a vagina ardendo, irritada, se levantasse várias vezes por dia do colchão de espuma cinzento e malcheiroso que seria por longos meses seu lugar de trabalho.

Não havia perdido grande coisa, ela pensaria.

Pois, mesmo no auge da aflição e do esgotamento, nunca sentiria saudade do período de sua vida em que seu espírito divagava no espaço restrito, brumoso, protetor e aniquilante dos devaneios imóveis, quando vivia com a família do marido.

Tampouco sentiria saudade da época do seu casamento, quando cada pensamento se resumia à espera de uma gravidez.

Na verdade, não sentiria saudade de nada, imersa por inteiro na realidade de um presente atroz mas que ela podia representar com clareza, ao qual aplicava uma reflexão repleta ao mesmo tempo de pragmatismo e de orgulho (nunca sentiria vergonha vã, nunca esqueceria o valor do ser humano que ela era, Khady Demba, honesta e valorosa), e um presente que imaginava, sobretudo, transitório, convencida de que esse tempo de sofrimento teria um fim e de que não haveria recompensa (não conseguia pensar que lhe devessem o que quer que fosse por ter sofrido), de que passaria simplesmente a uma outra coisa que ainda ignorava mas que tinha curiosidade de conhecer.

Quanto ao encadeamento das situações que levara os dois, ela e Lamine, a isso, ela o tinha em mente com precisão e procurava, de maneira calma e fria, compreender.

Depois de um dia e uma noite de estrada, o caminhão se detivera numa fronteira.

Todos os viajantes desceram, colocaram-se em fila e apresentaram o passaporte a militares que bradavam uma única palavra, que Khady compreendeu embora não fosse de sua língua.

Dinheiro.

Nos que levantavam as mãos, de palmas para o ar, dando a entender que não tinham nada ou que traziam muito pouco no bolso, eles desferiam golpes de cassetete, e alguns caíam no chão e ali ficavam, inconscientes, sendo às vezes ainda chutados por um soldado cujo esforço, o trabalho que isso exigia, parecia atordoar de fúria.

Khady começara a tremer com o corpo todo.

Lamine, de pé atrás dela, apertava-lhe a mão.

Ela podia ver o maxilar do rapaz trepidar como se os dentes batessem por trás dos lábios cerrados.

Ele estendera o passaporte ao militar e algumas notas enroladas, apontando Khady e depois a si mesmo.

O homem pegara as notas com a ponta dos dedos, com desprezo.

Atirara-as no chão.

Dera uma ordem e um soldado golpeara Lamine na barriga.

Curvado em dois, o rapaz caíra de joelhos, sem uma palavra, sem um gemido.

O soldado pegara uma faca, levantara um dos pés de Lamine e com a lâmina cortara a sola do sapato do rapaz.

Passara um dedo pela fenda, depois fizera o mesmo com o outro calçado.

E quando Lamine, quase em seguida, como se fosse mais perigoso ficar prostrado do que enfrentar o inimigo, voltara a ficar de pé, cambaleando, os joelhos ossudos batendo um contra o outro, Khady pudera ver escorrendo sob seus sapatos dois filetes de sangue, logo absorvidos pela poeira.

O militar que comandava os demais aproximou-se então dela.

Khady estendeu-lhe o passaporte feito por Lamine.

Com o espírito límpido, embora não podendo impedir o corpo inteiro de tremer, ela enfiara a mão na cintura da tanga e tirara o pequeno maço de dinheiro que, comprimido pelo elástico da calcinha e molhado de suor, parecia um trapo esverdeado; colocara-o delicada, respeitosamente na mão do homem, ao mesmo tempo que colava o ombro ao de Lamine para mostrar que os dois estavam juntos.

JÁ FAZIA AGORA VÁRIAS SEMANAS, ela não sabia exatamente quantas, que eles estavam encalhados nessa cidade do deserto, não aquela em que o soldado cortara a sola dos pés de Lamine, mas outra, mais distante do ponto de partida, para onde os conduzira o caminhão ao passar por essa primeira fiscalização.

Os viajantes que ainda tinham dinheiro, que o haviam dissimulado com habilidade ou que, por razões obscuras, não tivessem sido revistados nem espancados, puderam continuar o caminho pagando mais uma vez ao motorista.

Mas ela, Khady Demba, Lamine e alguns outros, haviam tido de ficar ali, na cidade invadida pela areia, de casas baixas cor de areia, com ruas e jardins de areia.

Famintos, exaustos, eles se deitaram para dormir diante da espécie de estação rodoviária onde os abandonara o caminhão.

Outros caminhões esperavam, prontos para partir com sua carga de passageiros.

Quando despertaram ao amanhecer, entorpecidos de frio, a areia os havia coberto inteiramente, e a barriga da perna de Khady doía tanto que lhe pareceu, por instantes, que aquilo não podia ser real, fosse porque ela estivesse se debatendo no mais cruel pesadelo da sua existência, fosse porque ela já estivesse morta e precisasse compreender que sua morte era isso, uma dor física insuportável e, no entanto, duradoura, permanente.

O pano com que enfaixara a panturrilha vários dias antes havia como que se incrustado na ferida.

Estava úmido sob os grãos de areia, impregnado de uma secreção avermelhada, nauseabunda.

Ela não teve forças para retirá-lo, embora soubesse que devia ter feito isso – apenas juntou coragem suficiente para mover suavemente a perna enrijecida, percorrida por formigamentos.

Conseguiu levantar-se, sacudiu a areia dos cabelos, das roupas.

Andou alguns passos, claudicando.

Formas cobertas de areia mexiam-se no chão.

Voltou-se para Lamine, que havia se sentado e, descalço, com o rosto inexpressivo, examinava a planta dos pés que a faca do soldado cortara com a sola dos sapatos.

Uma crosta de sangue seco traçava uma linha escura na pele endurecida, rachada.

Ela sabia que o rapaz estava sofrendo mas que não demonstraria nem jamais falaria de suas feridas, sabia também que ele não responderia a seu olhar interrogativo senão com uma expressão voluntariamente melancólica que mascarava sua humilhação (ah, como ele estava humilhado, e como ela estava desolada e compungida por não poder assumir no lugar dele a humilhação, ela que sabia suportar, que se sentia muito pouco atingida, no fundo, por aquilo), pois que explicação convincente ele poderia lhe dar, se não do fracasso, ao menos do retardamento prematuro do seu périplo, ele que garantira conhecer agora tudo dos obstáculos e dos perigos do caminho?

Ela sabia bem disso, compreendia e aceitava essa mortificação que esvaziava o olhar dele, que o tornava inacessível, tão diferente do rapaz intenso e amigo que fora.

Por compreendê-lo, não alimentava nenhum ressentimento contra ele.

O que ela ignorava então, o que ainda não tinha condições de considerar e que só aos poucos seu entendimento descobriria, era que o rapaz estava duplamente humilhado, ao mesmo tempo pelo que se passara na véspera e, antecipadamente, por algo que ainda não acontecera, algo que o espírito não ingênuo mas inexperiente de Khady ainda não intuíra, mas que ele, o rapaz, sabia que aconteceria; por isso, Khady compreenderia mais tarde, ele sentira vergonha diante dela, vergonha de saber e de que ela não soubesse e vergonha da própria coisa, por isso a pessoa inteira do rapaz se retirara para longe dela, endurecida no pavor e não querendo ter, com a inocência de Khady, nenhuma relação.

Teria ele dito a ela, em seguida, qualquer coisa de preciso?

Ela não se lembrava exatamente.

Mas parecia que não.

Simplesmente haviam vagado, ambos mancando de maneiras diferentes (o rapaz procurando firmar no chão apenas o lado exterior dos pés; ela, Khady, evitando apoiar-se na perna ferida e avançando por pequenos saltos irregulares), pelas ruas esmagadas por um calor seco e poeirento, sob o céu amarelado, cor de areia, cintilante.

Os cabelos curtos de Lamine, o rosto e os lábios rachados estavam ainda cobertos de areia.

Embrutecidos, e para escapar do espaço sem sombra, eles se refugiaram numa taberna com paredes de argila, sem janela, onde, na semiescuridão, comeram pedaços de cabra grelhados duros e fibrosos e beberam Coca-Cola, os dois sabendo que não tinham dinheiro nem para pagar essa alimentação austera, Lamine recolhendo-se na indiferença áspera, dilacerante, sob cuja proteção, sozinho com sua indignidade, talvez acreditasse poder impedir que esta contaminasse Khady, ele que sabia o que aconteceria enquanto ela, talvez ele acreditasse, ainda não – mas ela pressentira o que aconteceria quando, ao terminar de mastigar um último pedaço de carne que engoliu com um último gole de Coca, e cruzando os olhos hostis, semicerrados, da mulher que os servira e que, derreada numa cadeira no canto mais escuro e respirando ruidosamente, examinava os dois, se perguntara como eles fariam para pagar o que deviam, e à sua maneira o olhar avaliador, inquisitivo, inamistoso da mulher lhe respondera.

DURANTE TODO AQUELE PERÍODO, ela se apegaria ferozmente à convicção de que somente a realidade da dor física devia ser levada em conta.

Pois seu corpo não parava de sofrer.

A mulher a fazia trabalhar num quarto minúsculo que dava para um pátio nos fundos da taberna.

No piso duro de lajotas, um colchão de espuma.

Khady se achava deitada ali a maior parte do tempo, vestida com uma combinação bege, quando a mulher introduzia um cliente, em geral um homem jovem de aspecto miserável, ele também encalhado nessa cidade onde sobrevivia como empregado doméstico, e que, ao entrar na peça tórrida, sufocante, costumava lançar olhares assustados ao redor, como se tivesse caído na armadilha não do próprio desejo, pensava Khady, mas das manobras da proprietária, que procurava levar até ali cada freguês da taberna.

A mulher saía fechando a porta a chave.

O homem baixava então as calças com uma pressa inquieta, como se quisesse logo livrar-se de uma obrigação penosa e vagamente ameaçadora, estendia-se sobre Khady, que afastava o máximo possível a perna ferida, cuja bandagem a mulher trocava todo dia, a fim de evitar todo choque, e quando ele a penetrava, deixando escapar uma queixa de espanto, pois a recente comichão que inflamava e secava a vagina de Khady aquecia em seguida o sexo do cliente, ela reunia todas as forças mentais para enfrentar os múltiplos ataques da dor, nas costas, no baixo-ventre, na barriga da perna, pensando: Há um momento em que isto acaba, sentindo escorrer sobre o pescoço, sobre o peito semicoberto pela faixa de renda da combinação, o suor abundante do homem que se misturava ao seu, pensando de novo: Há um momento em que isto acaba, até que o homem laboriosamente terminasse e, com uma exclamação de dor e de decepção, prontamente se retirasse dela.

Ele batia à porta e os dois ouviam os passos lentos e pesados da mulher, que vinha abrir.

Alguns clientes reclamavam, protestando que haviam sentido dor, que a moça não era sadia.

E Khady pensava, surpresa: A moça sou eu, quase sorrindo de que pudessem chamá-la assim, ela que era Khady Demba em toda a sua singularidade.

Continuava deitada por mais algum tempo após a saída do cliente.

De olhos bem abertos, a respiração lenta, observava com calma as rachaduras nas paredes rosadas, o teto de zinco, a cadeira de plástico branco sob a qual deixara sua trouxa.

Perfeitamente imóvel, ouvia bater surda e calmamente o próprio sangue nos ouvidos e, ao mexer-se um pouco, o ruído de sucção das costas molhadas no colchão embebido de suor e o ínfimo marulho na vulva ardente, e então a dor retrocedia, vencida pela força juvenil, impetuosa da sua constituição sólida e decidida, e ela pensava, calma, quase serena: Há um momento em que isto acaba, tão calma e serena que, quando a mulher voltava, não sozinha como fazia habitualmente, para lavá-la, limpar a ferida e dar-lhe de beber, mas em companhia de outro cliente que fazia entrar com uma vaga mímica de pesar ou de escusa em direção a Khady, ela sentia apenas um brusco abatimento, um instante de desorientação e fraqueza, antes de pensar, calmamente: Há um momento em que isto acaba.

A mulher, depois de impor a Khady essas relações sucessivas, ocupava-se dela com uma solicitude muito maternal.

Trazia um balde de água fresca e uma toalha e banhava o baixo-ventre de Khady com doçura.

Ao anoitecer, as duas sentavam-se no pátio e Khady comia uma boa refeição de papa de milho e carne de cabra ao molho, regada a Coca-Cola, e guardava uma porção para Lamine.

A mulher tirava a bandagem de Khady, untava com banha a ferida que estava inchada e nauseabunda, cobrindo-a de novo com um pano limpo.

E quando estavam ali, tranquilamente sentadas no calor brando do anoitecer, bem alimentadas, e Khady se virava para a mulher distinguindo apenas no crepúsculo os contornos de uma face redonda e benevolente, parecia-lhe às vezes estar de volta ao tempo da infância em que, embora brutal, agitado, confuso, conhecera momentos quase felizes como esses, quando se sentava aos pés da avó, diante da casa ao anoitecer, a fim de ser penteada.

Lamine chegava no começo da noite.

Ele se insinuava no pátio como, pensava Khady com um pouco de piedade e desgosto, um cão que teme um pontapé mas teme ainda mais encontrar sua gamela vazia – ao mesmo tempo curvado e veloz, furtivo e áspero, e tanto Khady quanto a mulher fingiam não vê-lo, ela por delicadeza, a mulher por desprezo, e Lamine pegava o prato feito e o levava para o quarto de Khady, onde a mulher o autorizava, ou pelo menos não lhe proibia, passar a noite, com a condição implícita de desocupá-lo ao amanhecer.

Antes de se recolher, a mulher entregava a Khady uma pequena parte do dinheiro ganho.

Khady também se retirava, voltando ao quarto rosa iluminado por uma lâmpada suja suspensa no teto.

Tinha então a impressão, ao ver Lamine, antes tão enérgico, agachado num canto e raspando o prato com a colher, que todas as suas dores voltavam.

Pois, à vergonha sem remédio do rapaz, o que podia ela opor senão a evidência um pouco cansada de sua própria honra para sempre salvaguardada, a consciência um pouco cansada de sua irrevogável dignidade?

Ele talvez preferisse vê-la humilhada, desesperada.

Mas só ele sentia o peso da humilhação e do desespero, e Khady sentia que ele a odiava sem dar-se conta disso, e para ela teria sido melhor, à noite, que ele não estivesse ali atulhando o espaço reduzido com seus dissabores, suas reprovações mudas, obscuras e injustas.

Sabia igualmente que ele estava ressentido por ela se recusar agora a fazer amor com ele.

A razão que dera a si mesma e que dissera ao rapaz era que seu sexo inchado, ulcerado, tinha necessidade de repouso.

Mas ela pressentia algo mais: Lamine sentia vergonha dela e por ela, da mesma forma que sentia vergonha de si.

Isso a deixava contrariada.

Com que direito ele a incluía nesse sentimento de abjeção que ele próprio sentia por não ter força de alma?

Assim ela recusava deixar-se tocar, não querendo sentir dor para contentá-lo.

Silenciosa, fatigada, desabava sobre o colchão.

Não lhe importava saber o que fazia o rapaz de seus dias solitários na cidade seca, sufocante.

Sentia os lábios se contraírem num amuo cuja finalidade era desencorajar qualquer veleidade de discussão.

Ao mesmo tempo os dedos se estendiam maquinalmente para acariciar as rachaduras e os relevos da parede e, pouco antes de chegar o sono, um sobressalto de alegria selvagem fazia estremecer seu corpo sofrido, quando ela se lembrava de repente, fingindo ter esquecido, que era Khady Demba: Khady Demba.

ELA DESPERTOU UMA MANHÃ e o rapaz não estava mais ali.

Curiosamente, compreendeu o que se passara antes mesmo de constatar a ausência de Lamine, compreendeu assim que despertou e deu um salto em direção à trouxa desfeita, aberta sob a cadeira onde a deixara bem fechada, dela retirando tudo o que continha, duas camisetas, uma tanga, uma garrafa de cerveja vazia e limpa, para constatar, gemendo, o que já compreendera antes de perceber o que quer que fosse: que todo o seu dinheiro havia sumido.

Foi só então que viu que estava sozinha no quarto.

Pôs-se a emitir pequenos gritos de aflição.

Com a boca muito aberta, tinha a impressão de sufocar.

Para despertar com a certeza de que fora vítima de uma má ação, teria ela ouvido alguma coisa durante a noite ou tivera um desses sonhos que coincidem exatamente com uma realidade por vir?

Saiu, atravessou o pátio mancando com tanta força que seu corpo estremecia a cada passo, precipitou-se na taberna onde a mulher tomava o café da manhã.

– Ele foi embora, me roubou tudo! – gritou.

Deixou-se cair numa cadeira.

A mulher a olhava com um ar frio, sóbrio, só levemente compadecido.

Terminou o café com uma satisfação um pouco comprometida pela entrada de Khady, estalou a língua e, com esforço, levantou-se para se aproximar dela, tomá-la nos braços e, meio sem jeito, consolá-la, prometendo que não a deixaria sem nada.

– Não há perigo – sussurrou Khady –, com o dinheiro que lhe arranjo.

Ela pensava, com profundo desânimo, que teria de recomeçar tudo, que precisaria suportar tudo de novo e até mesmo mais, pois sua carne estava terrivelmente mortificada, quando ainda na véspera calculara que dois ou três meses de trabalho seriam suficientes, a ela e ao rapaz, para continuar a viagem.

Mas já esquecera o rapaz.

Em breve não recordaria o nome nem o rosto dele, e a lembrança que conservaria dessa traição seria a de um lance de azar.

QUANDO VOLTASSE A PENSAR nessa época ela arredondaria para um ano o tempo passado entre a taberna e o quarto rosado, mas sabia que provavelmente a duração fora bem maior e que ela também encalhara na cidade desértica, como a maioria dos homens que vinham vê-la e que vagavam ali tendo perdido a conta exata dos anos, vindos de países diversos onde a família devia dá-los por mortos, pois, envergonhados de sua situação, não ousavam dar notícias, e cujo olhar apático, flutuante, passava por tudo sem parecer ver nada.

Às vezes ficavam deitados junto de Khady, inertes e impenetráveis, como se tivessem esquecido a razão de estarem ali, ou a julgassem tão irrisória e extenuante que preferiam afinal permanecer assim, nem adormecidos nem verdadeiramente vivos.

Khady emagrecia mês a mês.

Tinha cada vez menos clientes e passava boa parte dos dias na penumbra da taberna.

E no entanto seu espírito estava claro e vigilante e ela ainda se sentia às vezes inundada de uma alegria cálida quando, sozinha na noite, murmurava seu nome e mais uma vez o achava em concordância exata consigo mesma.

Mas emagrecia e se debilitava, e a ferida na panturrilha nunca que sarava.

Chegou um dia, porém, em que seu pecúlio pareceu suficiente para tentar partir de novo.

Pela primeira vez, depois de meses, saiu à rua, claudicando na areia quente, e foi até o estacionamento de onde partiam os caminhões.

Retornou todo dia, obstinada, buscando compreender com quem devia falar, entre os numerosos homens que frequentavam o lugar, para conseguir uma vaga num dos caminhões.

E não estava mais surpresa com o eco áspero, combativo da própria voz dura e assexuada que perguntava, com as poucas palavras de inglês que aprendera na taberna; também não a surpreendia o reflexo, no retrovisor de um caminhão, do rosto macilento, cinza, tendo no alto cabelos sujos e desgrenhados, rosto de lábios encolhidos e pele seca que agora era o seu e que não se poderia dizer com certeza, pensou, ser o de uma mulher, como tampouco se poderia dizer o mesmo do corpo esquelético, no entanto ela continuava sendo Khady Demba, única e necessária ao bom ordenamento das coisas no mundo, embora se assemelhasse agora cada vez mais às criaturas perdidas, famélicas, de gestos lentos que vagavam pela cidade, a tal ponto que chegava a perguntar-se: Entre elas e mim, qual é a diferença essencial?, mas em seguida ria interiormente, encantada por ter feito um bom gracejo para si mesma, e pensava: É que eu, eu sou Khady Demba!

Não, nada mais a surpreendia, nada mais a assustava, nem mesmo o imenso cansaço que assomava a toda hora, tornando pesados os membros raquíticos, tanto que ela penava para pôr um pé diante do outro e levar a comida à boca.

Também a isso ela se acostumara.

Considerava agora esse esgotamento como a condição natural do seu organismo.

SEMANAS DEPOIS, ESSE ESTADO de grande fraqueza a impediria de deixar a tenda de plástico e folhagem sob a qual permanecia estendida, numa floresta cujo nome esquecera e cujas árvores eram desconhecidas.

Não sabia quanto tempo fazia que chegara ali nem como era possível que a luz do sol, que atravessava com dificuldade o plástico azul, lhe mostrasse os braços e as pernas e os pés tão distantes e tão magros, ao mesmo tempo que se sentia pesar tão compactamente na terra, na qual parecia, assim que fechava os olhos, afundar sob o efeito de seu peso.

E ela, Khady Demba, que não tinha vergonha de nada, morria de vergonha de se ver assim, enorme, volumosa, inamovível.

Uma mão úmida, de cheiro forte, levantava-lhe a cabeça e tentava introduzir alguma coisa em sua boca.

Queria defender-se, pois tanto o cheiro dessa coisa como o da mão causavam repulsa, mas tinha tão pouca força que os lábios se entreabriam involuntariamente e ela deixava descer até o estômago uma espécie de papa viscosa e insossa.

Sentia frio o tempo todo, um frio profundo e terrível do qual não a aliviavam nem o tecido que a cobria nem o calor das mãos que às vezes a massageavam.

E, quando esperava encontrar na terra que se abria e afundava sob o peso de seu corpo gigantesco o calor que, pensava, seria suficiente para colocá-la de novo em pé, deparava apenas, ao fechar os olhos, com um frio ainda maior, contra o qual nada podia o sol azulado que se filtrava através do plástico nem mesmo o ar úmido, confinado, certamente aquecido, pois sentia-se transpirar abundantemente, da tenda sob as árvores.

Sim, é verdade, ela sentia frio e dor em cada pedacinho do corpo, mas refletia com tanta intensidade que podia esquecer o frio e a dor, de modo que, quando revia o rosto da avó e o do marido, duas pessoas que haviam se mostrado boas com ela e que a haviam confortado na ideia de que sua vida, sua pessoa não tinham menos sentido nem valor que a delas, e quando se perguntava se o filho que tanto desejara poderia ter impedido que caísse em situação tão miserável, isso eram só pensamentos e não mágoas, pois também não deplorava seu estado presente, não desejava substituí-lo por outro qualquer, sentindo-se mesmo, de certa forma, encantada, não com sofrer, mas com sua simples condição de ser humano que atravessa o mais corajosamente possível perigos de toda natureza.

Ela se restabeleceu.

Pôde sentar-se, pôde beber e comer normalmente.

Um homem e uma mulher que pareciam viver juntos nessa tenda davam-lhe um pouco de pão ou de papa de trigo que faziam assar numa fogueira, no exterior, numa velha panela sem cabo.

Khady se lembrava de ter viajado ao lado deles no caminhão.

Os dois eram taciturnos, e Khady não podia falar com eles senão num inglês irrisório, mas acabou por compreender que havia anos eles tentavam chegar à Europa, onde o homem já conseguira viver algum tempo, antes de ser expulso de lá.

Tanto ele como a mulher tinham filhos em algum lugar, que não viam fazia muito tempo.

A tenda fazia parte de um vasto acampamento de cabanas ou toldos sustentados por estacas, e homens esfarrapados deslocavam-se entre as árvores transportando recipientes de água ou galhos de árvores.

Khady notou que não tinha mais nada, nem trouxa, nem passaporte, nem dinheiro.

O homem e a mulher passavam os dias fabricando escadas, cada um a sua, e Khady ficou algum tempo a observá-los e a compreender a maneira como procediam, depois saiu em busca de galhos e pôs-se também a construir uma escada, buscando metodicamente na lembrança o relato que fizera um rapaz sem nome nem rosto da sua tentativa frustrada de transpor uma cerca de arame farpado que separa a África da Europa; ao interrogar com sua nova voz brusca e rouca o homem e a mulher, um ou outro lhe respondia com algumas palavras que ela nem sempre conhecia mas que, ligadas às que aprendera ou sumariamente traduzidas por um desenho no chão, acabaram por representar bastante bem o que o rapaz lhe explicara, e eles cediam a ela pedaços da corda que utilizavam para fixar cada barrote aos montantes da escada, com reticência, contrariedade, como se, pensou Khady calmamente, tendo-a despojado de todos os pertences como ela pensava que haviam feito, eles não pudessem deixar de ajudá-la, apesar do desprazer que sentiam.

Saiu da floresta com a mulher, percorreram uma estrada asfaltada até as portas de uma cidade.

Ela mancava muito e dava para ver a barriga da perna deteriorada sob a borda da velha tanga.

As duas mendigaram nas ruas.

Khady estendeu a mão como a mulher fazia.

Algumas pessoas lhes dirigiram, numa língua incompreensível, o que provavelmente eram insultos e cuspiram a seus pés, outras lhes deram pão.

Khady, faminta, mordia o pão com voracidade.

Suas mãos tremiam.

Deixou no pão vestígios de sangue, as gengivas sangravam.

Mas seu coração batia lento, pacífico, e ela mesma se sentia assim, lenta, pacífica, a salvo, abrigada na sua inalterável humanidade.

POUCO DEPOIS DA AURORA, gritos, latidos, ruídos de correria se espalharam no acampamento.

Militares destruíam as cabanas, arrancavam os toldos, dispersavam as pedras das fogueiras.

Um deles agarrou Khady, arrancou-lhe a tanga.

Ela o viu hesitar e compreendeu que ele sentia repulsa diante do aspecto do seu corpo, da magreza, das manchas enegrecidas na pele.

Ele a golpeou no rosto e a jogou ao chão, com a boca crispada de cólera, de repugnância.

MAIS TARDE, BEM MAIS TARDE, semanas ou meses talvez, quando cada noite ficava mais fria que a anterior e o sol parecia cada dia mais baixo e mais pálido na floresta, os homens que haviam se proclamado ou haviam sido designados chefes do acampamento anunciaram o ataque à cerca de arame para dali a dois dias.

Puseram-se em marcha à noite, dezenas e dezenas de homens e mulheres entre os quais Khady se sentia particularmente tênue, quase impalpável, um sopro.

Como os outros, ela carregava sua escada e esta, embora leve, parecia mais pesada que ela mesma, absurdamente, como as coisas às vezes se fazem pesadas num sonho; mesmo assim ela avançava claudicante e não menos rápida que os companheiros, sentindo bater o coração enorme na minúscula caixa de ossos do peito frágil, ardente.

Andaram por muito tempo, silenciosos, através da floresta e depois por terrenos pedregosos onde Khady várias vezes titubeou e caiu, para em seguida reerguer-se e tomar seu lugar no grupo, ela, que sentia ser apenas um ínfimo deslocamento de ar, um elemento sutil e glacial da atmosfera – estava com muito frio, estava inteiramente fria.

Chegaram enfim a uma zona deserta iluminada com luzes brancas como um brilho lunar levado à incandescência, e Khady avistou a cerca de arame farpado de que todos falavam.

Cães começaram a latir à medida que eles avançavam, estalos pipocaram no ar e Khady ouviu: Eles estão atirando, enunciado por uma voz que a ansiedade tornava estridente, desigual, e então a mesma voz, talvez, berrou o sinal convencionado, uma única interjeição, e todos se puseram a correr para a frente.

Ela também corria, de boca aberta mas incapaz de inspirar, com os olhos fixos, a garganta bloqueada, e a cerca de arame já estava ali e ela apoiava contra a cerca sua escada, e agora já subia degrau após degrau até atingir o último e agarrar a cerca.

Podia ouvir ao redor o pipocar das balas e gritos de dor e desespero, não sabendo se ela também gritava ou se era o martelar do sangue na cabeça que a envolvia nessa queixa contínua, e quis subir ainda mais e lembrou que um rapaz lhe dissera que nunca, nunca devia parar de subir antes de ter alcançado o alto da cerca, mas as farpas lhe arrancavam a pele das mãos e dos pés e ela podia agora ouvir-se urrar e sentir o sangue escorrer nos braços, nos ombros, pensando: Nunca pare de subir, repetindo as palavras sem mais compreender e depois abandonando, soltando a cerca, caindo para trás com doçura, e pensando então que o que distinguia Khady Demba, menos que um sopro, quase um movimento do ar, era certamente não tocar o chão, era flutuar eterna, imponderável, volátil demais para se estatelar, na claridade ofuscante e glacial dos holofotes.

Sou eu, Khady Demba, pensou ainda, no instante em que sua cabeça bateu no chão e no qual, com os olhos bem abertos, viu pairar lentamente acima da cerca um pássaro de longas asas cinzentas – sou eu, Khady Demba, pensou, no deslumbramento dessa revelação, sabendo que ela era esse pássaro e que o pássaro sabia.

contraponto

Sempre que davam dinheiro a Lamine em troca de trabalho, fosse na cozinha do restaurante Au Bec Fin, onde lavava louça à noite, no depósito onde descarregava mercadorias de um supermercado, num canteiro de obras, no metrô, em toda parte onde ia alugar seus braços, sempre que os euros passavam de mãos alheias às suas, ele pensava na moça, implorava em silêncio que ela o perdoasse e não o perseguisse com execrações ou sonhos envenenados. No quarto que dividia com outros, ele dormia sobre o dinheiro e sonhava com a moça. Ela o protegia ou, ao contrário, o condenava ao pior. E quando, em certas horas ensolaradas, ele erguia o rosto e o oferecia ao calor, não era raro perceber uma meia-luz súbita, inexplicável, e então ele falava com a moça e contava o que se passava com ele, agradecia, um pássaro desaparecia ao longe.

Liberté • Égalité • Fraternité
RÉPUBLIQUE FRANÇAISE

MÉDIATHÈQUE
MaisondeFrance

Este livro, publicado no âmbito do programma de Apoio à Publicação Carlos Drummond de Andrade da Mediateca da Maison de France, contou com o apoio do Ministério francês das Relações Exteriores e Europeias.

Cet ouvrage, publié dans le cadre du Programme d'Aide à la Publication Carlos Drummond de Andrade de la Médiathèque de la Maison de France, bénéficie du soutien du Ministère français des Affaires étrangères et Européennes.

Coordenação editorial HELOISA JAHN
Preparação DENISE PESSOA
Projeto gráfico FLÁVIA CASTANHEIRA
Revisão IURI PEREIRA e ISABEL JORGE CURY
Produção gráfica BÁRBARA ALMEIDA

Nesta edição, respeitou-se o novo Acordo Ortográfico da Língua Portuguesa.

Dados Internacionais de Catalogação na Publicação (CIP)
(Câmara Brasileira do Livro, SP, Brasil)

NDiaye, Marie
Três mulheres fortes: Marie NDiaye
Título original: *Trois femmes puissantes*
Tradução: Paulo Neves
São Paulo: Cosac Naify, 2013
304 pp.

ISBN 978-85-405-0174-4

1. Ficção francesa I. Título

12-02055 CDD 843

Índices para catálogo sistemático:
1. Ficção: Literatura francesa 843

COSAC NAIFY
rua General Jardim, 770, 2º andar
01223-010 São Paulo SP
[55 11] 3218 1444
cosacnaify.com.br
atendimento ao professor [55 11] 3218 1473

TIPOLOGIA Miller
PAPEL Ecopress 70 g/m²
IMPRESSÃO Loyola
TIRAGEM 2000